KB112293

스포츠와 여가

▪ 이 도서의 국립중앙도서관 출판예정도서목록(CIP)은
서지정보유통지원시스템 홈페이지(http://seoji.nl.go.kr)와
국가자료공동목록시스템(http://www.nl.go.kr/kolisnet)에서 이용하실 수 있습니다.
(CIP제어번호: CIP2015015388)

스포츠와 여가

제임스 설터
김남주 옮김

마음산책

옮긴이 **김남주**

1960년 서울에서 태어나 경기여고와 이화여대 불어불문학과를 졸업하고 주로 문학작품을 우리말로 번역해왔다. 옮긴 책으로 가즈오 이시구로의 『우리가 고아였을 때』『창백한 언덕 풍경』『녹턴』『나를 보내지 마』, 로맹 가리의 『여자의 빛』『솔로몬 왕의 고뇌』『가면의 생』『새들은 페루에 가서 죽다』, 미셸 슈나이더의 『슈만, 내면의 풍경』, 야스미나 레자의 『행복해서 행복한 사람들』 등이 있고, 지은 책으로 『나의 프랑스식 서재』『사라지는 번역자들』이 있다.

스포츠와 여가

1판 1쇄 발행 2015년 6월 15일
1판 2쇄 발행 2020년 3월 10일

지은이 | 제임스 설터
옮긴이 | 김남주
펴낸이 | 정은숙
펴낸곳 | 마음산책

등록 | 2000년 7월 28일(제13-653호)
주소 | (우 04043) 서울시 마포구 잔다리로 3안길 20
전화 | 대표 362-1452 편집 362-1451 팩스 | 362-1455
홈페이지 | http://www.maumsan.com
블로그 | maumsanchaek.blog.me
트위터 | http://twitter.com/maumsanchaek
페이스북 | http://www.facebook.com/maumsan
전자우편 | maum@maumsan.com

ISBN 978-89-6090-227-5 03840

* 책값은 뒤표지에 있습니다.

현세의 삶이란 한낱 스포츠와 여가일 뿐임을 기억하라.

—『쿠란』 57장「무쇠의 장」

믿음이란 우리의 골수에 사무치는 것이어야 한다.

열정은 이미 세상에 넘칠 정도로 많다.

모든 것이 열정을 품고 전율한다.

▪ 일러두기

1. 외국 인명, 지명, 독음 등은 외래어표기법을 따르되 관용적인 표기와 동떨어진 경우 절충하여 실용적 표기를 따랐다.
2. 옮긴이 주는 글줄 상단에 맞추어 작게 표기하였다. 원문에서 프랑스어 대화와 단어는 독음을 적고 우리말 뜻을 글자 크기를 줄여 소괄호에 넣었다.
3. 신문·잡지·공연·노래 제목은 〈 〉로 묶었고, 단편 제목은 「 」로, 장편 제목은 『 』로 묶었다.

1

9월. 빛이 넘치는 이런 나날들이 영원히 끝나지 않을 것 같다. 8월 내내 텅텅 비다시피 했던 이 도시가 이제 다시 움직인다. 새로 채워지고 있다. 식당은 모두 다시 문을 열고 상점도 마찬가지다. 사람들이 전원에서, 바다에서, 차들로 빽빽했던 도로 여행에서 돌아온다. 기차역이 몹시 붐빈다. 아이들, 개들, 끈으로 묶은 낡은 짐 보따리를 든 가족들. 나는 그들을 헤치며 걷는다. 마치 터널 속에 들어온 것 같다. 이윽고 유리 패널로 된 지붕이 돋보기처럼 밝게 빛을 확산시키는 것 같은, 눈부시게 환한 케(플랫폼)가 나온다.

세월의 풍상에 칠이 너덜거리는 진녹색 열차 칸들이 양옆으로 길게 늘어서 있다. 나는 1등석, 2등석이라고 적힌 숫자를 읽으며 열차를 따라 걷는다. 열차 칸에 붙은 숫자판을 읽는 게 재미있다. 마치 돈을 세는 것 같달까. 이 졸고 있는 듯한 거대한 열차를 움직이는 이들의 손에 나 자신을 내맡긴다는 평온한 느낌이 있다. 기차에 탄 사람들이 환자처럼 기진한 채 말없이 투명한 차창을 통해 물끄러미 밖을 내다보고 있다. 빈 객실을 찾기가 힘들다. 모두 누군가 이미 타고 있는 것 같다. 손에 든 가방들이 점점 무겁게 느껴진다. 플랫폼을 반쯤 걸어가 열차에 올라탄 나는 복도를 따라가다 이윽고 어느 칸의 문을 옆으로 밀어 연다. 아무도 고개조차 들지 않는다. 나는 선반에 가방을 얹고 자리를 잡고 앉는다. 침묵. 모두 진찰을 받기 위해 대기하는 것 같다. 나는 객실 안을 둘러본다. 벽에는 프로방스, 브르타뉴 지방의 풍경을 담은 관광 사진들이 붙어 있다. 내 맞은편에는 다리에 포도색 모반이 있는 젊은 여자가 앉아 있다. 내 시선이 자꾸 그 모반으로 향한다. 모양이 꼭 채널제도에 있는 섬 같다.

이윽고 끙 비슷한 소리와 함께 열차가 움직이기 시작한다. 금속이 끼익 대는 소리, 문짝들이 탕 하고 닫히는 소리가 난다. 전철기轉轍機 위를 지날 때의 유쾌한 덜컹임. 하늘은 연푸른빛이다. 구석 자리에 푸른 코트, 푸른 바지 차림의 프랑스 남자 하나가 잠들어 있다. 서로 어울리지 않는 푸른빛이다. 짝이 맞지 않는다. 양말은 회백색이다.

열차가 이내 속력을 내기 시작하면서 교외 주택, 평범한 거리, 아파트, 정원, 담장 들이 빠르게 스쳐 지나간다. 외부인은 쉽게 침투하기 어려운 프랑스의 은밀한 삶, 앨범 사진, 삼촌들, 죽은 개의 이름 같은 것들로 이루어진 삶. 기차는 10분 만에 파리를 벗어난다. 빌딩이 밀집한 지평선이 자취를 감춘다. 나는 벌써 자유로워진 것 같다.

녹색의 부르주아적인 프랑스. 이제 열차는 무시무시한 속도로 달리고 있다. 교량을 지날 때는 소리의 간격이 짧아지면서 북 치는 소리가 난다. 전원이 펼쳐지고 있다. 기차는 아무도 찾지 않는 마을들로 향한다. 길게 펼쳐지는 밀 빛깔의 들판, 이어 풍요로워 보이는 녹색의 평탄한 땅. 돌로 지은 농장들. 세대에서 세대로 내려오는 지혜는 대지만이 진정한 부富라는 것, 질문할 필요도 바뀔 필요도 없는 지식이라는 것을 말해준다. 운동장처럼 평평하게 트인 전원. 늘어선 나무들.

아까 그 여자는 얼굴에 사마귀가 있고, 손가락 하나에는 밴드를 감았다. 나는 그녀가 어디에서 일하는지 어림해본다—제과점이겠군, 하고 결론을 내린다. 그렇다, 과자가 진열된 유리 케이스 너머에 서 있는 그녀의 모습을 떠올릴 수 있다. 그래, 바로 그거다. 그녀의 구두는 검은색이고 먼지가 좀 앉았다. 그리고 몹시 뾰족하다. 신발 끝이 우스꽝스럽다. 양손에 싸구려 반지들을 꼈다. 검은색 풀오버, 검은색 치마를 입었다. 체격이 좋은 편이다. 〈에코모드〉에 나오는 연애 이야기를 읽으며 미간을 찌푸린다. 기차는 속력이 더 붙은 것 같다.

열차가 마을들을 빠르게 지나친다. 세송 역, 오래된 시계가 걸려 있는 빛바랜 역사驛舍. 거룻배가 떠 있는 강. 열차는, 케에 사람들이 암소처럼 꼼짝 않고 서 있는 또 다른 역을 요란한 소리를 내며 지난다. 이제는 귀를 먹먹하게 하는 터널을 지나고 있다. 마치 수많은 이미지로 이루어진 카드 한 벌이 뒤섞이는 것 같다. 다 섞인 다음에는 패가 돌아올 것이다. 제발 좀 조용했으면. 내 바람에 복종하듯 열차가 조금 속도를 늦춘다. 맞은편에 앉은 여자는 잠들었다. 힘든 일이라도 겪은 듯 작은 입술 양쪽이 아래로 쳐졌다. 얼굴은 해를 향하고 있다. 그녀가 몸을 움직거린다. 한 손이 미끄러져 내려오더니 그렇잖아도 루벤스 그림에 나오는 것 같은 풍만한 배 위에 손바닥이 놓인다. 이제 그녀가 갑자기 두 눈을 뜬다. 나를 바라본다. 그러고는 고개를 돌려 창밖을 내다본다. 이제 그녀의 두 손은 배 위에 엇갈린 채 놓였다. 그녀의 눈이 다시 감긴다. 커브를 도느라 열차가 한쪽으로 기울어진다.

비취처럼 풍부한 색채를 띤 운하가 발밑으로 지나간다. 수면에 폭넓은 거룻배가 떠 있다. 녹조 때문에 물은 녹색이다. 그 위에 글씨라도 쓸 수 있을 것 같다.

길쭉한 직사각형 모양을 한 건초밭. 그다지 높지 않은 언덕들이 나온다. 포플러들. 텅 빈 축구장. 몽트로 역—자전거를 탄 소년 하나가 역사 근처에서 기다리고 있다. 바람개비가 달린 교회 건물들이 있다. 작은 시내, 강가의 나무 아래에 배들이 묶여 있다. 여자가 담배를 찾기 시작한다. 핸드백 버클이 부러진 것이 눈에 띈다. 선로는 이제 도로와 평행을 이루고, 열차는 자동차보다 더 빠르게 달린다. 자동차들이 잠시 눈앞에 어른대다가 뒤처져 사라진다. 햇볕이 내 얼굴에 강하게 내리쬔다. 나는 잠에 빠져든다. 감은 눈꺼풀 너머로 아름다운 돌로 지은 담장과 농장이 지나간다. 빵처럼 연한 색 혹은 바다처럼 검은 색의 무슨 무늬 같은 들판이 지나간다. 이제 열차는 속력을 늦추고 마차처럼 위풍당당하게 일정한 박자로 덜컹거린다. 나는 눈을 뜬다. 저 멀리 해골 잿빛을 띤 성당과, 상스의 푸른 윤곽이 보인다. 열차는 역에서 몇 분 동안 정차한다. 승객들이 게의 부서진 바닥 위를 걸어가고, 그들의 발밑에서 자갈이 소리를 낸다. 하지만 이상하리만큼 고요하다. 마치 연주회의 막간처럼 사람들이 속삭이는 소리, 기침 소리가 들린다. 담배 포장지를 뜯는 소리까지 들을 수 있다. 여자는 가버리고 없다. 자기 짐을 챙겨 떠났다. 상스는 커브 길에 자리 잡고 있어서 열차가 비스듬히 기울어졌다. 승객들이 열린 차창 밖을 멍하니 내다본다.

열차가 천천히 상스를 벗어남에 따라 언덕들이 멀리서 다가오더니 이윽고 옆으로 지나간다. 따스한 아침 공기를 들이려 집집마다 창을 열어놓았다. 건초 더미가 상자 모양, 닭장 모양, 빵덩이 모양으로 쌓여 있다. 머리 위쪽으로 갑자기 성당 건물이 지나간다. 성당 벽에는 새가 둥지를 틀어도 될 정도로 넓은 틈이 났다. 나는 곧 이런 마을길을, 이런 눈부신 개울을 따라 걸을 것이다.

장미색, 암갈색, 담황색, 황갈색—이 마을의 빛깔들이다. 나무들이 길게 늘어선, 길게 오르막을 이룬 목초지가 있다. 생쥘리앙뒤소—그곳 호텔은 텅 빈 것 같다. 이제 건초 가리, 건초 더미들이 나온다. 광활한 옥수수밭. 세지Cezy—역 건물이 연극이 끝난 무대의 배경 같다. 피라미드 모양의 건초 더미, 망사르드 지붕상부는 완만하게, 하부는 급격하게 경사를 이루는 지붕, 바리케이드. 과수원. 건초와 씨름하는 아이들. '주아니'라는 마을 이름이 빨간 글자로 쓰여 있다.

열차는 작은 욘 강을 건너 라로슈로 들어간다. 세월의 풍상에 지붕이 검어진 낡은 호텔 하나. 창가에 놓인 화분용 상자. 열차가 다시 멈춘다. 갈아타는 역이다.

우리는 버려진 것처럼 보이는 수하물 카트들을 둘러싸고 말없이 서 있다. 카트 하나에서 샌드위치와 맥주를 팔고 있다. 임신한 여자 하나가 지나가면서 내 쪽으로 힐끗 시선을 던진다. 볕에 그을린 얼굴. 엷은 색의 눈. 차분한 표정. 사람들, 그중에서도 특히 여자들이 실재감을 되찾기 시작하는 것 같다. 도시, 번화가, 휴양지에 있는 저 우아한 여자들은 모습을 감추었다. 이제 그들이 어떠했는지 거의 기억나지 않는다. 여기는 전혀 다른 곳이다. 철로 저 끝 보관소에 자전거가 가득하다. 푸른 작업복 차림의 인부들이 볕이 내리쪼이는 벤치에 앉아 쉬고 있다.

여기서부터 기차의 연료는 전기가 아니다. 속도가 한결 느려진다. 열차는 속에 나무들이 쓰러져 있는 녹색 물 옆을 지난다. 눈을 따갑게 하는 연기가 객실 안으로 들어온다. 금속을 부식시키는 그 엄청난 연기가 터미널을 석탄처럼 까맣게 만든다.

구석 자리에 트렌치코트 차림의 젊은 여자가 앉아 있다. 윤기 나는 머리카락을 한 그 조용한 여자의 얼굴은 새처럼 작고 단단하다. 피부 바로 아래 뼈가 있는 것처럼. 성깔 있는 얼굴. 도시로 이주한 그런 여자의 얼굴. 커다란 검은 눈. 밀랍처럼 창백하고 큼직한 입. 목에는 모조 다이아몬드가 박힌 밴드를 둘렀다. 이제 모든 사물이 한층 더 선명하게 보이는 것 같다. 하나의 완전한 세상, 그 세부가 내 앞에 열리고 있다.

이제 하늘은 거의 구름으로 덮였다. 빛도 색채도 달라졌다. 멀리 있는 나무는 청색으로 보인다. 들판은 무미건조해졌다. 건초와 회교 사원, 큐폴라(작고 둥근 지붕), 돔 들이 터널을 이루며 지나간다. 집집마다 채소밭이 있다. 이곳의 도로는 비었다. 오토바이 하나, 트럭 한 대, 그것이 전부다. 사람들은 다른 곳으로 여행을 떠났다. 어느 집은 카나리아에게 바람을 쏘이려고 조그만 새장 두 개를 밖에 내걸어놓았다. 이제 열차는 투구 모양으로 쌓은 건초 단 사이를 지나간다. 열차가 힘들어 보인다. 시큼한 연기 냄새가 들어왔다 물러간다. 멀리 사라지는 길고도 날카로운 기적 소리가 나를 기쁨으로 채운다.

여자가 핸드백에서 캐러멜을 꺼냈다. 껍질을 벗겨 입속에 넣음으로써 침묵을 더 견고하게 만든다. 손가락으로 캐러멜 껍질을 천천히, 점점 더 단단하게 만다. 그녀의 눈은 엷은 청색이다. 그런 눈은 사물을 관통하듯 응시할 수 있다. 코는 길지만 여성적이다. 나는 그녀의 치아가 어떤지 궁금하다.

그녀가 머리를 매만진다. 처음에는 한쪽 귀밑을, 그런 다음은 다른 쪽 귀밑을. 결혼반지는 칠보반지인 것 같다. 보라색 커버가 달린 우산이 여행 가방에 묶여 있다. 우산 손잡이는 금색으로 연필 두께밖에 돼 보이지 않는다. 손톱에는 매니큐어를 바르지 않았다. 그녀는 이제 가만히 앉아 창밖을 내다본다. 입매에 어렴풋이 체념기가 감돈다. 내 맞은편에 앉은 어린 소녀는 그녀에게서 시선을 떼지 못한다.

나는 창밖을 내다보기 시작한다. 이제 거의 다 왔다. 이윽고 저 멀리, 줄무늬가 진 하늘을 배경으로 마을 하나가 나타난다. 기념비처럼 완강하게 서 있는 커다란 뾰족탑 하나. 오툉이다. 나는 선반에서 가방을 내린다. 가방을 들고 통로를 걷다가 갑자기 마법과도 같은 불안감에 휩싸인다. 여기에 오기로 한 계획 전체가 무슨 환상처럼 여겨진다.

열차에서 내리는 사람은 두셋밖에 없다. 아직 정오도 되지 않은 시각이다. 30초마다 움직이는 검은 초침이 달린 시계가 있다. 내가 걷는 사이에 열차가 움직이기 시작한다. 그런데 왠지 열차를 보내기가 겁이 난다. 마지막 객차가 지나간다. 그러자 텅 빈 철로와 그 맞은편에 있는 또 하나의 플랫폼이 드러나는데, 거기에는 아무도 없다. 그렇다, 벌써 그런 광경이 눈앞에 선하다. 어느 아침, 어느 겨울 아침 내내 거의 완전히 안개에 가려졌다가, 걷는 사이에 세부와 사물 들이 서서히 나타나는 광경이. 오후가 되면 태양이 그 모든 것에 형체 없는 차가운 빛을 각인시킨다. 나는 역사의 주 대합실로 들어선다. 철제 덧문이 달린 신문 판매점 하나. 문이 닫혀 있다. 커다란 저울 하나. 벽에 붙은 열차 시각표. 매표구 유리창 뒤편 남자는 내가 지나가도 고개를 들지 않는다.

위틀랜드 하우스는 구시가지, 로마 성곽 바로 위에 자리 잡고 있다. 먼저 긴 가로수길이 있고 이어 널찍한 광장이 나온다. 상점가 하나. 그다음에는 아무것도 없다. 주택들. 위트릴로의 그림에서 보는 정적뿐. 이윽고 테로 광장. 분수 하나. 삼엽형 분수대에서 비둘기들이 물을 마시고 있고, 그 분수대 너머로 뭍에 올라앉은 거대한 배 같은 대성당이 있다. 이음매를 따라 장식 못이 박힌 첨탑, 대지의 중심부와 지표 밖의 허공을 동시에 가리키는 멋진 첨탑은 희미하게밖에는 볼 수 없다. 길은 그 뒤편으로 돌아가면서 났다. 이곳에서는 유리가 대부분 깨져 있다.

다이아몬드 모양의 납 창틀은 텅 빈 채 시커멓다. 거기서 100피트 더 안쪽으로 들어가면 좁은 앵빠스(막다른 길)가 나오고 거기에 그 집이 있다.

그것은 커다란 돌집으로 지붕은 내려앉아가고 문턱은 닳았다. 창문 높이가 나무의 키만큼 높은 커다란 저택으로, 며칠간의 방문 때 내가 역에서 올라오면서 본 모습 그대로다. 그때 나는 이미 잘 아는 마을에 들어선 듯한 기묘한 확신이 들었고 이곳 거리가 친숙하게 여겨졌다. 저택의 대문에 도착했을 즈음 내 머릿속에는 이미 한 가지 생각이 자리 잡고 있었다. 남은 여름 내내 마음속에 맴돌던, 이곳으로 돌아와야겠다는 생각이. 그리고 이제 나는 바로 그 대문 앞에 있다. 그것을 바라보자 철제 잎 장식에 가려졌던 글자들이 처음으로 보인다. "VAINCRE OU MOURIR.(승리하라, 아니면 죽으라.)" 'VAINCRE'에서 'C' 자가 빠져 있다.

오툉, 교회 묘지처럼 고요하다. 이끼로 검어진 타일 지붕들. 거대한 중앙 광장 샹드마르스. 그리고 이제 가을의 푸른빛 속에서 이 오래된 마을이, 뼈에 스미는 듯한 시골의 가을이 다시 나타난다. 여름이 끝났다. 정원은 시든다. 아침에는 냉기가 감돈다. 나는 서른, 서른하고도 넷—그 세월이 낙엽처럼 말라간다.

2

이 푸르고 나른한 마을. 고양이들. 창백한 하늘. 텅 빈 아침 하늘, 물기가 모두 빠져나간 순수한 하늘. 깊숙하게 펼쳐지는,

자주 갈라지는 거리들. 좁은 안뜰, 그 안에서 어렴풋이 풍기는 썩는 냄새, 길모퉁이에 떨어진 오렌지 껍질. 모서리가 닳은 울퉁불퉁한 연석. 저택을 소유한 의사들이 사는 구역. 쿠송, 프로비, 질로. 거리에까지 의사들의 이름이 붙어 있다. 로마 성곽을 관통하는 연결 통로. 포르트 드 브뢰유, 철책이 등산용 스파이크처럼 돌 속에 박혀 있다. 여자들이 숨을 헐떡이며 가파른 비탈을 오른다. 아직 자전거가 많은 마을. 아침나절이면 자전거들이 부드럽게 흐르듯 지나간다. 거리에서 빵 냄새가 난다.

다섯 시 사십오 분, 나는 동트기 전 잠에서 깬다. 멀리서, 이어 잠시 후 아주 가까이에서 세 차례 종소리가 들린다. 한밤중 그 종소리를 들으며 침대에 누워 있던 사이에 내 삶에서 가장 경건한 순간이 지나가버렸다. 종소리가 내 안으로 쏟아져 들어와 나 자신에게서 나를 끌어낸다. 문득 내가 어디 있는지 깨닫는다. 나는 이 마을의 일부가 되었고 그래서 행복하다. 창밖으로 몸을 내밀어 서늘한 공기, 아직 아무도 호흡하지 않은 듯한 공기에 얼굴을 씻는다. 모터바이크를 탄 소년 셋이 거의 손을 맞잡다시피 한 채 지나간다. 이어 순수하면서도 울적한 아침의 첫 푸른빛이 시작된다. 그 안에서 목욕이라도 할 수 있을 것 같은 대기. 열차가 내는 전기적인 굉음. 신발 뒤축이 인도를 스치는 소리. 하루의 첫 새소리. 나는 더 누워 있을 수가 없다.

상점에 들어가 계산대 앞에 선다. 아무도 나오지 않는다. 여자들이 계산대 뒤에서 들락거린다. 하얀 얼굴, 비누처럼 하얀 발목, 발가락 바깥쪽이 미어질 듯 닳은 구두, 흰 작업복 밑으로 보이는 원피스. 손톱이 짧다. 겨울철이면 뺨은 붉게 상기될 것이다.

“무슈?(뭐 드릴까요, 선생님?)”

그들이 내 대답을 기다린다. 다음 순간 물론 그 모든 마법은 풀려버린다. 내가 외국인이라는 것을 그들에게 들키고 만 것이다. 그 사실이 좀 거북하다. 외국어 억양이 전혀 없이 말할 수 있으면 좋겠다—듣고 이해할 줄은 안다고들 하던데. 불가능하겠지만, 라디오에서 나오는 모든 이야기와 노래 가사를 알아듣고 싶다. 눈에 띄지 않는 존재가 되고 싶다. 내가 나오자 문 안쪽에 달린 작은 종이 울린다. 그것으로 끝이다.

나는 저택으로 돌아온다. 대문을 열고 들어와 등 뒤에서 다시 닫는다. 찰칵하는 소리가 경쾌하다. 콩알만큼 작은 자갈들이 발밑에서 움직이며 희미하게 먼지가 인다, 이 마을의 향이. 그 향을 들이켠다. 나는 이제 그 향을, 그리고 이 동네를 알아가기 시작한다. 잠든 사이 내가 좋아하는 거리들이 담긴 지도가 머릿속에서 만들어진다. 이 마을의 복잡한 세부가 한 조각 한 조각 눈앞에 펼쳐진다. 나는 두 개의 다리 사이에 있는 제방 위를 강을 따라 걷는다. 기울어가는 마지막 햇살 속에서 보석처럼 너울거리는 묘지를 산책한다. 땅을 보러 다니며 언젠가 내 것이 될 소유지를 물색하는 기분이다.

이 글은 오퉁에서 찍은 사진들에 부친 메모다. 그저 메모로 시작했는데, 그러다가 뭔가 다른 것, 사건이라고 할 만한 것을 서술하게 되었다고 하는 편이 낫겠다. 이 사건은 오직 내게만 의미 있는 것이지만 더는 감추지 않으련다. 그 시간은 과거가 되었으므로.

여기서 말하는 그 어느 것도 사실이 아니다. 내가 오퉁이라고 했지만 사실 오세르가 될 수도 있었다. 여러분도 분명히 이런 사실을 곧 알게 될 것이다. 그저 내 마음속에 들어왔던 세부를, 내 살을 찢어버릴 수 있었던 파편을 기록할 뿐이다. 이것은 하나의 이야기, 존재한 적이 없는 일들에 관한 이야기다. 조금이라도 의심을 품는다면, 그런 의심을 품을 수 있다는 것 자체만으로도 모든 것이 어둠 속으로 곤두박질칠 것이다. 이 글을 읽는 사람이 누구든 간에 나만큼이나 체념하고 이런 사실을 받아들여주기를. 열정은 이미 세상에 넘칠 정도로 많다. 모든 것이 열정을 품고 전율한다. 그렇다고 내가 열정이 필요 없다고 생각하는 것은 아니다. 아니, 결코 그렇지 않다. 다만 이 이야기는 어떻게든 줄곧 빛을 포착해내는, 가늘게 반짝이는 파편일 뿐이다.

크리스티나 위틀랜드—처녀 적 이름은 크리스티나 카바니스, 출생 당시 이름은 크리스티나 푸어—는 차가워 보이는 얼굴, 약간 여윈 체구에 눈이 크고 눈동자가 연한 빛이다. 그녀의 부친은 대사였다. 그 가족은 눈부신 삶을 영위했다. 그녀는 아르헨티나, 그리스, 필리핀 등지에서 학교를 다녔다. 빌리가 어떻게 그녀를 만났는지는 기억나지 않지만 당시 그녀는 스물세 살이었고 그들이 처음 만난 순간 사랑에 빠졌다는 것만은 안다. 그녀는 그때 이혼 수속을 밟고 있었다. 그녀는 애초에 빌리와 결혼했어야 했다. 그는 그녀를 다루는 법을 알았다. 그녀로 하여금 스스로를 여자로 느끼게 하는 법을 알고 있는 유일한 남자였다.

"내 말 맞지, 여보?" 그녀가 말한다.

"그렇고말고, 자기."

빌리는 등을 돌린 채 은제 통에서 얼음 덩어리를 고르면서 대답한다. 그녀는 반대편 끝에서 두 다리를 깔고 앉아 있다. 파리. 새벽 세 시다. 그들의 딸, 고용인들, 집 안의 모든 이가 잠들었다. 그녀는 내가 담배에 불을 붙여줄 수 있도록 몸을 앞으로 기울였다가 다시 뒤로 기댄다. 폭신한 방석 위로 정말이지 사뿐히 내려앉는다. 자신은 더 이상 미국에서 살 수 없다고 그녀가 말한다. 그것이 그녀의 유일한 근심거리다. 그녀는 미국으로 돌아갔었다. 하지만 그곳은 그녀를 위한 곳이 아니었다. 무엇보다도 그녀는 운전조차 할 줄 모른다. 빌리가 그녀에게 마실 것을 건네지만 그녀가 그것을 도로 내민다.

"여보, 난 반만 달라고 했는데." 그녀가 말한다.

그가 다시 긴 방 저쪽 끝으로 걸어간다. 그가 새 잔을 집어 드는 것이 보인다. 그의 모든 동작은 흡사 그가 동작 하나하나를 숙고라도 하는 것처럼 이상하리만큼 느리다. 하지만 그 동작에는 꿈에서나 볼 수 있는 우아함이 깃들었다. 빌리 위틀랜드—하키 선수로서 뛰어난 포워드, 사상 최고였다고들 하고, 늘 친구들에 둘러싸여 있었다. 그가 혼자 있는 것은 결코 볼 수 없었다. 샤워를 한 뒤 아직 축축한 검은 머리를 빗질하면서도 거울 속의 자신과 함께 있었던 것이다. 그가 미소를 지으면 입술 위의 조그만, 영웅다운 흉터가 반짝였다.

그가 다시 잔을 가져와 말없이 그녀에게 건넨다.

"난 당신이 정말 좋아." 그녀가 말한다.

그가 자리에 앉아 다리를 꼰다. 값비싼 구두를 신고 있다. 크리스티나는 목에 건 외줄 진주 목걸이 안쪽에 손가락을 넣어 가볍게 흔든다. 빌리가 내게 말한다.

"음, 그런데 거기는 정말 조용한 곳이야. 아주 작은 마을이지. 너도 거기 가봤으면서 그 사실을 깨닫지 못한 것 같은데."

두 사람은, 나를 위해 그가 누구한테 편지를 쓰는 것이 좋을지 이야기하기 시작한다. 거기 앉아서 그들의 이야기를 들으며 나는, 기숙학교에서 1년간 보내는 것을 의논하는 부모 앞에 앉은 아이처럼 가벼운 흥분을 느낀다.

"수도관을 잠가놓았어. 나는 그걸 어떻게 트는지도 몰라. 그런 일을 모두 처리해주는 사람이 있거든. 우리는 겨울에는 한 번도 거기 간 적이 없어." 빌리가 말한다.

하지만 편지 한 통이면 그 일도 해결될 것이다. 혹은 그가 전화를 걸 수도 있다. 모든 게 처리되었다. 나는 언제든 가고 싶은 때에 그곳에 가면 된다. 크리스티나가 빌리에게 말하기 시작한다. 나는 그들의 대화를 거의 듣지 않는다. 이윽고 형언키 어려운 아름다운 장면 하나가 일렁이는 햇살처럼 나를 채웠다. 그것은 이제는 사라진, 앗제가 찍은 1만 장의 파리, 누런 염화금 용액에 담갔다 건진 저 탁월한 무성의 이미지들이다—나는 그 사진과 그것을 찍은 사람을 생각하고 있었다. 매일 아침 동트기 전에 밖으로 나와 그 도시를, 이곳의 나무 한 그루를, 상점의 전면 하나를, 영원히 솟구치는 분수를 그 도시로부터 천천히 훔쳐낸 그 사람을.

내가 그런 고요함을, 수많은 부지런한 시간으로부터의 피난

처를 눈앞에 떠올리는 동안 이 마을은 유일한 외지인인 내 앞에 하루하루 사신을 드러냈다. 물론 이 모든 계획은 충동적이었다. 나는 아무에게도 이 일에 대해 미리 말하지 않았다, 이런 아이디어는 사라져버릴 수 있으므로. 그 모든 것을 처음으로 펼쳐 보이는 그 순간을 상상했을 따름이다. 화랑에서의 아침. 판화를 한 장 한 장 넘긴다. 담뱃재가 부드럽게 테이블로 떨어진다. 누군가의 손이 건성으로 재를 흩어버린다. 이 작품들이 마음에 드십니까? 유럽의 아우라에 줄곧 사로잡힌 '나'가 거기 서 있다. 내 옷도 거기에서 산 것이다. 나는 대답을 기다린다. 이 작품들로 선생은 유명해지실 겁니다, 마침내 그가 말한다. 나는 머리가 아찔해진다. 한순간 그 말을 믿기로 한다.

"그곳 규모가 실제로 얼마나 되나?"

빌리는 모르는 모양이다. 그가 크리스티나에게 몸을 돌린다.

"아주 작아요." 그녀가 말한다.

"인구가 1만 5000쯤이야." 그가 어림한다.

"그렇게 작지는 않을걸. 그보다는 커." 내가 말한다.

"작다니까. 내 말 믿어." 그가 주의를 주듯 말한다.

사랑스러운 마을. 나는 온갖 날씨를 배경으로 한 이 마을의 모습을 안다. 햇살이 도자기 파편처럼 떨어지는 골목, 고요한 저녁나절, 빗물에 푸르게 보이는 고가교. 그리고 다시 와보니—이것은 훨씬 나중 일이다—양쪽으로 길게 펼쳐진 들판이 선명하게 보인다. 비행기는 수림 한가운데로 난 통로 같은 공간 위를 날아간다. 나무 둥치들이 석회 성분 때문에 온통 하얗다. 프랑스의 길. 식당과 묘지. 검은 나무들과 내리꽂히는 빗줄기. 시겟바늘이 한 시 사십 분을 가리킨다. 차축이 나무처럼 삐걱거린다.

생루이그랜드 호텔. 테이블과 철제 의자가 놓인 작은 안뜰. 담쟁이덩굴로 빽빽하게 덮인 벽 바깥쪽으로 안쪽 객실의 덧창들이 열려 있다. 격자 세공이 덩굴에 묻혀 있는 버려진 발코니. 머리 위로는 차갑고 구름 낀 오텡의 하늘 한 조각. 늦은 오후다—초록이 전율한다. 아주 작은 덩굴손들이 흔들린다. 프랑스 특유의 파고드는 냉기, 모든 것에 스미는, 순식간에 다가오는 냉기가 이곳에 있다. 안쪽, 쿠폴(둥근 천장) 아래서 저녁 식탁이 차려진다. 가죽 케이스에 든 시계, 수프 그릇, 풀라르(스카프)처럼 이 오래된 마을의 부富가 전시된 근사한 유리 콘솔에 이미 불이 들어왔다. 나는 시선을 옮긴다. 향수. 중세 조각에 관한 책들. 목걸이. 속옷. 콘솔의 유리에는 보트 가장자리에 대는 것 같은 가는 황동 띠가 맨 꼭대기—색색의 벌집 형태, 육각형, 착색 유리 조각들로 된 돔—까지 곡선을 그리며 둘러졌다. 이 모든 것 뒤로 흰 재킷 차림의 웨이터들이 미끄러지듯 걸어 다닌다.

카페와 널찍한 광장이 있는 서글퍼 보이는 작은 마을. 외곽에서 건설 중인 아파트. 내가 모르는 거리들. 렉스와 복스, 영화관이 두 곳 있다. 분수에서 물이 떨어진다. 나이 든 여자들이 개를 데리고 산책한다. 아침. 나는 『삽화를 곁들인 프랑스사』를 읽고 있다. 짙은 안개 때문에 뜰은 온통 하얗게 변해버리고 그 안의 모든 것이 안개 속에 숨는다. 완벽한 정적. 나는 시간의 흐름을 거의 느낄 수 없다. 내가 건물 밖으로 나오자 해가 막 구름을 뚫고 나온다. 첨탑이 검게 보인다. 비둘기들이 구구거린다.

이 시간쯤이면 언제나 누군가에게 이야기를 하고 싶은 욕망이 생긴다. 그 욕망을 떨쳐버릴 수가 없다. 나는 길고 음산한 대성당 측면 아래에서 출발한다. 나는 그 거리들을 모두 알고 있다. 알랑쿠르 광장. 여체처럼 곡선을 그리는 생팡크라스 가. 멋진 주택들도 안다. 그리고 물론 사람들도 몇 안다. 조브 일가—그 부인은 내가 본 중 가장 마른 여자일 것이다. 카페 포이의 여종업원들. 피케 부인. 아, 그렇다, 그 여자에 대해 위틀랜드에게 물어봐야 한다.

3

포슈 가에 있는 멋진 아파트로 승강기 한 대가 소리를 죽인 채 올라간다. 방마다 사람들로 가득한데, 그중에는 이브닝드레스 차림을 한 이들도 있다. 베네뒤스 부부가 작은 만찬을 연 것이다. 다른 이들은 나중에 들르도록 초대받았다. 흰 재킷 차림의 웨이터 둘이 커피를 서빙하고 있다. 나는 창가에 선다. 아래쪽에는, 아직 향기를 내뿜는 거뭇한 가로수 사이로 차들이 전조등을 켜고 물 흐르듯 지나간다. 이제 내게는 파리가 놀라운 도시, 조금은 지나치게 풍요로운 도시로 보인다. 기묘하게 경건해진 나는 나도 모르게, 마치 뭔가 특별하기라도 한 것처럼 지방의 소박한 삶을 옹호한다. 그것은 파리에서의 삶, 굳이 비유를 들자면 거대한 원양 정기선을 타고 있는 것이나 다름없는 그런 삶과는 다르다. 우리가 한 나라를 제대로 볼 수 있는 것은 이런 작은 마을, 평범한 낮과 밤에서 얻은 그런 앎 속에서다.

"저기 애나 소렌이 있군." 빌리가 속삭인다.

나는 유명한 여배우였던 그녀를 알아본다. 대스타에게서 남은 것. 좁은 입술. 술 좋아하는 사람 특유의 얼굴. 그녀는 끊임없이 손으로 머리를 쓸어올렸다가 흘러내리도록 한다. 웃을 때도 소리를 내지 않는다. 모든 동작이 침묵 속에서 이루어진다. 그녀는 과거의 산물이다. 그가 에번 스미스를 가리킨다. 휘트니라는 사람의 아내란다. 패션 잡지사에서 일하는 여자들도 있다. 여기서는 돈과 취향을 가진 특정 부류의 사람들을 만나게 된다.

"정말 그렇군."

"베르나르 파조도 있는걸."

파조는 작가다. 키가 작고 콧수염을 기른 아기 같은 얼굴에 엄청나게 뚱뚱하다. 그가 어떻게 사는지는 널리 알려져 있다. 그의 하루는 저녁에 시작된다—낮에는 종일 잠을 잔다. 그의 주식은 감자와 캐비아 그리고 엄청난 양의 보드카다. 그는 겉모습만이 아니라 실제로 '진짜' 발자크라고들 한다.

"저 사람 정말 발자크처럼 씁니까?"

"같은 외모에 같은 직업을 가졌다는 것만으로도 충분하죠." 베네뒤스가 나직하게 속삭인다.

나는 베르나르 파조의 말을 엿듣는다. 그의 음성은 깊고 풍성하며 허스키하다. 그는 가늘고 검은 시가를 피운다.

"간밤에 제가 톨스토이와 저녁 식사를 했는데 말입니다……." 그가 말한다.

그의 등 뒤에는 값진 책들이 유리 선반에 층층이 쌓여 있고 무슨 역사적 건물처럼 전면 아래에서 조명이 비추고 있다.

"……우리는 이제는 존재하지 않는 문제들에 대해 대화를 나눴지요."

베네뒤스는 언론인으로 편집국장이다. 뻣뻣한 갈색 머리는 너무 길고 눈은 파랗고 지식은 정확하다. 그는 위인들을 가까이에서 관찰한 사람만이 가질 수 있는 저 침착하고도 오만한 태도를 지녔다. 또 모르는 사람이 없다. 방 안에 각종 언어가 넘쳐난다. 스위스인들. 멕시코인들. 그의 아내는 살쾡이 같다. 방 저편에서도 그녀는 느릿한 미소로 자신감을 과시한다. 그녀는 크리스티나의 친구고, 나는 그녀를 오후 대로에서 알아본다. 그녀가 카페를 나서는 광경을 목격한다. 니트 정장을 즐겨 입는 그녀의 젖가슴이 옷 속에서 부드럽게 흔들리지만, 남자를 만나고 다니는 것 같지는 않다. 그러기에는 그녀 남편이 지나치게 유능하다. 그는 그녀가 만나는 남자들을 산산조각 낼 수 있다. 그 방법을 정확하게 알고 있다.

그녀가 빌리와 이야기하고 있다. 빌리는 품새가 우아하고 몸이 호리호리하다. 세기 시작한 옆머리가 보인다. 그 밖에 모든 것은 금빛이다. 순금 커프스단추, 모래알만큼 촘촘한 그물코로 된 금시곗줄, 금제 카르티에 라이터. 나는 두 사람이 무슨 이야기를 하는지 모른다. 대단한 건 아닐 것이다. 그와 수없이 대화를 나눠본 나는 그것이 별 이야기가 아니라고 확신한다. 그런데 어째인서지 그녀는 그에게 줄곧 관심을 보인다. 전부터 크리스티나는 곧잘 빌리에게 파티장을 떠나 어디 가서 성교나 하고 싶다고 속삭이던 터다. 빌리의 입가에는 예의 흰 흉터가 나 있다. 상대방은 그 흉터에서 시선을 떼지 못하게 마련이다. 그가 그녀의 담배에 불을 붙여준다. 그녀가 고개를 약간 숙인다. 그랬다가 다시 고개를 든다. 두 사람은 대화를 계속한다. 나는 그녀가 한순간도 몸을 가만두지 않는다는 것을 알아차린다. 그녀는 상대의 눈길을 받으며 알아차리기 어려울 정도로 살짝살짝 몸을 비트는 것 같다.

나는 꽤 넓은 그 아파트 안에서 좀 더 조용한 곳으로 걸음을 옮긴다. 천장이 조용해지고 사람들의 목소리가 희미해진다. 그 집에서 좀 더 오래되고 평범한 구역으로 들어서는 느낌이다. 식당에는 사람이 없고 어둡다. 식탁은 치우지 않은 채 그대로다. 아직 식탁보가 깔렸고 의자들이 어지럽게 흩어져 있다. 유리 접시에는 먹다 남은 브리 치즈가 담겼고 반으로 잘라놓은 배가 벌써 갈색으로 변색되고 있다. 창문 앞에는 키 큰 식물들을 심은 온실 같은 곳이 있는데, 소음이 미치지 않는 그곳은 낮 동안에도 빛이 꺾여 들어온다. 그곳에서, 한가한 아침의 고요함 속에서 마리아 베네뒤스가 〈르피가로〉나 〈헤럴드트리뷴〉을 넘기는 소리가 들리는 듯하다. 짧은 꽃무늬 실내복 차림이다. 작은 티스푼으로 블랙커피를 젓고 그것을 마신다. 화장기 없는 맨얼굴. 다리도 맨살이다. 무대 뒤 분장실에 앉은 연기자처럼. 사람들은 이런 평범한 순간을, 그녀의 눈부신 삶의 이런 휴식을 사랑한다.

갑자기 뒤에서 인기척이 난다.

"제가 놀라게 해드렸나요?" 크리스티나가 미소를 지으며 묻는다.

"네? 아닙니다."

"화들짝 놀라시던걸요. 자, 이리 오세요. 소개하고 싶은 분이 있어요."

테네시 주 브리스톨 출신의 친구예요, 그녀가 나를 다시 안으로 데려가며 말한다. 아뇨, 하지만 그녀가 마음에 드실 거예요. 아주 재미있는 사람이거든요. 그녀는 프랑스인 갑부와 결혼했어요. 그녀가 비데마다 꽃을 꽂는 바람에 그는 화를 내지요. 나는 벌써 그 여자가 두렵다.

이 늦은 시간에도 손님들이 계속해서 들어온다. 다른 만찬장이나 극장에 다녀오면서 들른 것이리라. 스웨이드 부츠에 띠를 졸라맨 코트 차림의 근사한 여자 둘과 남자 하나로 이루어진 멋진 3인조를 베네뒤스가 안내하고 있다. 저들은 모녀 사이예요, 크리스티나가 내게 말한다. 저 남자는 저 모녀 둘 다와 결혼했고요. 바 근처에서는 애나 소렌이 머뭇대는 듯한 모호한 미소를 지은 채 주위의 대화에 귀를 기울인다. 누가 말하는지 알고서 그러는 것은 아니다. 그녀의 시선은 엉뚱한 사람을 향하고 있다. 가짜 속눈썹이 덜렁거린다.

"이거 아세요? 빌리의 친구 중에서 제가 좋아하는 사람은 당신뿐이에요." 크리스티나가 말한다.

그 말을 듣자 기분이 좋으면서도 왠지 심란하다. 그 말이 정확히 무슨 뜻인지 모르겠지만 뭔가 중요한 의미를 띠게 될 것 같은 기분이 든다. 그 말에 대답하고 싶지 않다. 아니, 그 말을 아예 듣지 못한 체하고 싶다.

"빌리의 친구들은 모두 무식해요." 그녀가 내게 말한다.

사람들 사이에서 한 여자가 다가오고 있다.

"이사벨!" 크리스티나가 큰 소리로 부른다. 크리스티나의 친구다.

은색 단추가 달린 셔링 잡힌 흰 셔츠에 아름다운 검정색 샤넬 정장을 입은 나이 마흔의 이사벨에 대해서는 찬사를 늘어놓는 것 외에 달리 할 말이 없다. 손가락에는 큼직한 다이아몬드 반지를 꼈다. 빛의 조각을 모조리 잡아채는 완벽하게 둥근 다이아몬드다. 그녀의 미소는 의상만큼이나 눈부시다. 그녀가 동행한 젊은이를 소개한다.

"필립……." 그녀가 할 수 없다는 듯 한 손을 흔든다. 청년의 이름을 잊은 것이다.

"……딘이라고 합니다." 청년이 나직하게 말한다.

"전 정말 최악이에요." 그녀가 느린 어투로 말한다. "사람 이름을 듣자마자 잊어버리는 것 같아요."

그녀가 웃는다. 톤이 높고 거친 웃음이다.

"마음에 두지 말아요." 그녀가 청년에게 말한다. "당신은 이 방에서 제일 잘생긴 남자잖아요. 전 원래 아는 사람이 아니면 대통령 이름도 까먹는 여자고요."

그녀는 웃고 또 웃는다. 필립 딘은 아무 말도 하지 않는다. 나는 그 침묵이 부럽다. 왠지 그 침묵은 그의 체면을 구기지 않는다. 기묘하게 아름다운 침묵이다. 마치 우리에게는 없는 어떤 권리 같다.

"이분은 스페인 여행을 하고 돌아왔어요. 맞죠?" 그녀가 말한다.

"스페인이라고요!" 크리스티나가 외친다.

그의 얼굴이 그 사실을 확인해주는 것 같다. 오픈카를 타고 달린 눈부신 여행의 흔적이 희미하게 남았다.

"난 스페인을 사랑해요." 크리스티나가 말한다.

"스페인에 가보셨나요?"

"오, 여러 번 갔었죠." 그녀가 대답한다.

"바르셀로나도요?"

"난 바르셀로나가 정말 좋아요."

"그리고 마드리드……."

"굉장한 도시예요."

"우리는 매일 프라도에 갔었죠." 그가 말한다.

"난 프라도를 사랑해요."

"그게 뭐죠?" 이사벨이 묻는다.

"미술관이에요."

"미술관이라고요? 아, 난 미술관도 좋아하는데. 방금 무슨 미술관이라고 하셨는지 잊었어요."

"프라도입니다." 그가 대답한다.

"이런, 맞아요. 이제 기억나요."

"스페인에서 뭘 하셨죠?" 크리스티나가 묻는다.

"그저 여행을 했습니다." 그가 대답한다.

"혼자서 말인가요?"

늦은 오후 암갈색 도시를 돌아다니는 젊은이의 모습. 발렌시아. 넓은 대로의 가로수. 밤의 세비야. 가라앉은 흙먼지 냄새. 그보다 더 진하고 싱그러운 협죽도 향기. 대형 호텔 앞에서 문지기 둘이 호스로 인도에 물을 뿌리는 광경.

"아뇨, 아버지와 함께였습니다." 그가 말한다.

갑자기 그 청년이 마음에 든다. 크리스티나는 시선을 떼지 못한다. 그녀가 그가 언제 태어났는지 묻는다. 알고 보니 그는 궁수자리인데, 그건 아주 좋은 조짐이다.

"정말이에요?"

"궁수자리는 저하고 꼭 맞는 별자리 중 하나랍니다. 전갈자리는 최악이고요."

"나는 천칭자리예요." 이사벨이 그렇게 말하면서 웃는다. "천칭자리라고 맞게 말한 거죠?"

딘은 작고 곧은 입매, 널찍하게 떨어졌으면서도 지적인 눈을 했다. 여름이 말려놓은 머리카락. 동부 출신의 동급생, 여자애들처럼 호리호리한 축구팀 수비수, 내가 생각하는 킹카 남학생의 머리카락이다.

"정말 멋진 얼굴이군요." 크리스티나가 말한다. 그녀는 갑작스럽게 유쾌한 기분에 사로잡힌다. "당신을 그려보고 싶어요."

이사벨이 웃는다. 밤이 이제 겨우 시작된 참이다.

새벽 세 시—크리스티나는 술을 마실 때는 잠자는 법이 없다—, 우리는 레알 근처의 어수선한 거리를 쏘다닌다. 이런 시간에는 공기가 차고, 찬 공기 속에서 소리가 울리는 것 같다. 상자를 운반하던 일꾼들이 그런 곳에서는 듣기 어려운 하이힐 소리에 고개를 들고 쳐다본다. 이사벨이 이야기를 하고 있다. 크리스티나도. 두 사람은 온갖 것들을 손가락으로 가리킨다. 우리는 느린 걸음으로 바리케이드처럼 쌓인 과일과 물건 사이를 바보처럼 걷는다. 텅 빈 술집들을 지나치고, 수레와 트럭을 가로지른다. 이윽고 굉음을 내며 고기를 처리하는 긴 철제 시설이 우리 앞을 막아선다. 마치 어둠 속에서 공장이 튀어나오기라도 한 것 같다. 머리 위에 걸린 선등에서 빛이 쏟아진다. 도처에 살육의 냄새가, 꽃향기보다 훨씬 진한 금속성을 띤 악취가 풍긴다. 인도 위 외바퀴 수레에는 도살된 가축의 머리들이 담겨 있다. 프랑쥐프랑스의 영화감독. 세계 최고의 영화 자료실 시네마테크프랑세즈의 전신인 세르클드시네마를 창립했다의 저 유명한, 문자 그대로 김이 피어오르는 영화의 한 장면 같다. 우리는 그 말 못하는 희생물을 내려다본다. 수십 두頭는 되는 것 같다. 주둥이는 분홍색이고 코는 여전히 축축하다. 감정이 풍부한 큰 눈을 껌벅이고 있는 어린 송아지의 가죽을 날 달린 낡은 칼로 벗겨낸 것이다. 일꾼들의 피 묻은 팔이 재빨리 움직인다. 그들의 손이 닿는 곳마다 마법처럼 가죽이 벗겨지고 더운 내장이 쏟아져 나온다. 모든 것이 순식간에 분리된다. 2분 전 그들 앞에 끌려온 동물은 이제 사라지고 없다. 크리스티나가 백작 부인처럼 하얀 코트로 몸을 감싼다.

"이러다간 악몽을 꿀 것 같아." 그녀가 말한다.

"잠을 자긴 할 건가?" 빌리가 묻는다.

"우리 피그 플레이스에 가요." 이사벨이 제안한다.

"여보, 그게 어디지? 이 근처 아닌가?"

"바로 저기야." 빌리가 대답한다.

그곳을 찾는 데 10분이 걸린다. 당연히 엄청난 인파가 모였다. 한밤중 이 시간이면 늘 그렇다. 택시가 미등을 켠 채 대기중이고 사방에 자동차가 주차되어 있다. 일부는 카바레에 갔다가 오는 사람들이고 나머지는 이 유명한 시장을 보려고 잠자리에 들지 않은 이들이다. 소문에 따르면 도시 외곽으로 옮길 계획이라고 하니 조만간 여기서는 사라질 모양이다.

우리는 가까스로 빈 테이블을 찾아낸다. 빌리가 손을 비빈다. 이곳 특식인 걸쭉하고 표면이 바삭거리는 맛좋은 수프 냄새가 풍겨온다. 크리스티나는 음식은 말고 오로지 포도주만 원한다.

"그건 당신 몸에 안 좋아." 빌리가 말한다. 그녀는 황달에 걸려 몇 달째 병상에 있었다. "수프를 좀 들어보는 게 어때?"

"왜 나를 못살게 구는 거야?" 그녀가 말한다.

"여보……."

"왜?"

"내가 대신 주문해줄게."

"그러든지." 그녀는 고개를 돌리고는 우리에게 눈부신 미소를 지어 보인다.

사람들이 빽빽하게 들어찬다. 웨이터들이 사람들 사이를 힘겹게 헤치고 다닌다. 그들이 귀가 먹었거나 우리 목소리가 나오지 않는 모양이다. 마치 무슨 꿈을 꾸고 있는 것처럼 손님들이 늘어난다. 현실이라기엔 믿기지 않는 얼굴들이 사방에 보인다. 발처럼 뼈가 두드러진 알제리인의 얼굴, 피상적이고 비현실적인 미국인의 얼굴, 분홍빛 프랑스인의 얼굴. 이사벨은 연신 웃음을 터뜨린다. 그녀는 한 손을 입에 갖다 대고 몸을 앞뒤로 살짝살짝 흔든다. 그러면서 자기 남편이 여행 가방을 싸던 중 시작된 말다툼에 대해 이야기한다. 그가 그녀에게 프랑스어로 고함을 질렀다는 것이다.

"자, 이번만큼은 내 말 좀 들어." 그가 그렇게 말했다.

"싫어." 그녀는 성난 몸짓으로 살짝 발을 굴러 보였다.

"발로 그런 짓 좀 하지 마."

"싫다니까." 웃음, 또 웃음.

저 사람 마누라한테 푹 빠졌군, 사람들이 내게 그렇게 말할 거라는 건 나도 알아요.

"프랑스 남자와는 결혼하지 마요." 그녀가 말한다. 그러면서 웃음을 터뜨린다. 그녀는 코코라는 이름의 자신의 푸들을 끌어안으며 또 웃는다. 그러고는 랑방 상자를 열어 바스락 소리를 내며 포장지를 옆으로 밀어놓는다. 전화벨이 울린다. 그녀의 친구다. 그녀는 몇 시간에 걸쳐 웃고 또 웃고 떠든다.

"선생님은 파리에 사십니까?" 딘이라는 청년이 내게 묻는다.

"뭐라고 하셨나요?"

"파리에 사시냐고요."

이사벨은 이제 시집 식구들에 대해 떠들고 있다. 그녀는 그들이 지겹다. 모두들 하나같이 손주만 바란다고 한다. 나는 위틀랜드 하우스에 머물고 있다고, 작은 마을에 있다고 대답한다.

"혹시 디종 아십니까?"

"예."

"바로 디종 근처에 있는 마을입니다."

"그럼 프랑스 중부군요." 그가 결론을 내린다.

"한복판이죠. 조그만 마을이지만 독특한 면이 있어요. 그렇게 부유하지도 않고 대단한 마을도 아닙니다. 그저 잘 자리 잡은 오래된 마을입니다."

"마을 이름이 뭡니까?"

"들어본 적 없는 이름일 겁니다. 오툉입니다."

"오툉……." 그가 말한다. 그러더니 "정말 프랑스다운 이름이군요"라고 덧붙인다.

"그곳은 진짜배기 프랑스예요."

"이 사람 말 믿지 마요." 빌리가 주의를 준다.

우리가 차로 이사벨을 집에 데려다준 건 새벽 다섯 시가 다 되어서다. 딘은 벌써 가버렸고, 우리 넷만 남았다. 나는 피곤하다. 영혼이 심각한 위기에 빠질 것 같은 느낌이다. 거리는 완전히 비었다. 하늘이 엷게 물들기 시작했다. 우리는 몽테뉴 대로에 있는 어느 건물 앞에 차를 세운다. 빌리가 이사벨을 문으로 데려간다. 나는 크리스티나와 함께 차 안에 남는다. 우리는 고개를 뒤로 기대고 눈을 감는다.

"조금 전 그 사람 멋진 청년이더군요." 그녀가 말한다. "당신은 다시 젊어지고 싶지 않아요?"

"그 정도로 늙진 않았습니다."

"애 같기는……." 그녀가 달래듯 말한다.

"나이 먹는다는 걸 느끼고 있기는 합니다."

"아녜요, 당신은 아주 젊어 보여요. 정말이에요. 아직 학생 같은걸요."

"고마운 말씀이군요."

"학창 시절 당신은 어땠어요?"

그녀가 졸린 목소리로 묻는다.

"너무 오래전 일이라서."

"아니, 정말로 묻는 거예요. 어땠었나요?"

"우리 세대의 우상 같은 존재였죠."

그녀가 고개를 돌리는 기척이 난다.

"모르셨던가요?" 내가 그녀에게 묻는다.

그때 차 문이 열린다. 빌리다. 그가 의자에 털썩 주저앉는다. 차가 다시 달리기 시작한다.

"어디 뭐 좀 마실 만한 데로 가." 크리스티나가 말한다.

그는 대답하지 않는다.

"여보?"

"정말 그러고 싶어?"

"어디 가면 될까?"

"칼바도스."

"좋아, 거기로 가자." 그녀가 말한다.

4

녹슨 문이 달린 안마당이 다시 나를 맞는다. 울타리가 둘린 경내. 토대가 무너져가는 거대한 담장. 나무들이 알랑쿠르 광장의 양조업자들처럼 서 있다. 그 아래에는 벽돌이 깔려 있다. 인도는 벽돌 가장자리를 따라 이끼로 덮여 있다. 아래로 내려가면 거리들이 꽃처럼 피어나기 시작한다. 뒤프레뉴 가. 포부르생블레즈, 세련된 이 지역 저택 한 채, 작은 철제 난간이 달린 발코니, 드넓은 정원. 나무들이 담장을 넘어 도로에까지 그늘을 드리우고 있다. 문들은 상당히 견실해 보인다.

그리유 가에 또 다른 저택이 있다. 멋진 색채감—퇴색한 벽

돌, 문과 창, 하얀 석재 안에 자리 잡은 주요 배관들. 자갈 깔린 진입로. 높다란 철제 대문. 그날 아침 그 앞을 지나가는데 분홍색 작업용 덧옷 차림의 젊은 여자가 방의 덧창을 하나하나 연다. 분명 의사가 사는 집일 것이다. 이런 집 주인들은 모두 의사들이다. 수의사. 안과 의사, 이비인후과 의사. 그들은 마을에서 가장 견고하고 큰, 모든 거리가 내려다보이는 요새 같은 저택에서 산다. 내부 시설은 매끈하고 윤이 난다. 명판은 언제나 반짝거린다.

축구 포스터가 싸구려 카페 창문에 붙어 있다. 오툉 대 샤롤. 오툉 대 샤니. 아무도 포스터의 내용을 읽지 않는 것 같다. 몇 사람이 도미노 게임을 하고 있다. 북아프리카인들처럼 보인다. 마을 아래쪽에 있는 공장들은 조용하다. 오래된 공장들은 폐기되었다. 무두질 공장들의 높은 굴뚝은 썰렁하고 창문은 어둡다. 그 너머로 보이는 강은 잔잔하다.

오후 네 시. 길을 따라 늘어선 가로수 위쪽 가지들이 하루의 마지막 햇살을 듬뿍 받고 있다. 바깥쪽 벽에 자전거 몇 대가 기대어져 있을 뿐 경기장은 조용하다. 나는 다시 한 번 시간표를 읽어보고 안으로 들어가 거의 비어 있는 관중석 쪽으로 내려간다. 저 멀리서 선수들이 부드러운 잔디 위를 힘차게 달리고 있다. 외침도 고함도 없는 것 같다. 그저 공을 차는 둔탁한 소리뿐.

그 텅 빈 상태, 삶의 그런 창백한 면이 내 마음에 든다. 경기장 너머로 들판이, 전원의 숲이 시야 가득 펼쳐져 있다. 머리 위로 구름이 조금 낀 시골 특유의 하늘. 이따금 미소처럼 어렴풋한 햇살이 구름 밖으로 나온다. 나는 다른 이들과 좀 떨어져서 앉는다. 젊은 애들 몇몇이 힐끔 바라볼 뿐 그것으로 끝이다. 스코어보느는 없다. 게임의 승운이 이쪽저쪽으로 오간다. 꽤 오랜 시간이 흐른 것 같다. 이윽고 누군가 선 밖으로 벗어난 공을 쫓아가도록 아이 하나를 보낸다. 나는 천천히 운동장을 도는 그 애를 지켜본다. 아이가 골대 뒤쪽을 지난다. 처음 얼마간은 빠른 걸음으로 걷다가 나중에는 천천히 걷는다. 가다가 방향을 잃은 것처럼 보인다. 이윽고 콩알만 해진 아이가 저 너머 사이드라인에 혼자 서 있다. 잠시 후 그 애가 돌멩이를 걷어차는 것이 보인다.

나는 공허의 중심에 있다. 거기에서는 모든 행동이 훨씬 순수해져서 규정짓기가 쉽다. 소리도 그 자체로 분리된다. 세부가 모두 드러난다. 나는 카페 생루이에서 걸음을 멈춘다. 카페 안은 오래된 교실 같다. 의자 만곡부의 칠이 벗겨져 있다. 바닥은 광택이 사라지고 없다. 누렇게 변색되어가는 넓은 실내, 벽에는 창문과 같은 크기의 대형 거울들이 완벽과는 거리가 먼 위치에 걸려 있다. 거리에 면한 유리문들. 어디서든 밖이 내다보이는 것 같다. 사람들이 당구를 치고 있다. 나는 그들을 지켜보는 대신 소리만 듣는다. 당구공이 부딪치는 부드러운 소리가 무슨 연주회 같다. 당구 치는 이들이 쉰 목소리로 서서 이야기를 하고 있다. 그들이 피우는 진한 담배 연기……. 그들은 낮 시간에는 그곳에 오는 법이 없다. 카페 안은 아침 해가 내리쪼일 때와는 전혀 다른 모습이다. 곰팡내. 당구대는 그리 어두운 색이 아닌 것 같다. 모서리의 목재가 갈라지고 있다. 정교하게 세공된 다리로 판단하건대 적어도 100년은 된 상당히 오래된 물건처럼 보인다.

늘 씌워놓는 연녹색 천 아래의 펠트가 낡은 양복의 소매처럼 닳았다.

"무슈?(선생님?)"

그곳을 운영하는 나이 든 여자다. 단추처럼 새하얀 틀니. 필시 남편 것이었으리라. 그녀의 입속에서 틀니가 덜그럭대는 소리가 들린다.

"무슈?" 노파가 다시 부른다.

이제 아홉 시경, 호텔이 있고 그곳 바에서 음악이 나오고 어떤 사람 하나와 커플 두어 팀이 둘러앉아 있다. 이 마을 상류층 청년 서넛이 소파에 늘어져 있다. 나도 봐서 아는 얼굴들이다. 그 가운데 하나는 적어도 겉으로 보기에는 천사 같은 얼굴이다. 잘생긴 얼굴. 부드럽고 검은 머리카락. 헤쳐놓은 과일 같은 입. 그들에게는 재미있는 일이 없다—이야기도 나누지 않는다. 그러다가 누군가 자리를 뜬다. 그들은 웃음으로 툭툭 끊기는 대화를 짤막하게 나누며 이따금 바텐더를 소리쳐 부른다. 나머지 시간은 그저 지루해하며, 오만한 태도를 갈고닦으며 앉아 있다. '천사'는 다른 이들보다 키가 크다. 값비싼 양복 차림에 넥타이 목 부분을 느슨하게 풀어놓았다. 스웨터를 입을 때도 있다. 부드러운 소맷동. 거리에서 그를 본 적이 있다. 열일곱 살쯤 되어 보이고, 낮에는 별로 위험한 인물처럼 보이지 않는다. 그저 불량 학생이거나 이미 나쁜 짓으로 악명 높은 청년 같다. 그는 유혹을 시작할 만반의 태세를 갖추었다. 그건 쉬운 일이라고, 여자를 손에 넣는 건 간단한 일이라고 장담할지도 모른다. 믿으면 현실이 된다는 말도 있잖은가. 서늘한 한기가 내 등줄기를 관통한다.

그에게서는 다른 사람을 모방하는 것이 아닌, 온전히 분출하는 명백한 자신감을 느낄 수 있다. 그 자신감은 자신의 상像을 먹고 산다. 그는 거울에 비친 자신의 모습을 유심히 바라보며 머리를 빗는다. 자신의 치아를 꼼꼼히 검사한다. 가정부는 그가 자신의 옷을 벗기도록 내버려둔다. 그녀는 그를 싫어하지만 떨쳐내지 못한다. 나는 그가 무슨 말을 했을지 생각해보려 애쓴다. 그는 그런 일을 위한 본능을 갖고 있다. 그는 이곳에서 여자들을 사냥하고 약자를 찾는다. 나는 그가 어떤 기분일지 잘 모르겠다. 자객이 느끼는 환희 같은 것일까.

오늘 저녁만큼은 나도 그를 흉내 낸다. 집으로 가는 길에 캄캄한 상점 쇼윈도에 언뜻언뜻 비치는 내 모습을 바라본다. 걸음을 멈추고 옷을 살펴본다. 마치 영화에서 걸어 나온 것 같은 느낌이다. 나는 내 정체성을 떨쳐버렸다. 나는 옛 자아에서 벗어나 아직 자유로운 상태다, 첫 만남 전까지는. 이제 아주 분명하게 클로드 피케와의 만남을 상상한다. 다음 모퉁이에서 정말 그녀를 보게 될 것 같은, 코냑의 힘을 빌려 아주 자연스럽게 대화를 시작할 것 같은 확실한 예감을 한순간 느낀다. 우리는 나란히 길을 걷는다. 나는 그녀가 말하는 것을 유심히 지켜본다. 그녀는 내게 관심이 있는 게 분명하다. 나는 한 마리 상어처럼 그녀 주위를 맴돈다. 문득 깨닫는다. 바로 그녀라고. 그렇다, 확신한다. 나는 그녀를 만날 것이다. 물론 지금 나는 조금 취한 상태, 조금 무모한 상태, 감정적으로 민감한 상태다. 그래서 내가 그녀의 연인으로 운명 지어졌다고, 아주 자연스럽게 그녀의 삶 속으로 들어가게 되리라고 멋대로 생각한다. 거리에서 당신을 여러 번 보았답니다, 내가 그녀에게 말한다. 그래요? 그녀는 그 말에 놀란 시늉을 한다. 위틀랜드 부부를 아십니까? 내가 묻는다. 위틀랜드요? 위틀랜드 씨와 그 부인 말입니다. 아, 위(네). 음, 전 그분들 집에 묵고 있답니다, 내가 말한다. 그다음에는 무슨 말을 해야 하나? 모르겠다—실제로 그녀와 이야기를 하게 되면 쉽게 대화가 이어질 것이다. 물론 나는 그녀가 내가 머무는 집에 와주기를 바란다. 그녀가 집 안에 들어온 후 문이 닫히는 소리를 듣고 싶다. 그녀가 창가에 선다. 그녀는 거리낌 없이 내게 등을 돌린 채 내가 다가서도록 내버려둔다. 나는 그녀의 팔을 가볍게 건드릴 것이다……. 클로드…… 그녀가 나를 보고 미소를 짓는다.

구름 낀 아침들. 바람 부는 아침들. 흑풍이 물처럼 몰려드는 아침들. 나무는 흔들리고 창문은 선박처럼 삐걱거린다. 비가 내릴 것이다. 잠시 후 유리창에 빗방울이 소리 없이 부딪친다. 천천히 그 숫자가 늘어나 유리창을 덮고 흘러내리기 시작한다. 그 서늘한 아침 오퉁의 모든 것이 비를 맞는다. 줄무늬가 생기다가 이어 전체가 젖어 짙어지는 로마식 대문의 조각, 이제 번들거리는 청회색 지붕, 묘지, 아루 강의 다리들. 이따금 바람이 되돌아와 비스듬하게 누운 빗줄기가 모래처럼 유리창을 두드려댄다. 빗방울이 대로와 건물, 이 마을의 옛 영화 위로 도처에 떨어진다. 뤼코트 서점 유리창에도 비, 아케이드 상점가에도, 초콜릿 가게 '몽죄의 백조'에도 비. 나를 몹시 기쁘게 해주는 길고 고른 비.

5

그는 오후 늦게 도착한다. 10월 첫째 주 날씨는 줄곧 따스하다—그러니까 필립 딘이 내가 머무는 집 대문 앞에 대중적 취향과는 상관없는 근사한 구형 자동차를 갖다 댄 것이다. 물론 정말 뜻밖이다. 아마 내 얼굴에 그런 기색이 나타났을 것이다.

"이런, 제가 방해가 되지 않았으면 좋겠네요." 그가 거의 수줍어하는 어조로 말한다.

"방해라니, 전혀 그렇지 않아요."

"그냥 차를 몰고 와봐야지 했어요."

"잘하셨습니다." 잠시 후 나는 좀 멍청한 어조로 이렇게 묻는다. "이거 당신 차인가요?"

예, 하고 말하며 그는 한번 살펴볼 것을 고집한다. 어스름 속에서 여행으로 거뭇해진 채 낮게 서 있는 컨버터블 한 대. 우리는 차 앞으로 돌아간다. 에나멜 명판에 푸른 글자로 '들라주'라고 쓰여 있다.

"오, 이거 유명한 제품이군요. 이 회사는 이제 문을 닫은 줄 알았는데요."

"맞아요. 이건 1952년형입니다."

우리는 천천히 자동차 주위를 돈다.

"이걸 보자마자 한눈에 반했답니다." 그가 말한다.

정말 멋진 외양의 자동차다. 딘은 내 뒤를 따라오며 이것저것 세부를 가리켜 보인다. 헤드라이트가 세면대 같다.

"이 차를 몰기 시작한 지 이제 나흘째입니다."

차는 그의 친구 것인데 그 친구가 이제 이 차를 몰기 어렵게 되었다. 그래서 딘이 이 차를 쓰고 있다.

"한번 타보시겠어요? 저쪽으로 타셔야 합니다."

서늘한 10월 저녁. 시트는 차갑고 가죽 냄새가 난다. 차문이 묵직하고 안정된 소리를 내며 닫힌다. 그가 열쇠를 꽂고 시동을 건다. 계기반의 바늘들이 일제히 움직인다.

"이 차로 하는 드라이브는 꿈 같아요. 차가 바람처럼 달린답니다." 그가 말한다.

"상상이 갑니다."

"아니, 정말 그렇답니다."

"최고 속력이 얼마나 됩니까?"

"아직 모르겠어요. 이 차를 조금씩 알아가고 있는 중이지요."

우리는 커브가 있는 낯선 거리를 달린다. 마을의 덧문들이 벌써 모두 닫혔다. 사람들 몇몇은 자전거를 타고, 대부분은 걸어서 일터에서 집으로 돌아간다. 고개를 돌려 차를 바라보는 그들의 창백한 얼굴이 보인다. 차에는 파리 번호판이 붙어 있다. 당연히 사람들은 이 차가 누구 것인지 궁금해하리라.

우리는 광장을 가로지른 다음 역으로 통하는 길고 탁 트인 길을 달린다. 우리 옆으로 자전거들이 유영하듯 지나간다. 자전거의 희미한 헤드라이트가 길 위에서 흔들린다. 거뭇한 가로수들이 거리 끝까지 늘어섰다. 이윽고 방향을 틀자 역 앞의 트인 공간이 나온다. 맞은편에는 호텔들과 버스 터미널이 있다. 터미널 한쪽에 있는, 1프랑에 사진 넉 장을 찍을 수 있는 부스에 불이 들어와 있다. 택시 두 대가 대기 중이다. 택시 기사들—그중 하나는 안경을 쓴 뚱뚱한 여자다—은 기분 좋은 담배와 와인 냄새에 싸여 호델 바에 앉아 있다. 열차가 도착할 때까지는 할 일이 없는 것이다.

우리는 잠시 차를 세우고 마을 쪽을 돌아본다. 그 차에 앉아 있는 것만으로도 무슨 대단한 특권을 누리는 것 같다. 대기는 울적하고 어둡다. 사람들이 자기 용무에 열중한 채 지나간다. 우리 뒤편으로 강이 흐른다.

차 안이 추워진다. 돌아오는 길에 나는 차에 히터가 있느냐고 묻는다.

"작동하지 않아요. 하지만 제가 어떻게 고쳐볼 수 있을 겁니다." 그가 대꾸한다.

우리는 카페 포이 앞에 차를 세운다. 그가 보닛을 들어 올린다.

"이걸 보세요." 그가 큰 소리로 말한다.

관과 호스 들이 연결된 증류장치다.

"오토바이는 고쳐본 적이 있어요." 그가 말을 잇는다. "물론 이건……."

"……좀 더 힘들겠지요."

"이 차를 세 대의 오토바이라고 생각해야 해요. 그러면 모든 것이 간단해집니다." 그가 말한다.

그가 히터와 연결된 호스를 손으로 더듬어 찾는다.

"찾을 수 있겠어요?"

"음, 찾았어요." 그가 허리를 펴며 말한다.

우리는 카페 안으로 들어간다. 양옆으로 칸막이 좌석이 있고 중앙에 테이블들이 한 줄로 놓여 있다. 작은 바 하나. 작은 무도장 하나. 뒤쪽에서 사람들이 종종 카드 게임을 한다. 하지만 지금 그곳은 거의 비었다. 좀 더 있어야 사람들이 와서 하얗게 질린 침묵 속에 앉아 있다가 TV를 틀 것이다. 우리는 입구 근처의 칸막이 좌석에 앉는다. 딘은 이미 묵고 가기로 마음을 굳힌 상태다. 내가 그에게 집 전체를 쓰고 있다고 말했던 것이다.

"내일 이 일대를 돌아다녀보려고요. 저는 전원을 둘러보는 게 좋아요." 그가 말한다.

사람들이 들라주를 들여다보고 있는 것이 문을 통해 보인다.

"당신 차가 여기서 물의를 일으키고 있는 것 같군요."

"파리에서는 모두 제가 적어도 공작쯤 되는 줄 알더군요. 호텔에서는 문지기가 깍듯하게 문을 열어주고요. 거수경례를 하면서 봉주르 무슈, 라고 인사한답니다. 그럼 저는 고개를 약간만 까닥여 보입니다."

"프랑스어를 쓰지 않은 모양이군요."

"스페인어로 한두 마디 했지요." 그가 겸손하게 말한다. "여기서 뭐 좀 먹을 수 있을까요?"

"시장하신가요?"

"약간요. 나중에 먹어도 됩니다만."

"호텔로 가서 저녁 식사를 합시다."

잠시 뜸을 들였다가 그가 말한다.

"그런데 제게 돈이 별로 없는데요……."

"그건 걱정 마십시오."

"수표를 바꿨어야 했는데. 이틀 전에 했어야 했는데 그러지 못했습니다." 그가 말한다.

"그 점은 염려 마시라고요." 내가 그를 안심시킨다.

"이 마을에 아는 사람이 많은가요?"

"그저 몇몇 알고 있습니다. 여긴 상당히 조용한 마을이에요."

"조용하다……." 그가 중얼거린다. 그 단어가 그의 마음에 자리를 잡는 것 같다. "그런데 얼마나 조용하죠?"

"그냥 조용해요. 우리 한 잔 더 할까요?" 내가 그에게 묻는다.

우리는 여덟 시쯤 호텔에 도착한다. 식당에 환하게 불이 켜져 있다. 평소보다 더 밝은 것 같다. 아마 내 기분 때문이리라. 어쨌든 이건 특별한 일이다. 그동안 내내 나는 혼자서 식사를 했으니까. 우리는 메뉴판을 펼친다. 음식을 고르느라 고개를 약간 숙인다. 주위에서 사람들이 음식을 먹으며 내는 나지막한 소음에 안도감이 든다. 식당 한가운데에 반짝거리는 과일들이 쌓인 테이블이 있다. 그 옆에 치즈 쟁반이 있다. 여자의 겨드랑이처럼 새큼한 냄새가 나는 묵직하고 풍부한 맛의 블뢰 드 브레스, 대리석처럼 줄무늬가 들어 있는 로크포르, 포장지로 싼 작은 셰브르, 그뤼예르……. 그러다가 나는 입구 근처에 자리 잡은 한 무리의 사람들 가운데 피케 부인과 그녀의 어린 딸이 있는 것을 뒤늦게 발견한다. 모두들 유쾌하게 대화를 나누고 있다. 나머지 사람들은 누군지 알 수 없다. 피케 부인보다 나이가 훨씬 많은 이들이다. 친척일 수도 있겠다. 어쨌든 그동안 나는 그녀에 대해 얼마간 알게 되었다. 그녀는 이혼했다. 남편이 다른 여자와 사랑에 빠졌던 것이다. 그 남자에게는 클로드가 지나치게 화려한, 어쩌면 지나치게 사치스러운 상대였을 것이다. 그녀는 언제나 공들여 화장을 하고 머리는 정갈하며 앞머리를 내린다. 양쪽 손목엔 팔찌들. 커다란 반지들도 꼈는데, 그중 하나는 왼손

집게손가락에 끼워져 있다. 타이핑을 할 때에도 그녀는 그 반지를 빼지 않는다. 그녀, 클로드는 스물여덟 아니면 스물아홉 살쯤일 것이다. 그녀가 걸을 때면 나는 마음이 약해진다. 살짝 절뚝거리는 여성스러운 걸음걸이. 풍만한 엉덩이. 가는 허리. 다리는 약간 가는 편이다. 나는 그녀가 직장인 시청에서 일하는 모습을 본다. 그녀는 타자기 위로 몸을 굽히고 친 내용을 수정한다. 스웨터 가슴 부분의 살짝 벌어진 틈새로 하얀 속옷이 섬광처럼 빛난다. 내 눈은 속절없이 줄곧 그곳으로 향한다.

이혼하는 데 비용이 많이 들었어요, 그녀가 내게 말했다. 그녀의 광대뼈에 있는 점이 그려 넣은 것이라는 걸 나는 알아차렸다. 400달러가 들었어요, 하고 그녀가 말했다. 그녀의 남편 역시 같은 비용을 지불했다. 그런데 그녀는 그에게 가구를 거의 다 주었다. 전 남편은 안경 판매원이었고 출장이 잦았다. 그녀가 살짝 체념의 몸짓을 해 보인다.

그녀의 딸이 침착한 태도로 엄마 곁에 앉아 듣고 있다. 그 애는 여덟 살인데 벌써 자기 엄마처럼 믿기 어려울 정도로 천천히 움직인다. 아주 예쁜 아이다. 아이가 쥐고 먹는 포크가 아이의 몸에 비해 너무 크다. 이따금 그 애는 시선을 들어 엄마를 바라본다.

딘은 왕성하게 음식을 먹는다. 하지만 와인을 두 잔 마시고 난 다음에는 포크에서 음식을 떨어뜨리곤 한다. 식탁보 위에 떨어진 음식을 아무렇지도 않게 곧장 집어 먹는다. 우리는 곤들매기로 만든 완자인 케넬 드 브로셰를 먹고 있다. 딘이 그것을 뭘로 만들었는지 줄곧 내게 묻는다.

그의 프랑스어 실력이 벌써 한결 나아졌다. 물론 웨이터는 그가 하는 말을 짐짓 알아듣시 못하는 체한다. 딘은 아랑곳하지 않는다.

"모두 다 똑같아 보이네요. 케넬이라, 맞나요? 뭐라고 하셨죠?" 그가 묻는다.

길고 느리게 흐르는 저녁의 몇 시간. 불빛이 닿는 입구 가까운 자리에 주차해놓은 그의 자동차, 잠시 하던 일을 멈추고 바라보는 사람들, 다가오는 겨울. 접시들이 소리 없이 치워지고, 입안에는 음식 맛이 남아 있다. 끝없이 나오는 프랑스식 코스 식사. 우리는 포도주병을 비운 참이다. 딘이 자기 잔에 페리에를 붓는다. 말馬처럼 목이 말라요, 그가 말한다.

"속탈이 나지 않게 포도주를 마시라고들 하던데요."

"맞아요, 하지만 나는 물을 마십니다."

"저도 어디를 가나 그런답니다. 지구 상에서 가장 깨끗한 물이 있는 곳이 어딘지 아십니까?"

"모르겠는데요."

"예일대 수영장이랍니다." 그가 말한다. 그가 말꼬리를 흐린다. "어쨌든 줄곧 그런 말을 들었답니다."

"당신이 예일대를 졸업한 게 언제인가요?"

"졸업하지 못했습니다. 중퇴했지요." 그가 말한다.

"아."

그는 굳이 해명하려는 기색 없이 아무렇지도 않게 그 일을 설명한다. 하지만 그의 권위 있는 대처에 나는 압도된다. 내가 그보다 후배였다면 그는 내 영웅이 되었을 것이고, 내게 그럴 용기만 있었다면 나 역시 그렇게 삶에 반항했으리라. 하지만 나는 모든 일을 정석대로 했다. 좋은 점수를 받았다. 책들도 소중히 했다. 옷도 단정히 입었다. 그런데 이제 그를 바라보면서 내가 그 모든 것에서 실수했다는 확신이 든다. 질투가 난다. 어쨌든 그의 삶은 내 것에 비해 훨씬 진실하고 더 강력해서 암흑성暗黑星의 장력처럼 내 삶을 끌어당길 수 있을 것 같다.

그는 대학을 중퇴했다. 오빠한테는 대학이 너무 쉬웠어요. 그래서 학교를 거부한 거죠, 그의 누이가 내게 말해주었다. 그는 언제나 수학에 뛰어났다. 장학금을 받았다. 그는 자신이 비범하다는 사실을 알았다. 한번은 강의도 듣지 않고 인류학 기말시험을 치렀다. 그는 자신이 강의를 듣지 않았다고 답안지 상단에 썼다. 그런데 그 답안지가 너무 탁월해서 교수가 그에게 반했다는 것이다. 물론 딘은 실망했다. 그것은 만사가 얼마나 우스운가에 대한 증거일 뿐이었다. 1학년 때 이미 휴학을 한 적이 있던 그는 그때 또 휴학을 했다. 정신과 의사를 찾아갔다. 뉴욕에서 다양한 친구들과 지냈고 자기만의 삶의 스타일을 개발하기 시작했다. 1년간 휴학을 했지만 대학은 그를 받아주었다. 그는 다시 복학해 한 해를 더 다녔지만 결국 학교를 아예 그만두고 말았다. 그러고는 독학을 하기 시작했다.

6

세면대 앞에서 면도 중인 딘. 반라의 몸으로 거기 선 그는 아주 호리호리해 보인다. 어깨뼈가 드러났다. 나는 세부를 만들어

내려 애쓰고 있다. 폭 좁고 하얀 발. 나는 그를 현실적인 인간으로, 그의 부친의 친구들이 귀여워하는 청년으로 만들려 애쓰고 있다. 그는 아버지 친구들의 집을 찾아갔다. 그들의 차를 썼다.

욕실은 무척 크고, 창을 가로질러 야트막한 선반들이 설치되어 있는데, 거기에는 크리스티나의 물건들이 놓여 있다. 염색제, 목욕용 소금, 화장수, 약병들이다. 딘이 이발사처럼 면도날로 피부를 짧게, 이어 길게 그었다가 잠깐 멈춘다. 이따금 수압이 세지는 물줄기에 면도날을 씻는다. 그의 수염은 숱이 많지 않다. 대부분 턱 주변에 났다. 나는 옷을 모두 차려입은 채 욕실 바깥쪽 방에 앉아 그를 기다린다. 그는 거울에 비친 자신의 모습을 서둘러 살펴본다.

"선생님은 준비되셨나요?" 그가 천진한 어조로 묻는다.

유럽의 차가운 하늘과 함께한 그 첫 몇 주, 이제는 아예 존재한 적도 없는 것처럼 여겨지는 그 나날, 존재의 흔적도, 기억의 흔적도 씻겨나간 후반부의 사건들. 10월에 우리는 여행을 떠났다—나는 그 장소들을 목록에서 뽑는다—샬롱쉬르센으로, 본으로, 디종으로(세 차례), 심지어는 낭시로.

서쪽 언덕 꼭대기 너머 멋진 구름으로 덮인 하늘 아래를 우리는 항해하듯 달린다. 구름 사이로 햇살이 쏟아진다. 이어 마을로 통하는 내리막길을, 시야가 트이지 않은 깊은 굽잇길이 곳곳에 자리 잡은 도로를 내려가기 시작한다. 그러고는 내가 아는 바 전혀 없는 인근 마을들을 관통해, 인장처럼 도시에 아로새겨진 완벽한 정사각형 모양의 광장으로 나온다. 낭시. 내가 그걸 어떻게 알았을까? 나중에 유년의 거리만큼이나 내게 신성

한 것이 될 그곳의 거리들 덕분이다. 조르주클레망소 대로. 우리는 그 거리를 지나간다.

토요일이다. 거리는 인파로 북적인다. 길모퉁이마다 밤을 굽는 사람들이 있다. 우리는 뒤코메르스 카페 창가에 앉는다. 오후 네 시. 구름을 싣고 몰려드는 프랑스의 푸른 하늘. 한 해의 마지막 시간이, 추위가 다가온다—하루가 다르게 추위가 느껴진다. 딘은 여행 안내서를 살펴본다. 나는 창밖을 내다본다. 자동차들이 소처럼 느릿하게 광장을 돌아간다. 재규어나 메르세데스, 소리 없이 움직이는 대형차들이 이따금 지나가고 때로는 그 안에 앉은 아름다운 얼굴이 보인다. 상점에는 구두, 금 장신구, 스웨이드 가죽, 맛있어 보이는 치즈가 가득하다.

지금 나는 새벽녘 그곳을 본다. 빛이 석회암빛에서 연푸른빛으로 바뀐다. 거리는 정적에 가까울 정도로 고요하다. 거대한 포르트(문)들도 정적에 잠겼다—카르노 광장, 그곳의 길게 늘어선 가로수들. 나는 몽유병자처럼 이 도시를 배회한다. 디비지옹드페르 바에서 푸른 담배 연기가, 추억의 냄새가 피어오른다. 벵티엠코르 대로. 이제는 지나간, 녹슬어가는 영광의 유적에 에워싸인 채 스웨터 차림, 청색 코트 정복 차림으로 구부정하게 앉아 있는 퇴역 군인들. 그 유적에 얼룩을 만드는 곰팡이의 훼손, 습기의 냄새. 카페의 창유리에 새벽이 온다. 사람들은 잿빛 인도 위에 신을 끌며 운하를 따라 각자 집으로 향한다.

가을밤들. 우리는 초저녁 어둠 속을 느리게 걸으며 어디에서 밥을 먹을까 의논한다. 그러다 눈발이 날리기 시작하자 옷을 껴입고 낡은 들라주에 올라 입김을 뿜으며 집으로 향한다. 히터는 여전히 시원찮다. 눈이 헤드라이트 불빛 속으로 밀려들고 앞 유리창을 두드려댄다. 기어 박스가 부지런히 움직이고 있다. 차가 커브를 틀며 좌우로 급격하게 갈지자를 그린다.

"이런, 조심해, 딘." 그가 자신에게 말한다.

눈의 강이 도로를 가로질러 흐른다. 옆으로 넘치고 방향을 바꾸고 맹렬히 돌진한다. 우리는 차의 속도를 늦춘다. 하얀 눈이 소리 없이 우리를 두드린다. 소용돌이치는 백색 속에서, 자동차의 요란한 소음 속에서 우리는 정신을 차릴 수 없다.

"저 표지판 보셨어요? 거기에 뭐라고 적혔던가요?"

"'랑그르'라고 쓰여 있었던 것 같아요."

"랑그르라." 그가 말한다.

"그래요. 제대로 가고 있는 겁니다."

거기까지는 여러 시간이 걸린다. 잠시 후 도로 위에는 차들이 보이지 않는다. 우리는 스텝 지대에 버려지기라도 한 것처럼 도로 위를 혼자 달린다. 마을들은 어두컴컴하다.

마침내 오툉에 도착한 우리는 카페 포이에 차를 세운다. 안으로 들어가자 기분이 좋다. 나무 바닥 느낌이 좋다. 우리는 칸막이 좌석에 자리를 잡고 앉는다. 몇 커플이 여기저기 흩어져 앉아 있다. 모든 것이 아주 아늑하다. 여종업원이 차를 가져온다. 근처 시골 출신인데 주말마다 여기서 일한다고 한다. 전에도 그녀를 본 적이 있다. 그녀는 터틀넥 스웨터에 검은 스커트를 입고 있는데, 단단히 졸라맨 가죽 벨트가 그녀의 몸을 에로틱한 두 구역으로 나눠놓았다. 바 뒤편에서 나지막하게 라디오 소리가 흘러나온다. 밖에는 계속 눈이 내리고 있다. 영웅의 상 같은 자동차를 덮고, 주차된 곳까지 난 바퀴 자국을 채운다. 여자가 쟁반에서 찻잔과 잔 받침, 은제 포트를 테이블에 내려놓는 동안 딘은 유심히 지켜본다. 그의 시선이 멀어져가는 그녀의 뒷모습을 좇는다.

"저 여자가 당신을 마음에 들어 하는 것 같네요." 내가 그에게 말한다.

그가 내 쪽으로 휙 눈길을 돌리며 머뭇거린다.

"무슨 말씀이신지요?"

"음, 딱 보니 알겠던데요." 내가 대답한다.

그는 나를 보다가 그녀 쪽으로 시선을 던진다. 그녀는 이쪽에 관심을 보이지 않은 채 바에 몸을 기대고 있다. 이윽고 딘이 피곤하고 쓸쓸해 보이는 미소를 짓는다.

"내 말이 맞을 거예요." 내가 그에게 말한다.

"압니다. 저 여자는 여러 주 동안 저에 대한 꿈을 꾸었을 겁니다." 그가 말한다.

7

소년처럼 여위고 호리호리한 몸매의 조브 부인은 딘이 배우 에디 콘스탄틴과 닮았다고 생각한다. 내가 딘에게 그렇게 말하자 그가 묻는다.

"그게 누굽니까?"

나는 그가 싸구려 영화에 나오는 배우라고 설명한다.

"처음 들어보는데요."

"앞으로 보게 될 거예요. 난 당신이 그를 닮았다고 생각하진 않지만요. 어쨌든……."

"순 엉터리예요." 그가 말한다.

조브 부인이 미소를 짓고 있다. 그녀는 영어를 한마디도 하지 못한다. 우리의 대화 내용을 파악하기 위해 개처럼 이 사람 입을 쳐다봤다가 저 사람 입으로 시선을 옮긴다.

휑뎅그렁한 현대풍의 실내다. 왠지 싸구려처럼 느껴진다. 윤나는 나무 바닥 여기저기에 깔개가 깔려 있다. 테이블에는 잡지가 몇 권 놓여 있다. 가구는 어디서 빌려온 것처럼 보인다. 그럴 이유가 있는지 나로서는 모르겠다. 앙리 조브는 장갑 공장에서 일한다. 그는 매니저로, 그곳에서 상당히 중요한 인물이다. 빌리가 그에게 편지를 보내 내 편의를 봐달라고 했다. 내 전화를 받은 그들은 아주 친절했다. 물론 이 집은 그가 아니라 그녀 아버지 소유다. 실제로 그녀의 아버지는 바로 옆집에 산다—그렇게 드문 상황은 아니다.

앙리는 이곳 출신이 아니다. 그는 리옹에서 왔다. 아, 넓은 강 바로 옆에 자리 잡은 프랑스 제2의 도시. 그는 그 사실이 무슨 대단한 직함이나 되듯 그것으로 아내를 을러댄다. 그녀의 아버지는 쇼파주(난방기구) 사업으로 큰 성공을 거둔 사람이지만—시내에서 가장 큰 상점을 갖고 있다—어쨌든 그는 리옹 출신이라잖은가. 그녀의 얼굴에는 그런 생각이 떠올라 있다. 게다가 그는 그녀에게 아주 엄하다. 그녀가 춤추는 것을 허락하지 않는다. 그녀가 미치도록 좋아하는 그것을, 그녀가 내게 털어놓는다. 심장이 안 좋은 것은 내가 아니라 남편인데 말이에요…….

11월의 어느 스산하고 안개 낀 한 주. 우리는 마자그랑 대로를 따라 달렸다. 다른 차의 불빛은 보이지 않는다. 어둠 속에서 보리수가 쇠붙이처럼 검게 보였다. 우리는 조브 부부의 집이 있는 신시가지로 접어들었다. 아무 장식도 없는 벽들. 여기서는 모든 것이, 연석을 따라 주차해놓은 자동차들까지 버려진 듯이 보인다. 나는 이미 딘에게 우리가 따분한 저녁을 보내게 될 거라고 경고해두었다. 이곳에 늘어선 주택 대부분은 신축된 것이다. 마치 새로 심어서 아직 뭔가 되지 못한 것처럼 보인다. 헐벗은 가로수 사이에 공터가 어설프게 남았다.

조브 부부 집 대문은 철망 문이다. 나는 안으로 들어가 등 뒤로 그 녹색 문을 닫는다. 동네가 조용해서 우리의 발소리가 꽤 크게 울린다.

"약속이 오늘밤 맞습니까?" 딘이 묻는다. 불빛이 보이지 않는 것이다.

우리는 자갈 사이로 깔아놓은 평석을 밟으며 죽은 수초뿐인 콘크리트 양어못을 지난다. 내가 초인종을 누른다. 머리 위의 전등이 켜지며 조브 부인이 모습을 나타낸다. 그녀는 우리를 따뜻하게 맞이한다. 나는 그곳, 좁은 현관 입구에서 딘을 소개하고, 불편한 자세로 악수가 오간다. 이윽고 우리는 거실을 향해 걷기 시작한다. 조브 부인은 전등을 하나하나 끄면서 우리 뒤를 따라온다.

저녁 식사를 마친 후 우리는 그 부부가 최근 여행한 오스트리아의 슬라이드를 본다. 슬라이드를 틀기 전에 앙리는 먼저 그것들을 동전처럼 들고 들여다본다. 멀리 보이는 산들. 약간 비스듬하게 찍힌 호텔들. 사진을 찍은 사람이 자기 아내라고 그가 영어로 설명한다. 그녀는 자기 이름이 나오자 미소를 짓는다.

"아내가 찍은 것 중 제일 나은 겁니다." 앙리가 말한다.

딘은 어둠 속에 말없이 앉아 있다. 꽤 훌륭한 식사였다—구운 닭고기, 꽃상추, 무스 오 쇼콜라(초콜릿 무스). 그녀의 후식은 훌륭하다. 그녀가 눈에 띄지 않게 딘을 훔쳐보는 것 같다.

"인스브루크랍니다." 앙리가 말한다.

나는 다시 화면을 바라본다. 광대한 황토색 도시가 이미 부서져버린 거대한 이미지에 대한 단서 같은 일련의 편린들 속에서 모습을 나타낸다. 우리는 그중 눈부신 부분을 마주하고 있다. 길모퉁이. 전차. 실제로 보았다기에는 너무 멀리서 찍은 멋진 건물 전면들. 나는 이따금 풍겨오는 조브 부인의 향수 냄새를 맡으며 거기 앉아 있다. 향수 냄새가 너무 진한 데 놀란다. 그 앙상한 팔에서는 온기를 끌어낼 살이 별로 없어 보인다. 하지만 그녀의 피부는 아름답다. 얼굴도 아주 깨끗해 보인다.

"아." 그녀가 어떤 슬라이드가 나오자 숨을 들이쉬며 감탄을 발한다. 그녀가 내게 말한다.

"사 세 졸리, 네스 파?(저거 예쁘지 않아요?)"

"포르미다블르.(굉장하군요.)" 내가 대답한다.

딘은 모범생처럼 거기 앉아 있다. 그는 입을 열지 않는다. 이 저녁나절 전체가 지루하다고, 이런 부부가 실제로 있다는 사실이 믿어지지 않는다고 생각하고 있을 것이다.(앙리는 마흔 살쯤 되었을 것이고 쥘리에트는 스물아홉 살쯤일 것이다. 하지만 딘은 라디게조숙한 소년의 대담한 연애를 그린 『육체의 악마』를 썼다를 읽었을

터. 스물아홉은 그렇게 많은 나이가 아니다.) 그의 의도된 침묵, 무관심한 태도는 거의 눈에 띌 정도다. 그가 담배에 불을 붙인다. 한가운데에 빛의 기둥이 지나가는 그 밀폐된 방 안, 그의 입에서 담배 연기가 진하고 눈부시게 뿜어져 나온다. 그가 얼음보다 더 푸른, 얇은 기둥 같은 연기를 길게 내뱉는다. 앙리가 또 다른 슬라이드를 빛에 비춰본다. 풍경은 이제 점점 동쪽으로 나아간다. 그들 부부는 10킬로미터마다 멈춰 서서 사진을 찍은 것 같다.

딘이라면 절대로 이런 식으로 여행하지 않으리라고 나는 확신한다. 나는 그가 할 듯싶은 일에 약간 질투심을 느낀다. 그는 바로 그 순간을 누리는 것이다. 봄날 프랑스 남부를 여행 중인 그를 상상해본다. 동행이 누구인지는 알 수 없다. 단지 혼자가 아니라는 것만 알 뿐이다. 그들은 돈을 별로 들이지 않고, 최소한의 자금을 가져야만 할 수 있는, 드문드문한 사치와 게으름을 누리는 여행을 한다. 그들은 리바이스를 입고 햇빛 속을 돌아다닌다. 때로는 개울물로 양치질을 한다. 동행하는 여자는 어쩌면 그가 파리에서 만난, 쉽게 어울리기 좋은 어린 창녀일 수도 있다. 아니, 그건 좀 진부한 생각이다. 나 자신이 이미 그런 경험을 했잖은가. 여자에게 옷 입는 법, 머리 손질하는 법, 행동하고 말하는 법을 가르치는 일, 그러는 내내 밤낮으로 여자를 죄수 취급하는 일, 말하자면 동거하는 동안 제공되는 교육 같은 것 말이다. 좋아요, 여자는 그 일을 재미있다고 여긴다. 그녀는 미소를 지으며 옷을 벗는다. 그들은 『마농 레스코』의 시작 부분처럼 인연을 맺는다.푸치니의 오페라에서 기사 데 그뤼는 수녀원에 가는 도중

여관에 묵기 위해 내린 마농에게 첫눈에 반하고 그녀를 설득해 함께 도망가기로 한다. 그들은 이 도시 저 도시를 떠돈다. 호텔 방 안으로 모습을 감춘다—더 이상 따라 들어갈 수가 없다. 내가 알고 싶어 안달이 나는 일들로 채워진 긴 침묵이 있다…….

딘과 나는 그 집을 나와 차에 앉는다. 얼음처럼 차가운 가죽 시트, 줄곧 내리는 가는 비 때문에 밖이 보이지 않는 차창. 그는 어디론가 드라이브를 가고 싶어 한다.

"어디로 가자는 겁니까?"

"우리, 디종에 가요." 그가 말한다.

"진담입니까?"

"여기서 그렇게 멀지도 않은걸요."

나는 죄책감을 느낀다. 마침내 그 집에서 나오게 되어서 내가 얼마나 기뻐하는지 그들 부부가 눈치챈 것 같다. 나는 조금 양심의 가책을 느낀다. 열한 시가 지났지만 딘은 전혀 졸리지 않은 것 같다. 그가 내 피로를 눈치챈다.

"피곤하셔도 우리 가요." 그가 말한다.

우리는 천천히 길을 돌아 대로로 나선다. 와이퍼가 유리 위에서 서로 엇갈릴 때마다 신음 소리를 낸다. 이 시각 마을은 버림받은 것처럼 완전히 어둠에 잠겼다. 몇몇 카페만 아직 문을 열었을 뿐 그 밖의 건물들이 모두 시커멓다.

"그 사람 자기 아내에게 정말 못되게 굴더군요." 딘이 말한다.

"그게 무슨 말입니까?"

"그 사람은 그 여자를 손아귀에 쥐고 흔들고 있어요. 그 여자를 파괴하고 있다고요."

“내 생각에 그 정도까지는 아닌 것 같은데요.”

“그 부인이 안됐어요.” 그가 말한다.

“왜요? 부인은 잘 지내고 있어요. 괜찮은 결혼을 한 겁니다. 그들에겐 자식들도 있고 그 사람은 돈을 잘 번답니다. 그러면 된 겁니다. 내 말은, 세상살이가 어떤 건지 당신이 알아야 한다는 거죠. 그들 나름대로 즐겁게 살고 있답니다.”

“그 부인은 갈망에 사로잡혀 있어요.” 딘이 말한다.

“어느 정도는 그럴지도 모르죠. 그건 오늘밤 당신 때문일 겁니다.”

“그럴지도 모르죠.” 그가 미소를 짓는다.

“이봐요, 누군가 당신이 영화배우를 닮았다고 여긴다면 그 사람한텐 그럴 만한 이유가 있는 거죠.”

“맞습니다.”

“비슷하지도 않은 영화배우를 들먹일 때는 더더욱 그렇지요.”

딘이 웃음을 터뜨린다.

디종은 안개 속에 떠 있다. 우리는 텅 빈 거리를 달린다. 그는 길을 정확히 알고 있다. 눈앞에 ‘라 로통드’라는 푸른 네온사인이 나타난다. 우리는 주차를 한 다음 입구로 걸어간다. 어울리지 않게도 안개 속에서 정적을 뚫고 음악 소리가 들려온다. 안으로 들어서자 어둠이 유리처럼 산산조각 난다. 가장자리를 조명으로 두른 작은 무대에서 밴드가 연주를 하고 있다. 커플들이 춤을 추고 있고, 소리가 모두 너무 크게 울린다.

웨이터가 샴페인을 주문하겠느냐고 묻는다. 딘이 고개를 젓는다. 아니, 됐소. 그는 이런 곳에서 어떻게 행동해야 하는지를 안다. 우리는 거기 앉아 그 모든 광경을 지켜본다.

"굉장한 음악이네요." 그가 말한다.

"저 음악이 좋다는 겁니까?"

"맙소사, 그럴 리가요."

군중 가운데 한 여자가 싸구려 회색 양복 차림의 아프리카인—내 생각에 학생인 것 같다—과 함께 앉아 있다. 그들은 팔을 서로에게 두르고 있다. 춤을 추는 그들의 모습은 마치 카드 돌리기 게임이라도 하는 것 같다. 스페이드 잭이 천천히 사라지고, 다이아몬드 퀸이 나타난다. 어둠 속에서 그들의 입술이 포개진다.

우리 맞은편 자리에 흑인들이 더 있는데 그들은 미국인이다. 군인들. 그들의 얼굴, 입고 있는 옷만 봐도 한눈에 알 수 있다. 입술이 두툼해 조금 상스러워 보인다. 덩치가 크다. 손도 크고 어깨도 넓다. 몸이 금방이라도 옷을 뚫고 나올 것 같은 기세다. 테이블에는 콜라병들이 놓여 있다—물론 그들이 데려온 프랑스 여자들을 위한 것이다. 여자들 중 하나는 노출이 심한 격자무늬 원피스 차림인데, 내가 보기에 연두색인 것 같다. 추운 밤인데도 짧은 소매다. 그녀가 고개를 약간 돌린다. 아주 앳되다. 표정 없는 청순한 얼굴. 문득 나는 번민에 사로잡히는데 그 이유를 모르겠다—그 여자애는 분명 태평해 보인다. 왠지 그녀가 딱한 처지에 놓인 것 같다. 열여섯 살쯤 되었을까. 흐릿한 어둠 속에서 그녀의 어린 팔뚝 살이 부드럽게 빛난다.

이제 사내 중 하나가 그녀에게 감미롭고 다채롭지만 의미 없는 말을 하기 시작한다. 그녀는 그의 말을 알아듣지 못한다—

요란한 밴드 소리 때문인 것 같다. 그가 몸을 더 가까이 기울인다. 그의 입이 여자의 귓가로 옮겨 간다. 그러자 여자애가 고개를 끄덕인다. 평온한 얼굴로 그를 보면서 고개를 끄덕인다. 다른 사내들은 거대한 팔뚝을 테이블에 얹은 자세로 앉아서 음악을 들으며 가끔 한마디씩을 주고받을 뿐이다. 또 다른 여자의 얼굴은 잘 보이지 않는다. 머리가 아주 길다. 우리 주위에서 음악이 쿵쿵 울려댄다. 드러머의 얼굴이 땀으로 흥건하다.

그러니까 우리는 인스부르크에서 아수라장으로 옮겨 온 셈이다. 더는 대화가 불가능하다. 나는 몹시 졸리고 갑자기 조금 울적해진다. 나는 그들이 앉은 테이블 쪽을 줄곧 바라본다. 그들이 자리를 뜬다면 그다음 무슨 일이 벌어질지 너무나도 잘 알 것 같다. 그들은 밖으로 나가 5년쯤은 됐을 대형 녹색 폰티악이나 포드에 올라탈 것이다. 자동차의 머플러는 망가졌다. 엔진 음이 요란하고 생경하다. 여자애는 뒷좌석에, 사내 둘 사이에 앉는다. 그 의미는…… 나는 정말이지 그것이 의미하는 바를, 어둠 속에서 나직하고 정중하게 어떤 제안이 있었는지 알고 싶지 않다. 릴케가 말했듯이 인생 초년생을 위한 학교는 없고, 대비가 되어 있지 않을 때 받는 질문이 대답하기 가장 어렵다. 그래도 이 흑인 사내들은 그렇게까지 나쁜 것 같지는 않다. 이제까지 내가 들은 바로는 아주 상냥하고 아주 부드럽다. 그들은 그 여자애한테 현재 지닌 모든 돈을, 문자 그대로 털어줄 것이다. 그들은 멍청할 정도로 관대하다. 나는 그런 그들이 부럽다.

우리는 침묵에 잠긴 채 헤드라이트를 삼켜버리는 빽빽한 안개 속을 달린다. 노란 빛줄기가 눈앞에서 연기처럼 피어오른다.

아무것도 보이지 않는다. 라로통드는 이제 까마득하게 멀다. 우리 뒤에서 문이 닫히고 음악이 시라졌다. 우리는 보이지 않는 도로를 기어가듯, 거의 걷는 정도의 속도로 천천히 차를 달린다. 집까지는 여러 시간이, 우리가 뒤에 남겨두고 온 밤의 나머지 몇 시간이 걸릴 것이다. 우리는 그 밤을 군인들에게 주고 말았다. 이제 그들에겐 돈이 없을 것이다. 한 푼도 없다. 계산서가 나오면 그들은 쓸데없이 주머니를 뒤지다가 서로에게 동전이 없는지 물을 것이다.

나는 차창을 조금 연다. 축축한 공기가 얼굴로 흘러든다.

"프랑스어를 좀 더 배워야겠어요." 딘이 말한다.

"음, 그렇게 될 겁니다. 당신은 줄곧 단어를 적고 있더군요."

"문제는 그게 모두 음식 이름이라는 거예요. 그게 제가 말할 수 있는 유일한 프랑스어랍니다. 음식에 관한 이야기만 할 수는 없는데 말입니다."

"맞는 말입니다. 신문을 읽어보세요."

"곧 읽기 시작할 겁니다."

우리는 디종 외곽 지대를 천천히 지난다. 알아볼 수 있는 것이라고는 이따금씩 지나치는 교차로와 표지판뿐이다.

"이 나라의 놀라운 점이 뭔지 아세요?" 그가 불쑥 묻는다. "공기예요. 모든 것에서 좋은 냄새가 난다는 겁니다."

그가 말을 잇는다. "이게 진짜 프랑스예요. 당신 말이 맞았어요. 당신이 아니었다면 깨닫지 못했을 거예요."

"이런, 나 아니라도 알게 됐을 겁니다."

"아뇨, 그저 다른 사람들처럼 파리 주위를 어슬렁거리다 말았을 테죠. 그편이 간단하니까요. 누가 디종까지 오겠어요?"

"그렇게 많은 사람이 오지는 않죠."

"오툉은 또 어떻고요." 그가 말한다.

"디종에 오는 사람 수보다도 적을 겁니다."

"여기까지 올 사람은 없을 거예요. 그래서 이런 곳이 이렇게 존재할 수 있는 겁니다." 그가 말한다.

8

아침이 점차 추워지는데 나는 아무런 대비 없이 그 속으로 들어간다. 얼음같이 차가운 아침들. 거리는 여전히 어둡다. 자전거들이 삐걱거리는 소리를 내며 나를 지나쳐 간다. 타고 있는 사람들이 거지처럼 딱해 보인다.

나는 카페 생루이에서 커피를 마신다. 카페 안이 의사 진찰실만큼이나 조용하다. 테이블 위에는 아직 의자들이 뒤집혀 있다. 얇은 커튼 너머 저쪽에는 머리가 깨질 것 같은 살벌한 추위. 어쩌면 눈이 올 것이다. 나는 하늘을 쳐다본다. 젖은 깔개만큼이나 무겁다. 프랑스가 본연의 모습이 되는 것은 겨울뿐이다. 겨울에 프랑스는 아무 꾸밈도 없는, 알몸의 자신이 된다. 날씨가 좋을 때는 온 세상이 프랑스를 사랑할 수 있다. 그래도 역시 울적하다. 평생 쫓기며 살아온 사람처럼 완전히 지쳐버린 것 같달까.

이 음울한 아침들. 나는 난방기 옆에 서서 유리처럼 차가운 쇠붙이 위에서 손을 녹이려 애쓴다. 프랑스인들에게는 소박함을 받아들이는 멋진 감각이 있다. 그들은 추운 실내에서 스웨터를 입고 때로는 모자까지 쓴다. 물론 그들도 햇빛의 힘을 믿는다, 그렇다, 하지만 하늘이 빛을 허락할 때만 그러하다. 집 안은 대부분 극빈자 쉼터만큼이나 어두침침하다. 담배와 땀, 향수 냄새가 한데 뒤섞여 있다. 기운 빠지는 분위기 속에서 문 닫히는 소리, 발아래서 으깨지는 왕모래의 희미한 불평 소리로 감지할 수 있는 발소리, 탁한 음성의 '봉주르' 같은 온갖 소리가 모두 생경하고 고립된 듯 들린다. 이런 때는 끝나지 않는 익명의 방대한 예속 상태를 부분적으로 느낄 수 있다. 그런데 자기 사무실 유리 너머로 스쳐 가는 피케 부인의 모습, 그 통속적이면서도 짜릿한 옆모습과 더불어 이 모든 것이 갑자기 사라져버린다. 그녀 생각을 하자 가슴이 죄어든다. 내가 잘만 한다면 한 계절 내내 그녀와 멋진 식사를 할 수 있을 것 같은, 내 미래 속에 그녀를 가질 수 있을 것 같은 이런 꿈을 억제할 수 없다. 나는 거의 매일 그녀를 본다. 언제든 핑계를 대고 그곳에 갈 수는 있지만, 그녀가 일하는 동안 말을 붙이기가 어렵다. 오, 클로드, 클로드, 내 손이 조바심을 내. 내 손이 당신을 만지고 싶어 해. 공들여 손질한 머리에 두른 밴드를 그녀는 줄곧 신경질적으로 만지작거린다. 그런 다음 보석이라도 되는 양 스웨터 맨 위 단추를 매만진다. 목에는 나이트클럽 키스 타임의 조명 같은 유리구슬을 꿴 목걸이가 걸려 있다. 집게손가락의 녹색 보석. 그리고 약지에 결혼반지들도 꼈다. 세 개인 것 같다. 정확히 헤아리기에는 내 신경이 너무 곤두서 있다.

"당신은 이곳 출신이 아니죠?" 내가 그녀에게 물은 적이 있다.

"오, 그래요. 전 파리 태생이에요."

"그러실 줄 알았습니다."

그녀가 미소를 짓는다.

"이곳이 마음에 드시나요?" 내가 말했다.

"글쎄요." 그녀는 대답하기 곤란하다는 듯 어깨를 으쓱해 보인다.

그녀 가까이에 있을 때면 나는 굶주린 사람처럼 그녀의 살을 만지고 맛보는 느낌이 든다. 마치 항해 중인 뱃사람이 아득히 떨어져서 볼 수 없는 초목의 냄새를 맡듯이.

그녀가 지갑을 열어 호텔 살롱에서 찍은 자기 사진들을 꺼냈다. 순식간에 벌어진 일이었다. 사실 나는 그 사진들을 좀 더 차분히 들여다보고 싶었다. 그녀는 자신이 모델이었다고 말했다. 그 시절 쇼를 위해 이곳저곳을 돌아다녔다. 그 일은 굉장히 즐거웠다. 비시에서 보낸 주말들…… 메제브에서의 주말들.

12월 3일. 기대할 것이 아무것도 없는, 빠르게 지나가는 하루. 오후에 가벼운 눈발, 너무 가볍고 크기가 작아서 그저 춥다는 표현이 그런 식으로 나타난 것 같은 눈발. 마을은 벌써 빠르게 어둠으로 접어든다. 불 밝힌 상점, 자동차 헤드라이트, 식당, 작은 카페 들. 그 외 모든 것이 변하기에는 너무 심각하고 오래된 거대하고 견고한 순환 속에서 검게 변하는 동안, 덧문과 묵직한 커튼 너머에서는 저녁의 삶이 늙은 상인의 그것처럼 정확하고 규칙적으로 펼쳐진다.

나는 신문을 사러 서점에 들른다. 그곳의 노인을 아주 잘 안다. 계산대는 창가에 있는데 그곳의 불빛 때문에 노인은 아침 식탁에 앉은 각료만큼이나 생기 없어 보인다. 그는 두꺼운 스웨터에 목도리를 둘렀다. 빰은 짙은 자주색이다. 몹시 음산해 보이지만 여전히 살아내야 할 겨울이 남은 것이다. 그는 이제 햇수 단위가 아니라 계절 단위로 살아간다. 마지막에는 달나라 여행만큼이나 위험한 밤만 남게 될 것이다. 그가 내게 거스름돈을 건넨다. 그의 손가락이 나무토막처럼 거칠다.

불이란 불을 다 켜놓은 방 안에서 딘이 양팔을 크게 펼쳐 보인다.

"어디 계셨어요? 놀라게 해드릴 일이 있어요." 그가 말한다.

"무슨 일인데요?"

그는 곧바로 대답하지 않는다.

"분명히 기뻐하실 거예요." 그가 단언한다. 그는 거울 앞에서 새처럼 가벼운 동작으로 자신의 모습을 이 각도 저 각도에서 살핀다. "몽 비외.(내 친구.)" 그가 맞지 않는 음정으로 흥얼거린다. "부제트 보, 부제트 보.(넌 멋져, 멋지다고.)"

"말 안 해줄 겁니까?" 내가 그에게 묻는다.

"아, 때가 되면 말씀드리죠. 때가 되면요."

나는 구두끈을 묶는 그를 지켜본다. 그는 옷을 다 차려입었다. 그런 다음 이제는 전신을 살펴본다.

"눈이 오는군요." 내가 말한다.

"눈이 온다고요?" 그는 곧장 창가로 향한다. 그곳에서 내리는 눈을 볼 수 있다. "와!"

"눈 내리는 게 좋습니까?"

"완벽해요. 이렇게 완벽할 데가."

우리는 카페 포이로 간다.

몇 가지 것들을 나는 예전의 모습 그대로 기억한다. 양복 주머니에 넣고 잊어버린 동전처럼 시간이 흘러 조금 퇴색한 것뿐이다. 하지만 대부분의 세부들은 오래전에 변형되었거나 재편되어 다른 세부들이 전면에 드러났다. 실제로 몇 가지는 분명히 진짜가 아닌데, 그렇다고 덜 중요하지는 않다. 미래를 만들기 위해서는 과거를 바꿔야 한다. 최종적으로 나타나는, 더 이상 변화하지 않는 그 양식에 진짜 의미가 있다. 실제로 내가 줄곧 변화를 시도할 경우 그때까지 조화롭던 모든 일이 오래된 신문지처럼 내 손 안에서 부서져버릴 위험이 있는데, 그것은 생각만 해도 참기 어렵다. 무수한 과거가 우리에게 들어왔다가 사라져 간다. 다만 그 안 어딘가에 다이아몬드처럼 소비되기를 거부하는 파편들이 존재할 뿐이다. 용기를 내어 그것들을 수집한다면 우리는 진짜 모습을 발견할 수 있을 것이다.

에투알도르. 차가운 거리에 면한 불 밝힌 방 하나, 단속적으로 눈이 내리고 지나가는 차량도 뜸하다. 웨이터는 얼룩이 묻은 흰 재킷 차림의 어린 청년이다. 이 수수한 실내, 시골 건물의 이 공간, 겨울의 저지대, 어둡고 추운 이 시각에 손님—신문을 읽고 있는 남자—이 있는 테이블은 하나뿐이다. 날염 처리된 테이블보 앞에 앉은 우리 세 사람, 여자는 신경이 몹시 곤두서 있는 것 같다. 그녀의 손이 그것을 드러낸다. 그녀가 귀를 뚫은 것이 내 눈에 띈다. 그녀는, 귓불의 부드러운 살을 뚫고 걸려 있는 싸구려 귀고리를 이따금 만지작거린다. 그녀는 그날 밤 디종에서 본 모습 그대로다. 똑같은 원피스. 똑같은 하얀 팔. 웨이터가 굴이 담긴 쟁반 세 개를 가져온다. 속이 깊고 고르지 않은 껍데기 속에 깨끗하고 반짝이는 굴이 담겼다. 딘과 나는 그것을 먹기 시작한다. 그녀는 마치 경의를 표하듯, 아니면 허기진 것처럼 보이기 싫은 듯 잠시 꼼짝 않고 앉아 있다가는 이윽고 먹기 시작한다. 진짜 이유는 그보다 더 단순하다. 그녀는 우리가 먹는 걸 지켜보고 있었다. 전에 굴을 먹어본 적이 없었던 것이다.

안마리 코스탈라. 1944년 10월 8일생. 그녀 자신의 말에 따르면 그녀는 보랏빛 침대에서 태어났다—프랑스의 엄마들은 모두 자기 아이들에게 그렇게 말한다. 그때 나는 고등학생이었고, 하루에 두 차례 낙엽처럼 몸을 동그랗게 말며 자위를 했다. 딘이 그녀에게 포도주를 권한다. "농, 메르시.(고맙지만 됐어요.)" 그녀가 사양한다. 포도주가 몸에 잘 받지 않는다는 것이다. 그녀의 뺨은 추위 때문에 약간 붉어졌지만 가까이서 보면 훨씬 예쁜 얼굴이다. 나는 생각한다. 맙소사, 열여덟 살이라니! 그녀는 그보다 훨씬 더 어려 보인다. 물론 나는 그녀의 나이가 그렇게 어리다는 사실에 깜짝 놀란다. 열여덟 살짜리가 흑인을 애인으로 뒀다니. 장 주네의 소설에나 나올 법한 일이다.

"저 여자를 어떻게 만난 겁니까?" 내가 묻는다. 내 목소리가 부자연스럽다는 것을 깨닫는다. 그녀가 잠깐 자리를 뜬 참이다. 화장실은 바를 지나 바로 옆에 있다.

"저 여자 어떻게 생각하세요?" 그가 묻는다.

"아직 어린애나 다름없는데요."

그녀는 부두 노동자처럼 접시 위로 몸을 숙인 채 포크에 음식을 잔뜩 찍어서 먹었다. 그녀는 빵을 모조리 먹어치웠다.

"그거 보셨어요?"

물론. 그녀가 먹는 모습을 내 기억에 아로새겼다.

"음식에 대한 이야기로 시작했어요." 그가 말한다.

"무슨 말입니까?"

"제가 제일 잘 아는 주제잖아요."

그녀가 돌아온다. 살짝 미소를 지으며 자리에 앉는다.

열 시가 되자 웨이터가 모습을 감추었다. 식당은 조용하고 싸구려 호텔의 냉기가 우리를 에워싸기 시작한다. 그녀가 영어로 말하지만 알아듣기 어렵고 우스꽝스럽게 들린다. 우리가 웃음을 터뜨리면 그녀도 미소를, 머뭇대는 듯한 붙임성 있는 미소를 짓는다.

"코멍?(뭐라고요?)" 그녀가 반문한다.

그녀는 오를레앙에 있는 미군 부대에서 6개월 동안 일했다. 그녀가 영어를 배운 것은 그곳에서였는데 이제 대부분 잊어버렸다. 그다음에는 트루아의 한 호텔에서 일했다.(나는 그곳에 가본 적이 없다. 그저 상상할 수 있을 뿐이다—꽤 현대적인 소규모 호텔일 거라고 짐작한다. 롤랑은 그 호텔 주인의 아들이다. 그와 그의 친구들 모두 차를 갖고 있다. 그들은 파티를 자주 열고, 그들 중 하나의 소유인 빈 저택에 여자애들을 데려갈 수 있다…….) 올여름에는 라볼에서 일자리를 구할 예정이다. 그곳이 어디냐고 딘이 묻는다. 브르타뉴 지방에 있다고 내가 말해준다. 해변에 있다고. 그녀가 고개를 끄덕인다. 그녀가 우리가 하는 말을 얼마나 알아듣는지 알 수 없다. 딘이 그녀의 어깨에 자기 재킷을 걸쳐준다. 실내가 몹시 추워졌다.

우리는 그녀를 사는 곳까지 차로 데려다준다. 카루주 광장.

그녀의 방이 있는 건물은 캄캄하다. 그녀의 방은 코르시카인들이 과일 장사를 하는 골목 너머에 있다. 스페인산 오렌지, 레몬, 배 같은 과일을 쌌던 포장지가 포장도로 위로 단속적으로 흩날린다. 코르시카인들이 가진, 차체가 높고 여기저기 우그러진 낡은 트럭이 늘 상점 가까이에 서 있다. 나는 이제까지 이 구역에, 몇 채의 가옥과 길지 않은 거리가 있는 조용하고 후미진 이 구역에 와본 적이 없다. 딘이 그녀를 문까지 바래다주려고 차에서 내리고 나는 차 안에 앉아 있다. 그녀가 집에 들어가기 전에 내가 앉은 쪽 창으로 다가온다. 나는 서둘러 차창을 내린다.

"봉수아.(안녕히 가세요.)" 그녀가 공손하게 인사한다.

그는 그녀를 문가에서 보내준다. 그녀는 착한 아이처럼 자기 방으로 올라간다. 아마 맨 위층, 지붕 밑 방일 것이다. 작은 건물의 그 방—형사 한 팀이 뒤져도 찾아내지 못할 것이다. 내가 결코 가본 적이 없는 그 방. 내가 그 방이 어떠하냐고 물었을 때 그는 처음부터 아무 말도 하지 않았다. 설명할 것이 별로 없는, 그냥 방이라는 것이다. 그런 빈약한 대답이 상황을 말해주었다.

그는 내가 자기에게 질문을 던질까 봐 두려워했다. 거의 거짓말을 할 기세였다—그것을 한눈에 알 수 있었다. 나 자신이 끊임없이 거짓말을 하곤 했던 것이다. 이제 나는 거짓말하는 걸 그만두었다. 딘과의 관계에서 나는 처음부터 진실만을 말했다. 그 이유는 부분적으로는 그가 사실을 알아낼지도 모른다는 두려움 때문이기도 했지만, 그보다는 어느 순간부터 문득 거짓말을 할 필요가 없어졌다는 게 더 큰 이유였다. 게다가 거짓말을 해봤자 아무런 위안도 되지 않았다. 그와 함께 있을 때면—왜 그런지 이유를 설명하기는 어렵지만—그가 거짓말 같은 것에 개의치 않으리라고 느낄 수 있었다. 그는 자신이 거짓말 따위에 상관하지 않는다는 것을 이미 보여주었다. 그게 그의 삶의 요점이었다.

그녀가 성냥을 켠 다음 몸을 굽혀 안으로 집어넣자 히터가 부드럽게 점화된다. 파란 불꽃이 배기구를 가로지른 다음 고른 소리를 내며 타오른다. 히터의 불꽃에서 바닥에 반사되는 빛 외에 방 안에 다른 불빛은 없다. 그녀가 다시 몸을 일으킨다. 타버린 성냥을 테이블 위에 내려놓고 히터의 철망에 옷가지를 널기 시작한다. 파자마가 따뜻해지도록 철망 위에 펼친다. 딘이 그 일을 좀 거들어준다. 파자마가 실크라면 상당히 차가울 것이다. 시트로엥 수리소 맞은편에 있는 복스 앰프 상점의 유리문은 이제 닫혔다. 그들은 그 문을 등지고 포효하는 어둠 속에 서 있다. 그가 거의 누이동생을 대하듯 순수하게 다정한 몸짓으로 그녀의 몸에 팔을 두른다. 그들은 서로에 대해 아는 것이 거의 없다. 그녀는 한마디 말 없이, 아무런 반응 없이 그의 포옹을 받아들인다. 그들은 순수한 침묵 속에 서 있다. 달큰한 가스 냄새가 희미하게 퍼진다. 잠시 후 그녀가 파자마를 뒤집어 넌다. 그에게 등을 돌린 자세다. 그녀는 단숨에 스웨터를 벗고 손을 등 뒤로 돌려 어색한 자세로 브래지어를 푼다. 천천히 그가 그녀의 몸을 돌린다.

그녀는 두 팔을 아래로 늘어뜨린 채 그가 키스를 하며 벽까지 밀어붙이도록 내버려둔다.

"잔 다르크예요." 그녀가 말한다. 떨리는 푸른빛이 그녀의 얼굴에 어른거린다. 얼굴에는 체념한 듯한 표정이 떠올라 있다.

그가 그녀의 팔을 잡는다. 그녀는 빛이 있는 쪽으로 얼굴을 돌린다. 당신은 내 사형집행인이죠, 그녀가 말한다. 그 말이 그를 흥분시킨다. 그의 무릎이 후들거린다.

그가 따뜻해진 파자마를 입은 그녀를 침대에 눕힌다. 아직 순진하군, 그가 결론짓는다. 그녀가 오랜 회복기의 평온함이 깃든 얼굴로 부드럽게 미소를 짓는다. 마침내 그는 가려고 몸을 돌린다. 하지만 문간에 이르자 그녀가 부르는 소리가 그를 멈춰 세운다. 뭐라고요? 불 좀 꺼주세요, 그녀가 말한다. 그가 불을 끈다. 그렇게 루시퍼처럼 어둠을 만들어놓고 그는 아래로 내려온다.

9

나는 이 일에서 나 자신을 아장 프로보카퇴르(첩자)로 여긴다. 혹은 이중 첩자라고 해도 좋다. 처음에는 이쪽 편—진실의 편—에 섰다가 다른 편으로 옮겨 가는데, 양쪽을 빠르게 오가다 보면 어느 한 편에 대한 충성 같은 건 깡그리 잊게 되기 쉽다. 그저 모든 규칙을 넘어선다는, 완전히 독립된 존재라는 저 심오한 희열을 느낄 뿐이다. 범죄라는 표현이 꼭 들어맞는다. 첩자들이 모두 그렇듯 나 역시 내 정보원을 밝힐 수 없다. 그저 내가 직접 본 것, 내가 발견한 몇 가지에 대해서만 말할 수 있을 뿐이다. 왜냐하면 단어 하나를 잘못 쓰거나 유보하는 것만으로도 감춰두어야 할 무엇인가를 누설할 수 있기 때문이다. 나는 위대한 탐정들처럼 발견에 골몰하기에 이르렀다. 모든 메모를 읽고, 세부 사항을 모조리 기록했다.

앞에서 말한 대로 내가 본 것들, 발견한 것들, 꿈꾼 것들이 있는데 이제 그것들을 더는 구별할 수가 없다. 다만 내 꿈은 은밀히 얻은 그 모든 것만큼이나 중요하다. 아니, 더 중요하다. 왜냐하면 꿈이란 가장 순수한 상태의 직관이므로. 꿈이 없다면 사실들은 실에 꿰지 않은 구슬처럼 한낱 파편에 지나지 않는다. 꿈은 빗속에서 검게 빛나는 프랑스식 철제 울타리만큼이나 진실하고 명료하다. 어쩌면 그 이상으로 진실할 것이다. 꿈이란 모든 실재의 골격이므로.

나는 추적자다. 이 말의 요점은, 내가 딘이 모르는 것도 안다는 것이다. 하지만 그렇다고 해도 우리가 대등한 입장에 있는 것은 아니다. 우선, 나는 무엇에 대해서든 전부 다 밝힐 수는 없다. 그 사실 하나만으로도 그는 의기양양해할 것이다. 나는 무슨 일이 일어날지 예상할 수 없다. 먼저 행동하는 쪽은 그다. 나는 그저 삶의 하인에 불과하다. 그는 삶의 주민이고 말이다. 무엇보다도 나는 그와 대결할 수 없다. 그런 일은 상상도 할 수 없다. 이유는 간단하다. 나는 그가, 사랑에 성공하는 모든 남자들이 두렵다. 그것이야말로 그가 가진 힘의 원천이다.

그녀가 여섯 시에 그를 기다리고 있었다. 날은 이미 어두워졌다. 그들은 짜릿한 흥분에 잠겨 거리를 달렸다. 쇼윈도에 불을 밝힌 채 늦도록 문을 연 상점들을 지났다. 그녀가 자기 방으로 올라가 소형 라디오를 포함해 짐을 챙겨 온다. 그들은 그녀의 고향인, 공장이 있는 소도시 생레제르로 간다. 그녀의 어머니

집은 운하 옆에 있다. 그들은 거기 차를 세운다. 딘은 차 안에서 그녀를 기다린다. 보슬비가 내리고 있다. 하루 일을 마친 사람들이 어두운 길을 따라 휘파람을 불며 집을 향해 걷는다. 그의 눈에는 그들이 보이지 않는다. 지나가는 사람들의 목소리가 마치 교회에서 그런 것처럼 갑자기 가깝게 들려온다. 그는 가만히 앉아 있다. 사람들의 기침 소리, 지나가는 소리를 듣다가 차에서 내려 운하의 둑을 따라 걷는다. 자전거들이 그를 추월해 지나간다. 아가씨인지 아주머니인지 알 수 없는 여자들이 자전거를 멈추고 그의 차를 바라본다. 차 안을 들여다본다—가로등 불빛 덕분에 그는 그 장면을 볼 수 있다. 그들은 자전거 위에서 한 손으로 균형을 잡고 있다. 자동차의 금속 덮개가 빗방울에 반짝인다. 나머지 차체의 길고 우아한 선은 어둠에 묻혔다. 자동차를 보던 사람들이 그 순간 막 문이 열린 집 쪽으로 고개를 돌린다. 형광등 불빛과 웅얼대는 목소리가 흘러나온다. 그는 그녀를 맞이하기 위해 차 쪽으로 걸음을 서두른다.

엄마한테 다 얘기했어, 차가 출발하는 순간 그녀가 말한다.

"모든 얘기를 다?"

"위.(그래.)"

두 사람은 한동안 말이 없다. 차가 큰길로 들어선다.

"음, 뭐라고 하셨어, 당신 어머니가?" 그가 묻는다.

"에틸 프뤼덩(신중하게 행동해), 하시던데."

"뭐라고?"

그녀가 어깨를 으쓱해 보인다. 그 단어를 어떻게 설명해야 좋을지 알 수 없다.

"프뤼덩.(신중하게.)" 그녀는 그저 그 말을 반복한다.

트루아에 도착한 그들은 그녀가 머물던 낡은 호텔 앞에 차를 멈춘다. 그녀에게 온 우편물이 있는지 알아보기 위해서다. 그의 눈에 유리문 안으로 들어가는 그녀가 보인다. 그들이 그녀에게 뭔가 편지 같은 것을 건넨다. 밖으로 나오면서 그녀는 그 편지를 읽지도 않고 핸드백에 넣는다.

그들은 로렌 주점에서 저녁 식사를 한다. 앞발의 털이 하얘진 늙은 닥스훈트 한 마리가 바 옆에 앉아 있다. 개는 테이블 사이를 돌아다니다가 문가로 가서 내보내달라고 짖는다. 웨이터가 개가 나가도록 문을 열어준다. 개는 다시 안으로 들어와 끙끙거리며 바닥에 엎드린다. 망설임. 결국 한숨. 개가 고르게 숨쉬는 소리가 들린다.

저녁 식사는 모든 면에서 훌륭하다. 그녀는 말이 많고 기분이 좋은 것 같다. 여러 가지 음식이 마치 볶으려고 갖다놓은 채소처럼 그녀 주위에 놓여 있다. 그녀는 그저 그 식사의 살아 있는 일부로서, 눈길로 자기를 포옹하는 그의 욕망에 미소 짓는다.

건물 밖 작은 플라스(광장) 한가운데 삼각형 모양의 공간에 차들이 주차되어 있다. 어둠이 아주 고운 보슬비에 걸려 있다. 그들은 말없이 앉아 계산서를 기다린다. 마침내 계산서가 오고 마지막 장애물이 제거된다. 그곳에서부터 파리까지 먼 길을 쉬지 않고 쏜살같이 달린다. 헤드라이트가 앞을 비추고 엔진에서는 똑똑 두드리는 듯한 소리가 난다. 딘은 침착한 흥분에 잠겨, 타이어에서 나는 전기적인 쉬익 소리를 들으며 차를 몬다. 이제 그는 성기가 대부분 발기해 있고, 그녀와 함께 호텔에서 방을 잡을 때 혹시 문제가 생기지 않을지 생각해본다. 만약 나라면 —나는 종종 보이는 것에 집착하는 편이므로 문제가 생길 거라고 생각했을 것이다—, 내가 그의 입장이었다면 문제가 없으리라는 확신 같은 건 가질 수 없었을 것이다. 의혹에 짓눌려 지쳐버렸을 것이다. 그럼에도 그 일을 밀고 나갔다면, 그 모든 의혹이 정확히 어디에서 사라질 것인지를 알고 싶어서였을 것이다. 나라면 신이 그런 일을 용납할 리가 없다고 생각했을 것이다.

비가 그친다. 달을 품은 구름이 여기저기 흩어져 있다. 하늘이 땅보다 밝다. 안마리는 가죽 시트 위에서 몸을 둥글게 만 채 자고 있다. 파리에 도착하자 그가 그녀를 깨운다. 그들은 차량이 뜸한 강변도로를 달리다가 그녀가 좋아하는 리볼리 가로 들어선다. 그녀는 길고 매끈한 아케이드 통로를 관광객처럼 바라본다. 이윽고 거울을 꺼내 얼굴을 살펴본다.

문제 같은 건 생기지 않는다. 포터가 그들을 위층 복도로 안내한다. 그들의 발아래서 카펫이 사각거린다. 포터가 손에 방 열쇠를 들고 있다. 그들은 문으로 다가간다. 포터가 열쇠를 꽂는다. 그들은 뒤에서 기다린다. 문이 딸깍하고 열린다. 마침내 방이 모습을 나타낸다. 고전적이고 널찍하다. 그 안의 물건들, 그 배치, 색채, 모든 것이 마치 오랫동안 사용된 탓에 한 몸이 된 것 같고, 최신식 물건이나 경박한 물건은 찾아볼 수 없다. 딘은 커다란 침대 쪽에 재빨리 눈길을 던진다. 창을 통해 가로등 불빛이 들어온다. 거울. 의자. 커다란 욕실에 난방이 들어와 있는 것 같다.

그는 차를 제대로 세우기 위해 아래로 내려간다. 마땅히 주차

할 만한 데가 보이지 않는다. 그는 좁은 거리를 따라 천천히 차를 몬다. 차를 찻길에 그냥 세워두고 싶지 않은 것이다. 방으로 돌아와 보니 그녀가 머리를 빗고 있다. 모노프리 매대에서 볼 수 있는 싸구려 검은 팬티 외에는 알몸이다. 그녀가 그에게 미소를, 약간 경직되고 약간 불안정한 미소를 지어 보인다.

수돗물을 튼다. 욕실 안에서 그는 감탄하면서 그녀를 돌려세운다. 옷을 모두 벗은 그녀는 아주 고분고분하다. 그녀는 그의 손길에 즉각 반응한다. 그녀는 상당히 아름답다. 날씬하다. 다리 사이에 난 얼마 안 되는 검은 털. 두 사람은 샤워기 아래 선다. 그가 그녀의 두 엉덩이 사이에 몸을 밀착시킨다. 참기 어려운 두슈(샤워). 그는 몸을 움직일 수 없을 것 같다. 하지만 물줄기 아래에서 물개처럼 번들거리는 그녀의 젖가슴에 비누칠을 하기 시작한다. 그녀의 등을 씻겨준다. 겨드랑이 사이에 작고 빨간 점들이 나 있다. 그가 천으로 그것을 문지른다. 이러면 가라앉을 거야, 그가 말한다. 천장에서 화려한 불빛이 반사된다. 그의 성기가 단단하다. 그는 그것이 결코 줄어들지 않을 것이라고 확신한다.

그는 실내복만큼 부드러운 대형 타월로 그녀의 몸을 감싸 침대로 데려간다. 그들은 침대에 대각선으로 눕는다. 그는 붕대를 풀듯 조심스럽게 타월을 벗기기 시작한다. 희미하게 비누 냄새를 풍기는 그녀의 몸이 드러난다. 그의 두 손이 그녀의 몸 위를 떠돈다. 작은 동작들이 그들을 사랑의 순수한 계산법으로 묶어주기 시작한다. 그는 자신의 성기가 그녀의 몸 안으로 들어가는 것을 느낀다. 마지막으로 헉하는 숨소리—거의 한숨과도 같은

—가 그녀에게서 터져 나온다. 그녀의 흰 목이 드러난다.

사랑이 끝나자 그녀는 한마디도 하지 않은 채 잠에 빠져든다. 딘은 그녀의 곁에 눕는다. 진짜 프랑스군, 하고 그는 생각한다. 진짜 프랑스야. 그는 그 속에, 그 순전한 시트 냄새에 빠져든다. 다음 날 아침 그들은 다시 사랑을 나눈다. 흐릿한 잿빛, 아주 이른 시각이다. 그녀의 입 냄새가 고약하다.

그날 그 도시를, 12월의 거리를, 스텝 지대 같은 황량한 대로를 가로지르는 그들을 나는 따라다닐 수 없다. 그들에게 돈이 별로 없다는 사실을 나는 알고 있다. 그들은 오후 내내 상점가를 돌아다니지만 아무것도 사지 않는다. 이윽고 걷다가 지쳐 호텔로 돌아온다. 딘은 해야 할 일이 있다—자동차를 좀 손봐야 한다고 그가 설명한다. 실제로는 그의 부친이 머물고 있는 방돔 호텔에 가야 한다. 그에겐 돈이 필요하다.

"돈이라고? 이런, 큰 은행 몇 군데를 제외하면 우리 모두에게 돈은 유일하게 꼭 필요한 거지."

그의 부친은 연극 비평가다. 그는 잘 손질된 흑담비 같은 멋진 턱수염을 하고 있다. 그의 차림새는 언제나 아름답다. 그는 목과 손목 부위를 제외하고는 몸에 닿지도 않는 것 같은 푸른색 바티스트 셔츠의 단추를 끼운다. 셔츠가 우아하고 날렵한 선으로 그의 몸을 감싸고 있다.

"돈이라. 물론 그 필요성에는 나도 공감한다. 그런데 우리와 함께 저녁 식사를 하는 게 어떠냐?" 그가 말한다.

그는 친구들과의 만남을 위해 옷을 차려입는 중이다. 모두 아주 똑똑한 사람들이다. 대개는 불경한, 길고 재미있는 이야기들. 여자들 역시 남자들만큼이나 재치가 넘친다. 토요일 저녁. 작은 잔들에 커피가 다시 채워진다. 골루아즈 담배 연기가 피어오른다.

의자 위에는 LP판들이 놓여 있다. 테이블에는 신간들. 서랍 달린 책상 위에는 그날 에르메스에서 산 가죽 시곗줄 세 개. 그의 아버지가 경쾌하고 익숙한 동작으로 커프스를 채우고 거울 쪽으로 몸을 돌린다. 방에는 그가 사용한 로션 냄새가 가득하다. 멋진 알루미늄병에 담긴 지자니 로션이다. 새것이 아닌 것은 그의 여행 가방뿐인 것 같다.

"자케트도 올 거다. 너 한동안 그 사람 못 봤지. 그리고 엘리에줌도." 그가 눈부신 카펫이라도 펼치듯 사람 이름들을 들먹인다.

"오늘밤은 안 되겠어요." 딘이 말한다.

"왜, 여자 때문이냐? 나도 좀 만나게 해다오. 그런데 너 좀 핼쑥해 보이는구나."

"여자 같은 건 없어요."

"우리는 베르보카주 레스토랑에 갈 거다."

딘은 대답하지 않는다. 절박함이 그를 약하게 만들고 있다.

"자, 필립, 보렴. 이건 정말이지 사다리를 오르는 것 같구나. 한 번에 한 단씩 올라가자. 우선, 어째서 우리와 함께 저녁 식사를 할 수 없다는 거냐?" 그의 아버지가 묻는다.

"그만하세요. 그냥 그럴 수가 없어요."

"알겠다."

"전 지금 정말이지 돈이 필요해요." 이 말은 좀 돌발적인 것 같다.

“이런, 그 애긴 네다섯 단을 뛰어넘는 것 같은걸.”

“전 심각하다고요…….”

“내일 내게 전화하렴. 그리고 함께 점심 식사를 하자.”

“내일이라고요…….”

“괜찮지?”

“하지만 전 지금 돈이 필요해요.” 딘이 사정한다. 그는 기도라도 올리는 심정이다.

“그 얘기는 내일 하자꾸나.”

“그럼 너무 늦어요.” 딘이 고집스럽게 말한다.

“오, 자자.” 그의 부친이 그 말을 우스워 보이게 만든다. 그는 재킷 소맷부리에 솔질을 하고 있다. “그렇게 재미없게 굴 건 없잖니. 자, 여기 있다.” 그러면서 그는 지갑에서 300프랑을 꺼낸다.

“자, 이제 네가 왜 저녁 식사에 올 수 없는지 말해주겠니?”

한순간 딘은 그녀를 데려가는 문제를 치열하게 생각해본다. 하지만 그러기에는 그녀의 옷이 너무 싸구려다. 구두의 가죽에도 금이 갔다. 그런 그녀를 데려갔다간 끔찍한 결과가 빚어질 것이다. 그들은 너그러운 미소로 인사를 건넨 다음 거의 아무 질문도 하지 않을 것이다.

“아무래도 안 되겠어요.” 그가 대답한다.

그가 호텔로 돌아와 보니 그녀는 잠들었다. 그는 시트 한쪽 끝을 들어본다. 그녀는 알몸이다. 그는 구두와 옷을 벗는다. 그가 옆에 눕자 그녀가 몸을 굴려 그의 품 안으로 들어온다. 저녁 일곱 시. 거리의 소음이 표류하듯 방으로 올라온다. 초저녁의 아련한 시간. 그가 전화기 스탠드 위로 손을 뻗어 프레제르바티프(콘돔) 상자를 집으려 하자 그녀가 그의 손목을 잡는다.

"그럴 필요 없어." 그녀가 말한다.

"정말?"

"그래."

그는 압도된다. 그의 성기가 그녀의 몸속에 들어가는 순간 그는 세상을 발견한다. 수의 기원과 별의 행로를 알 수 있다. 어디에선가, 아, 그녀의 하얀 플라스틱 라디오에서 음악이 쏟아져 나온다. 그녀는 자기 몸 아래에 작은 수건을 깔아놓았는데 그것이 핏빛이 된다. 그는 나중에야 그 사실을 발견한다. 방을 나서기 전 그는 눈에 띄지 않게 수건을 싼다.

일요일에 그들은 다리 위를 걷는다. 이른 오후 어느 시점에 도시를 떠난다.

그날 밤 그는 내게 그 일을 이야기해준다. 물론 전부 다는 아니다. 나는 그를 만나서, 몹시 보고 싶던 그에게서 그렇게 속내 이야기를 들을 수 있어서 무척 행복하다. 그는 운전 때문에 녹초가 되어 있다. 길가에 선체처럼 검은 그 차가 주차되어 있다. 엔진이 아직 따뜻하다. 차가운 차체 아래에서 관절에서 나는 것 같은 삐걱거리는 소리가 희미하게 들려온다. 우리는 집 안에 덜덜 떨며 앉아 있다. 벽이 꼭 강철 같다. 우리는 뜨거운 차와 코냑을 마시기 위해 카페 포이로 간다. 이즈음 그는 다른 일들에 대해—값싸게 음식을 먹을 수 있는 식당 같은 것에 대해—이야기하고 있는데 무슨 이야기인지 잘 기억나지 않는다. 나는 그의 말을 듣는 둥 마는 둥 한다. 내가 그저 문맥을 놓치지 않을 만큼만 귀를 열어둔 동안, 내 진짜 생각들은 굶주린 개 떼처럼 우리 주위를 맴돈다.

10

무슨 일이 있었던가? 그들은 함께 떠났고 사랑을 나누었다. 그건 그다지 드문 일이 아니다. 그런 일이 일어나리라는 것을 예측했어야 했다. 그건 그저 하나의 달콤한 사건, 어쩌면 환상의 끝에 불과한지도 모른다. 어떤 의미에서 그것은 무해하다고 할 수 있다. 하지만 그렇다면 어째서 그 모든 일이 일어났음에도 그토록 서로 분리된 듯한 느낌이 드는 것일까? 고립된 느낌, 나아가 살기殺氣까지 느껴진다.

나는 이 시점부터 그들이 일찌감치 모든 것을 다 알아채고, 서로에 대한 관심을 잃고 사이가 냉랭해지기 시작하리라고 어느 정도는 차분히 예측할 수도 있었다. 하지만 때로는 이런 행위가 서론에 지나지 않는 경우가 있으므로—성적으로 잘 맞는 커플의 경우 종종 그렇다—나는 정확한 암호를 찾는다, 마치 금고의 비밀번호처럼 그것으로 모든 것을 열기 위해서. 나는 사건을 재정리하고 문장을 만들어낸다. 그 처음의 순진함이 어떻게 긴 일요일 아침들로, 울리게 내버려둔 벨소리로, 그녀의 아랫배 아래에 괴어놓은 베개들로, 대낮의 햇빛 속에서 높이 들어 올린 그녀의 기막힌 엉덩이로 바뀌었는지를 드러내기 위해. 던이 칼을 꽂듯이 깊게, 자신의 성기를 천천히 밀어 넣는다.

그것에 관해서는 생각하지 않는 편이 낫겠다. 나는 눈길을 돌린다. 하지만 그런 꿈을 통제하기란 불가능하다. 금지된 꿈들은 강렬하다—결심을 천처럼 태워버린다. 심지어 멈추기를 원한다 해도 나는 그 꿈을 멈출 수 없다. 그것을 사라지게 할 수 없다. 그것은 나를 둘러싸고 있는 오늘보다 더 밝다. 나는 그것 때문에 고달프다. 몽유병자가 되어버렸다. 나 자신의 삶이 문득 아무것도 아닌 것처럼 느껴진다. 낡은 무대의상, 누더기 더미 같다. 나는 자신의 리듬보다 더 강한 꿈의 리듬에 따라 숨 쉰다. 세계가 완전히 바뀌었다. 현실의 딱지들이 뜯겨나가고 그 아래로, 내가 보지 않으려 애쓴다 해도, 나를 전율하게 하는 환상들이 있다.

그녀의 방에서 그들은 히터에 손을 녹인다. 그녀는 피곤하다. 직장에서 힘든 하루를 보냈다. 그는 조금 어색한 손길로 그녀의 옷을 벗기고 그녀를 침대에 눕힌다. 그녀가 아직 그의 것이 아니므로—그녀가 그를 거부할 가능성이 여전히 남았다. 두꺼운 이불 밖으로 나온 그녀의 얼굴이 아이의 그것처럼 빛난다. 그들은 아무 말도 하지 않는다. 그는 때가 조금 묻은 이불의 위치를 바로잡고 그 위를 손으로 쓸어내린다. 그런 다음 이제야 생각났다는 듯이 서둘러 옷을 벗고 그녀 옆으로 들어간다. 우리 모두를 위태롭게 하는 하나의 행위. 마을은 조용하다. 벽시계의 우윳빛 얼굴 위에서 침들이 한꺼번에 새 위치로 이동한다. 기차들이 시간 맞추어 달리고 있다. 텅 빈 도로를 따라 자동차의 노란 헤드라이트 불빛이 이따금 지나가고, 종소리가 시간을 알린다. 정각, 십오 분과 사십오 분, 삼십 분을. 그녀가 꽃잎 같은 손길로 이제 완전히 자기 몸 안에 들어와 있는 그의 음경 아랫부분을 부드럽게 어루만진다. 그의 고환을 쓰다듬는다. 이윽고 복종 안의 저항인 양 그의 몸 아래서 천천히 몸을 비틀기 시작한다. 한편 그는 그 자신의 꿈에 잠긴 채 몸을 조금 일으켜 그녀의 젖은 성기 주위를 손가락으로 어루만진다. 그러면서 황소처럼 절정에 오른다. 그들은 여전히 아무 말 없이 서로 몸을 붙인 채 오랫동안 누워 있다. 그들을 결합시켜 주는 게 그런 몸의 대화라는 사실이 끔찍하다. 그 잔인함이 그들을 사랑으로 이끈다.

나는 그가 들어오는 소리를 듣는다. 나는 책을 읽고 있다. 그런 것처럼 보일 것이다. 앙리 4세가 루아얄 광장과 퐁뇌프 다리를 세우며 파리를 아름답게 만들고 있다. 나는 그 줄을 읽고 또 읽는다. 나는 무슨 일이 일어났는지 알지만, 그에게 아무 말도 할 수 없다. 아무 말도. 내가 가진 것은 다만 통나무처럼 무거운 문장들뿐.

11

그들 두 사람이 함께 적어놓은 메모는 반 장짜리 종이 냅킨처럼 모두 단편적인 것들이다—그것들은 한동안 그의 책상 첫째 서랍에 들어 있었다. 두 개의 세로 단이 있고, 그들이 무슨 게임처럼 번갈아가며 그 아래에 무어라 쓰는 것이 보인다. 그는 왼쪽 세로 단을 맡는다. 첫 줄에 '크루아 드 페르(철십자가)'라고 쓰였다. 그 옆에 그녀의 필체로 '레 마르티엥(화성인들)'이라고 쓰였다. 그가 '레 제스칼리에(층계)'라고 쓴다. 그녀는 '르 셀렉(상류층)'이라고 쓴다. 그들은 호텔 이름을, 그들이 언젠가 함께 열 호텔 이름을 정하는 중이다. 자금은 내가 구할 수 있어, 그가 말한다—그의 아버지는 모르는 사람이 없다. 부자 친구도 많다. 목록이 이어진다.

파라오	나폴레옹
레 코팽(친구들)	레글 누아르(검은 독수리)
피라미드	캬트르 세종(사계)
코코	모데른(현대적)

그 아래는 종이가 떨어져나가고 없다. 젖은 도로 위에서 찢어져버린 편지처럼.

그것은 낭시에, 광장에 있는 호텔 안에 있다. 청명한 12월 오후. 도시 중심에 스타니슬라스의 동상이 있다. 동상 발치에는 눈이 쌓였던 흔적이 있고 녹색의 한쪽 팔은 황량한 공원을 가리키고 있다. 그들은 조용한 방으로 은밀하게 안내받는다. 그녀는 행복하다. 주말이다. 그들은 특별한 것 없는, 그러나 엄청난 인파 속에서 그 거리를 산책했다. 그녀는 그가 혹시 사주지 않을까 생각하며 130프랑짜리 가죽 정장을 살펴보았다. 그녀는 검은 모피 모자를 쓰고 있었다. 그녀가 걸어가자 사람들의 눈길이 그녀에게 향했다.

라디오에서 음악이 흘러나온다. 그들은 겨울 햇빛 속에서 옷을 벗는다. 딘은 자신의 상태에 조금 당황한다. 그녀를 바라보기만 해도 음경이 단단해지는 것이다. 그로서는 어쩔 수가 없다. 그가 가장 원하는 것은 그녀가 기뻐하며 그 욕망에 동참하도록 북돋는 것이다. 그녀를 햇빛 속으로, 별빛 속으로 달려 나오게 해서 그 세계를 보여주려는 것이다. 그들은 벌거벗은 채 천천히 춤을 추기 시작한다. 이른 어둠 속에서, 가냘프게 들리는 이국적인 음악 속에서, 러그 위에서 맨발로. 그런 다음 그들은 사랑을 나눈다. 그가 알려준 대로 로마의 시인들이 좋아했던 자세로 그녀가 그의 몸 위에 걸터앉는다. 그는 두 손으로 그녀의 발목을 감싸 쥐고 누워서 그녀를 응시한다. 그녀 냄새가 강하게 그를 덮는다. 그의 눈길이 거기, 그 깊은 곳에, 무언의 삼각지대에 머문다. 그가 자기 자신을 뿌리박은 그곳에.

"지금부터 5년 후 당신이 나를 기억할 것 같아?" 그녀가 저녁 식사 자리에서 그에게 묻는다.

그는 미소를 지으려 애쓰지만 건조한 웃음이 되고 만다. 그는 멍한 느낌이다. 사랑에 대해 이야기할 기분 같은 건 없다.

"당신은 가버릴 거야. 그런 형이거든." 그녀가 말한다.

"그렇지 않아."

"시.(맞아.)" 그녀가 차분하게 거듭 말한다.

이제쯤 그들은 서로에 대해 몇 가지를 알게 된다. 그들이 함께 기댈 수 있는 기금 같은 것이 있다. 그 만남은 그 자체의 정수를 취하는 것으로 시작한다. 그들 둘 다 그 정수가 무엇인지 정의할 수는 없지만 그것은 그들 둘 다를 채워준다. 이기적이지 않은 사랑의 의례 속에서 그들은 행복하게 최선을 다한다. 둘 중 하나가 얼마나 많이 가져가는가 하는 것 역시 중요하지 않다. 그것은 한계가 없는 육체다. 그것은 그저 잊힐 뿐 결코 고갈될 수 없다. 우리는 그 사실을 결코 받아들이려 하지 않지만.

소금기가 있고 색깔이 연한 에크레비스(가재)가 높게 쌓인 접시가 그들에게 도착한다. 그들의 잇새에서 작은 가재 다리들이 잘 마른 나무처럼 부서진다. 숨어 있던 즙이 뿜어져 나온다. 그녀는 가재를 영어로 뭐라고 하는지 알고 싶다. 딘은 자신이 알고 있는 게 맞는지 확신할 수가 없다. 크레이피시, 그가 말한다.

"크레이피시?"

"그럴 거야." 그가 대답한다.

그녀가 이야기 하나를 만들어낸다. 제목이 '가재 왕자'다. 그녀가 마치 아이에게 하듯이 신비로움으로 가득 찬 이야기를 들려주는 동안 딘은 손가락을 빨면서 귀를 기울인다.

오직 어둠만이 있는 깊은 바닷속에서 가재 왕자가 태어났어요. 그 일은 무척 힘들었어요. 그의 다리가 엄마 가재 다리와 줄곧 얽혀서 시간이 오래 걸렸답니다. 하지만 마침내 그는 서투르게나마 엄마 가재 옆에서 헤엄을 치게 되었지요. 온 바다에 사는 대단한 물고기들이 그에게 선물을 가져왔어요. 산호 목걸이, 간식거리 조개, 푹신하게 누울 수 있는 푸른색과 검은색 해초…….

그는 그녀의 입을, 영리해 보이는 눈을 바라보고 있다. 그녀의 치아는 색도 나쁘고 관리도 제대로 되어 있지 않은 것 같다. 그녀가 웃을 때면 그런 점이 눈에 띄지만, 그는 그저 그녀의 입에서 나오는 구절들에만 집중할 뿐 그런 사실을 거의 눈치채지 못한다.

태어난 지 여섯 달이 되었을 때 왕자는 어머니에게 말했어요. 전 세상을 보러 가겠어요. 이런, 엄마 가재는 무척 슬펐어요. 그래서 울었죠. 엄마 가재는 아들을 보내고 싶지 않았지만 마침내 이렇게 말했어요. 신이 너와 함께 하실 거다, 내 사랑하는 아들아. 용감하고 정직해라. 그러면 나쁜 일을…….

"면할 수 있단다." 딘이 마치 꿈속에서처럼 말했다.
"면할 수 있단다." 그녀가 말했다. 그 단어가 그녀의 입안에서 우스꽝스럽게 울렸다. "아무런 나쁜 일도 일어나지 않을 거다."
"계속해." 그가 말한다.
"재미있어?"
"오, 그럼."

그곳은 아주 깊은 바닷속이어서 사흘 동안 헤엄을 치고 나서야 그는 점차 주위가 환해지기 시작하는 것을 느끼며 마침내 바다 위로 올라왔어요…….

그 여정의 끝은 재난이다—딘은 충격을 받는다. 가재 왕자는 거품이 부글거리는 큰 냄비 속에서 화상을 입고 죽는다, 용감함과 정직함을 간직한 채……. 그녀는 그렇게 돌연한 결말을 짓고는 수프를 들여다보며 어깨를 으쓱해 보인다. 딘은 말없이 앉아 있다. 모든 창의력이 빠져나간 것 같다. 또한 처음으로 그녀가 이야기를 할 줄 안다는 것, 그의 삶을 바꿀 만큼 강한 이미지들을 만들어낼 줄 안다는 사실을 깨닫는다.

그들은 열 시에 호텔로 돌아온다. 복도는 비었다. 각 방마다 문밖에 신발이 놓여 있다. 문이 닫히면서 나는 딸깍 소리에 딘은 문득 정신이 든다. 그는 문을 잠근다. 그들은 안전하다. 이 도시는 그의 것이다. 이 도시 안의 그 누구도 그만큼 강하지 못하다. 도시는 숨을 죽이고 잠들었고, 추위가 속속들이 스민 창문 위에 서린 하얀 서리 입자들. 그보다 더 축복받은 자, 그보다 더 악마같은 자는 없다.

그녀는 욕실의 얇은 거울 앞에 알몸으로 선다. 딘이 그녀 뒤로 모습을 나타낸다. 그의 두 손이 집행이 유예된 사형수의 손처럼 조심스럽게 다가와 그녀를 껴안는다. 그는 부드럽게 그녀의 두 젖가슴의 무게를 잰다.

"그 정장을 샀다면 내게 잘 어울렸을 거야." 그녀가 아까의 기억을 되살린다.

울림 없는 목소리로 그가 대답한다. "위.(그래.)"

"이쪽 게 먼저 커졌어." 그녀가 말한다.

"정말이야?" 그가 멍한 표정으로 묻는다.

"이게 언제나 더 커. 위.(그렇고말고.)"

그가 작은 쪽 젖가슴에 관심을 갖는다.

"가엾은 것." 그가 중얼거린다.

세면기 위 유리 선반에 그녀가 가져온 유리병들이 놓여 있다. 그들 중 하나에 '바이오돕헤어 스타일링 제품'이라고 쓰여 있다. 그녀의 스타킹이 구겨진 채 바닥에 떨어져 있다. 라디오에서 〈나이츠 오브 스페인〉이 흘러나온다. 그가 기억하기로 그 정장에는 번쩍거리는 가죽 끈이 달려 있었다.

그들은 전등을 끈다. 방 안에는 커다란 아르무아르(옷장)와 고리버들 바구니, 의자가 있다. 옷을 걸게 되어 있는 나무 모양 금속 걸이대. 천장은 몹시 높다. 그 중심에—눈이 어둠에 익숙해진 모양이다—기괴한 장치가 달려 있다. 시간이 흐른다. 그녀는 침대 위에 묶여 있다. 두 팔은 몸 아래 깔리고 두 다리는 억지로 벌려진 채다. 두 눈은 감겼다. 라디오에서 〈수쿠 수쿠〉타라테뇨 로하스가 작곡한 댄스곡. 1960년대 많은 가수들이 불렀다가 흘러나온다. 세계가 멈추었다. 대양은 사진처럼 잔잔하다. 은하수가 떠다닌다. 그녀의 성기가 과일처럼 달콤하다.

아침. 그녀는 아직 잠의 온기가 가시지 않은 채 엎드려 있다. 양팔이 팔꿈치를 굽힌 채 머리 쪽으로 올라가 있다. 이른 아침 빛 속에서 딘은 그녀 위로 올라가 그녀를 에워싼다. 그들은 역도 선수처럼 섹스를 하고 있다. 마침내 그가 동작을 멈춘다. 그는 그녀 위로 몸을 굽히고 찬사를 중얼거리지만 그녀는 그를 볼 수 없다. 머리카락이 그녀의 뺨을 덮고 있다. 그녀의 피부가 아주 하얗게 보인다. 그는 그녀의 한쪽 옆구리에 입맞춤을 한다. 그런 다음 힘들이지 않고 다시 시작한다. 마음에 드는 암말을 선동하듯이. 그녀는 누군가 물에 빠지려는 자신을 구해주기라도 한 것처럼 탈진한 듯 조그만 소리를 내며 잠을 깬다.

아침 식사를 주문하는 그녀의 좁고 차가운 등. 음식을 가져온 웨이터는 침대 쪽으로 눈길조차 주지 않는다. 웨이터가 가자 그녀는 침대에서 펄쩍 뛰어나와 여전히 알몸인 채로 식사를 준비한다. 조용한 빛 속에서 그녀는 하녀처럼 기민하게 크루아상을 벌리고 버터를 고르게 발라 다시 접시 위에 가지런히 올려놓는다. 그녀의 살이 빛난다. 그를 끌어당긴다. 그는 그녀에게 다가가 마치 아이처럼 그녀가 웃어주기를, 그에게 음식을 맛보여주기를 기다린다. 자신은 주위를 뛰어다니며 소란을 피우는 것 같고, 그녀는 몹시 바쁘고 차분한 것처럼 느낀다. 그녀가 콩피튀르(잼) 병을 연다. 여기 좀 발라줘, 말하고 싶다. 그녀의 허리를 움켜쥐고 싶다. 그녀의 팔꿈치에 입 맞춘다. 그녀가 그를 힐긋 보며 미소를 짓는다.

조용한 일요일 아침 스타니슬라스 광장. 순수한 빛에 둘러싸인 낭시의 고요함이 창문을 통해 들어온다. 전쟁이 한창이던 어느 음울한 가을날 그녀는 이 도시에서 태어났다. 당시 그녀의 아버지는 이미 집을 떠나 정부와 함께 살고 있었다. 그녀의 어머니는 혼자였다. 추웠던 그해 겨울, 돌처럼 완강하고 눈 많던 겨울. 지붕을 따라 햇빛 속에서 번쩍이던 얼음. 그녀는 그것에 관해 한마디도 하지 않았지만 그녀가 수태된 어느 겨울.

먹고 남은 아침 식사가 지난밤의 만찬처럼 흐트러져 있다. 길 맞은편 발코니 난간에 금분을 입힌 오페라 극장이 있다. 보이지는 않지만 저 아래쪽에는 포스터가 붙어 있을 것이다. 〈람메르무어의 루치아〉가 상연될 것이라고 보랏빛 바탕에 검은색 글씨로 쓰여 있다. 〈보헤미안의 삶〉. 그들은 침대로 돌아가 두 번째 잠에 거의 갇힌 채 누워 있다. 희미한 라디오 소리와 그의 고환을 가볍게 쓸어내리는 그녀의 손길과 더불어. 고환 아래의 살이 팽팽하게 당겨진다.

욕실에서 그는 그녀가 머리를 틀어 올리는 것을 지켜본다. 그녀가 두 팔을 들고 있다. 움푹 팬 겨드랑이에 짧고 부드러운 털이 자라났고, 거기에서 그가 사랑하는 축축한 양파 냄새 같은 것이 난다. 그녀가 욕조 안으로 들어가자 그가 그녀의 등을 밀기 시작한다. 그녀가 불평한다. 너무 세게 밀지 마.

그가 살갗을 손가락 끝으로 가볍게 쓸어본다.

"더 보기 좋은걸." 그가 말한다.

그녀는 대답하지 않는다. 욕조의 하얀 테두리에 길게 두 팔을 올려놓고 성글고 쾌적한 더운 김 속에서 가볍게 몸을 앞으로 숙이고 있다. 두 팔 아래에 당연히 그녀의 젖가슴이 보인다, 마치 그가 원할 때면 언제든지 볼 수 있다는 듯이, 무릎만큼이나 특별할 게 없다는 듯이. 아주 연한 색의 유두—지금 그의 눈에는 하나만 보일 듯 말 듯하다. 그는 거기 욕조 옆에 무릎을 꿇고 앉는다. 그녀가 다리를 씻기 시작한다.

그저 조야한 순간들, 대도시에서 우리가 종종 듣는, 욕망을 끝장내는 조야함. 나는 낭시에 가본 적이 있고 그곳에 관해 많은 것을 읽었다. 로렌 지방의 주도. 18세기 도시 건설의 모델. 그곳의 균형 잡힌 광장, 우아한 주택은 프랑스를 상징하고, 한 지방을 그토록 풍요롭게 만들기에 적절하다. 하지만 그곳의 영광은 폴란드인 스타니슬라스 레슈친스키에게 빚진 것이다. 사위 루이 15세에게서 로렌 지방을 공작 영지로 받은 그는 낭시에 자리를 잡고 그 지방을 통치하면서 그곳을 아름답게 만드는 데 헌신했다. 역사가 오래된 도시. 구시가지의 모습은 아직도 그대로다. 국경 주위에 자리 잡은, 부유한 상인들의 전략 도시. 그 벽의 바로 앞에는……. 하지만 이 모든 것이 배우의 걸음에도 흔들리는 싸구려 배경처럼 얼마나 진부하고 끔찍한지.

12

일요일 아침들. 장갑 낀 손의 감촉, 그들은 텅 빈 대로를 따라 차를 달린다. 학교들은 문을 닫았다. 철 대문들이 지린내 나는 저 축축하고 긴 오솔길을 뒤로하고 잠겨 있다. 따뜻해지기를 거부하는 하늘 때문에 탈색된, 습기 품은 햇빛이 그 구역으로, 모퉁이로 쏟아져 내린다. 일단의 생존자들처럼 뜻밖에도 점잖게 차려입은 한 떼의 군중이 막 교회에서 나온다. 햇빛 속으로 나오며 그들은 눈을 찡그린다. 계단을 내려와 걷다가 빵을 사려고 빵집에서 걸음을 멈춘다. 이윽고 따뜻한 빵 덩어리를 겨드랑이에 끼고 서로 흩어진다.

딘은 조금 진력이 난다. 프랑스어 공부에는 품이 든다. 그는 그 일에 싫증이 난다. 그런데 영어로 그녀와 소통한다 해도 더 나을 게 없다. 그녀의 영어는 너무 들쭉날쭉하다. 그녀의 틀린 영어가 거슬리기 시작한다. 게다가 그녀가 화제로 삼는 것은 진부한 것들뿐이다. 신발이라든지 사무실에서 있었던 일 같은 것들이다. 그녀가 입을 다물면 그는 그녀를 힐긋 보고 미소를 짓는다. 그 미소에 그녀는 답하지 않는다. 이 여자도 그걸 느끼는군, 그가 생각한다. 갑자기 그는 자신이 들여다보이는 것 같은 느낌이 든다. 기계적인 그의 눈길을 맞받는 그녀의 시선은 상대를 아이로 여기는, 상대의 온갖 회피와 가식과 수포로 돌아간 계책에 대해 알고 있는 듯한 눈길이다. 자동차 와이퍼에 공기처럼 푸른 가느다란 실오라기들이 감겨 있다. 전면에 펼쳐지는 도로를 응시하면서 그는 그녀에게 차분한 이해력이 있다는 사실을 깨닫는다. 그녀는 애쓰지 않고 사태를 이해한다. 그녀에게는 삶이 아주 명료하다. 그녀는 삶과 함께 있다. 그리고 그는 삶에 비닥이 있는지, 그 위의 세상이 어떤지 결코 의문을 품지 않은 채 물고기처럼 삶 속을 떠다닌다…….

그 아래의 세상. 그 시골 마을의 일요일이면 나는 조브 부부와 함께 점심 식사를 하기 위해 길을 따라 걷는데, 그러면서 나는 마을을 구성하는 그런 작은 깨달음들과 만나고, 심지어는 나 자신도 그걸 지어낸다. 여자 학교의 덧문 너머, 학생들이 식사를 하면서 숟가락을 부딪치는, 보이지 않는 소리. 자갈 깔린 앞마당, 오툉의 정원들. 나는 옷을 다 입고 창가에 서서 가슴 아픈 생각에 잠겨 있었다. 클로드 피케가 집에서 나오는 것을 한순간만이라도 볼 수 있기를 바라면서. 고드름이 햇빛에 녹아 지붕에서 떨어지면서 번득이는 빛이 창문을 스쳐 간다. 그녀는 결코 밖으로 나오지 않는다. 거리는 여전히 조용하다. 돌아보건대 삶은 솔리테어 게임 같아서 한 번에 하나만 움직인다. 그럼에도 불구하고 나는 행복했을 수도 있다. 소박한 행복이긴 하지만 어쨌든 행복이다. 날씨가 좋을 때 마을을 산책하는 것—그런 것들—이 무척 유쾌하다는 것을 깨달을 수 있었다. 지식은 우리를 오염시킨다. 그래서 우리는 사건들을 상상하기를 주저한다.

고요하다는 점에서만 탁월한 겨울의 나날……. 나는 카페 프랑세로 가서 거울을 등지고 앉아 카드 게임을 하는 사람들을 지켜본다. 나는 이런 장면을 담은 아름다운 사진들을 갖고 있는데, 대부분이 거울에 반사된 것들이다. 카메라는 내 무릎에, 때로는 신문 뒤에 있었다. 셔터 소리는 성냥을 켜는 소리보다 작았다. 여종업원들이 못 본 척 눈감아준다. 사람들이 오른쪽 구석에 있는 문으로 들어온다. 한쪽 벽은 온통 창으로 되어 있고 광장이 보인다. 빛이 넘실거리지만 부드럽다. 목소리들이 나직하다. 나는 신문을 펼치고 읽기 시작한다. 이따금 메모를 한다.

물론 파리가 있다. 얼어붙은 어둠 속 나는 케(플랫폼) 위에 서서 기다리고 있다. 시계가 달처럼 하얗게 빛난다. 이른 시각 출발하는 기차는 하나의 모험이다. 동이 트는 것과 더불어 덜컹거리며 달리고 죽은 듯한 마을들을 지나간다. 나는 열차 끝에 있는 좌석에 앉는다. 기차 칸들은 모두 잠의 냄새를 물씬 풍기며 답답해 보인다. 아홉 시가 넘어 기차는 네베르로 들어선다. 열차 문이 철컥거리는 소리가 들린다. 밖에서 갑자기 불어닥치는 차가운 공기. 체크무늬 코트를 입은 말쑥한 젊은 여자가 기차에 오른다. 그녀의 아버지가 그녀를 전송하고 있다. 나는 창문 너머로 그를 바라본다. 그는 좀 수줍은 태도로 기차가 출발하기를 기다리다가 이윽고 기차가 움직이자 마지막으로 서둘러 애정의 몸짓을 보낸다. 여자의 두 뺨에는 무슨 피부병의 흔적 같은 흉터가 있는데, 그렇지 않았다면 지적으로 보였을 얼굴이다. 그리고 멋진 다리와 손을 하고 있다. 여자의 아버지는 상당히 품위 있는 모습이다.

기차가 출발한 후 여자는 자기 칸에서 나와 내 바로 뒤에 있는 카비네투알레트(화장실)로 들어간다. 그녀는 빨간 실크 정장을 입고 내 바로 옆을 지나간다. 멋진 얼굴이다. 긴 시간이 흐른다. 나는 불편해지기 시작한다. 이유는 알 수 없다. 나는 그 통로의 끝에 아무것도 모른 채 앉아 있는 나 자신에게 신경이 쓰이기 시작한다. 기차의 소음 이외에는 아무 소리도 들리지 않는다. 마침내 종이가 찢어지는 소리가 들린다. 그 소리에 나는 경계심이 생긴다. 기차는 기관을 정지한 채 달리고 있다. 기차 저 끝에 남자 둘이 서 있는데 그중 한 사람은 두꺼운 푸른색의 프랑스 공군복을 입고 있다. 종이가 찢어지는 소리가 또 들린다. 그들은 내게 전혀 관심을 기울이고 있지 않지만 갑자기 나는 두려워진다. 고통스러운 예감의 순간이 온다. 여자가 뭔가 끔찍한 짓을 할 것 같다. 밖으로 뛰쳐나와 내 얼굴에 엉덩이를 문질러 똥을 닦고 내가 알아들을 수 없는 소리로 욕을 해댈 것 같다. 내가 막 자리에서 일어나 걸음을 내디디려는 순간 기차 엔진에 박차가 가해지며 공기가 터져 나온다. 그 소리가 무시무시하다.

이윽고 파리의 거무스레한 대형 터미널, 낡고 더럽고 곰팡내 나는 대성당 같은 그곳을 통과해 사람들이 잿빛의 상점가로 나선다. 나는 밖으로 나가 택시를 잡는다. 아직 정오를 막 넘겼을 뿐인데도 피곤을 느끼며 뒷좌석에 털썩 주저앉는다. 나는 크리스티나를 생각한다. 잠시 후 그녀와 차를 타고 저녁 식사를 하러 갈 것이다. 차 안에서 그녀는 이사벨의 남편이 그녀에게 조언을 구하러 온다는 이야기를 하기 시작할 것이다. 우린 아주 친해요. 함께 차를 타고 이야기를 나누며 시내를 돌아다니는 동안 그가 즉석에서 몇몇 건물을 가리키며 자기 소유라고 말하더군요.

“멋진 아파트들이었어요.” 그녀가 속절없이 어깨를 으쓱해 보이며 말한다. 그녀는 목이 썰렁해 보이는 비싼 검은 원피스를 입었다.

"저건 그이 소유가 아닐걸. 그가 갖고 있는 건 그 옆의 아주 작은 거야." 빌리가 말한다.

"그 옆의 작은 거지." 그녀가 동의한다. "그래, 맞아. 하지만 그는 내게 다른 부동산을 잔뜩 보여주던걸."

"음, 난 그 사람 말 다 믿을 수가 없더라."

"난 잘 모르겠어. 믿어서 안 되는 이유가 뭔데?" 그녀가 묻는다.

"그냥 믿어지지가 않는 것뿐이야. 알다시피 난 많은 사람들을 겪잖아." 빌리가 말한다.

"그는 정말 대단해." 그녀가 내게 말한다. "내 말 믿으라고. 미술에 미쳤다니까."

그녀는 이미 여러 잔 마신 상태다. 물론 황달을 앓은 적이 있는 그녀의 간에 좋지 않을 것이다. 그녀도 그 사실을 알고 있고 잠을 이룰 수 없을 것이다. 그러다가 무엇보다도 불면증 때문에 지독한 발작을 일으키게 될 것이다. 빌리가 맞는 말이라고 동의한다. 당신은 좀 더 휴식을 취해야 해.

우리는 강을 따라 노에 식당으로 간다. 우리가 그곳에 모습을 나타내자마자 기쁨의 함성이 터져 나온다. 빌리와 크리스티나는 여러 달 동안 그곳에 발걸음을 하지 않았던 것이다—그곳은 그들이 결혼하기 전에 자주 들렀던 장소다.

"우리가 함께 자던 시절에 왔었지." 크리스티나가 말한다.

빌리가 그녀에게 힐긋 눈길을 던진다.

이모네처럼 평범한 작은 식당. 위층은 아래층보다 사람이 적다. 우리는 창가 자리로 안내받는다. 크리스티나가 샴페인을 고집한다.

"오늘밤은 그러고 싶어."

"조심해, 자기." 빌리가 말한다.

그녀가 바보스럽게 웃음을 터뜨린다.

"좋아. 잊지 마, 난 이미 말했다." 그가 말한다.

"알았어, 여보." 그녀가 말한다.

유리창을 통해 금속 박편처럼 난타당한 검은 강이 내 눈에 들어온다. 가로등 아래에 커브 길과 조금 어긋나게 앞부분을 인도 쪽으로 박고 아무렇게나 세워놓은 위틀랜드 부부의 황갈색 메르세데스도 보인다. 크리스티나는 화가다. 아니, 그녀의 첫 결혼이 아니었다면 화가가 되었으리라는 게 더 정확한 말일 것이다. 그녀는 첫 결혼을 위해 그 모든 것을 그만두었다. 빌리와의 결혼은 달랐다. 그녀는 다시 수업을 듣기 시작했다. 하지만……. 그녀가 한숨을 내쉰다.

"아냐." 그가 그녀를 안심시킨다. "요즘 당신이 그리는 그림들은 지금까지 그린 어떤 것들보다 좋아. 당신 자신도 그렇게 말했잖아."

"잘 모르겠어. 그림들이 너무 사변적이 되어가는 것 같아. 갑자기 그림에서 생기가 모조리 빠져나가는 것 같다고." 그녀가 말한다.

"아냐, 그렇지 않아."

"당신은 화가가 아니잖아." 그녀가 응수한다. 그러고는 내게 몸을 돌린다. "손수건 좀 빌려줘요."

한순간 나는 그녀가 울음을 터뜨리지 않을까 두려움에 휩싸인다. 하지만 그녀는 코를 푼다. 그녀가 나를 똑바로 바라본다. 그녀의 미소는 언제나 신비스럽다.

"당신 반에 지금 누가 있는지 저 친구에게 말해줘." 빌리가 말한다.

이사벨이다. 그녀는 자기 푸들을 데려와서는 이젤 다리에 끈으로 묶어놓는다. 그녀는 자신의 작업에 무척 진지해서 그림에 대해 농담 같은 건 하지 않는다.

"그녀 그림이 좋은가요?" 내가 묻는다.

"그게 얼마나 웃긴 말인지 당신은 모를 거예요." 크리스티나가 대답한다. 그녀의 살이 검은 드레스 안에서 부드럽게 빛난다. 그녀는 술을 마실 때면 늘 그렇듯이 반항기로 가득 찬 것 같다. 그녀의 눈은 크고 아름답고 속눈썹은 연한 빛이다. "그 반 전체를 통틀어 그림을 제대로 그릴 줄 아는 사람은 아무도 없어요. 음, 하나 있군요. 알릭스는 좋은 화가가 될 수 있었을 거예요. 하지만 그녀는 열심히 그리지 않아요. 좋은 화가가 되려면 모든 것을 기꺼이 포기해야 하는데 말이에요."

"물론입니다."

"정말이에요." 그녀가 내게 말한다. "당신 알릭스를 아세요?"

"모르는 것 같은데요."

"그녀는 굉장해요." 크리스티나가 말한다. "당신도 그녀를 좋아할 거예요."

그 식당의 사장들이 우리 테이블에 와 앉는다. 먼저 미셸이 사랑스러운 미소를 지으며 다가온다. 그녀는 젊지는 않지만 학교 친구의 어머니처럼 자신감에 넘치는 인생의 마지막, 절정의 아름다움을 자랑한다. 그녀가 차에서 내릴 때 언뜻 보이는 우아한 종아리를 보면 당신은 어쩔 수 없이 사랑에 빠질 것이다.

미셸은 놀라운 소식을 알려준다. 자신과 샤를이 얼마 전 결혼했다는 것이다! 축하의 말과 진심 어린 포옹 한가운데서 샤를이 순한 모습으로 등장한다. 또 다른 축하의 물결이 터져 나온다. 그들은 샴페인을 한 병 더 열고 보관해둔 칼바도스까지 꺼내온다. 그런 다음 두 사람은 듀엣으로 짤막한 노래를 부른다. 무척 감동적이다. 그녀는 그의 정부로서 오랜 세월을 보냈다. 그동안에도 그들은 자신들의 관계를 완전히 공개해왔지만, 결혼은 그들로 하여금 뺨을 붉히고 농담을 하게 한다. 열다섯 살쯤 된 미셸의 아들이 친구 하나와 함께 2층으로 올라온다. 그 애의 친구와 나만 빼고 모두들 이야기를 나눈다. 그들을 묶어주는 과거를 나와 그 애는 모른다. 그 애는 담배를 피우고 나는 칼바도스를 마신다.

우리가 자리를 뜰 때, 그날 밤의 두 번째 논쟁이 벌어진다. 첫 번째 다툼은 크리스티나가 차를 가지러 가는 빌리를 따라 차고로 내려가지 않겠다고 했을 때였다. 빌리는 이제 춤을 추러 가고 싶어 한다.

"오, 맙소사." 그녀가 말한다.

"맙소사라니, 그게 무슨 소리야?" 이런 경우 그는 언제나 골을 낸다.

"춤추러 가고 싶은 사람은 여기 아무도 없어." 그녀가 말한다.

그 대신 우리는 '카브'로 간다. 빌리는 골이 났고 줄곧 지루해

한다. 크리스털 스팽글이 눈부시게 반짝이는 드레스를 입은 흑인 여자가 아름다운 프랑스어로 노래한다. 그녀는 은으로 된 피부를 지닌 물의 요정 같다. 그녀의 치아가 보는 사람에게 최면을 거는 것 같다. 그녀의 미소가 사람의 희망을 산산조각 낸다. 빌리가 그녀를 냉담하게 지켜보고 있다. 크리스티나가 내 어깨에 기대며 빌리의 친구 중에서 자신이 좋아하는 사람은 나뿐이라고 말한다.

"당신은 화가가 되었어야 해요, 알아요?" 그녀가 내게 말한다.

"그렇게 생각하십니까?"

"그래요. 내 말은, 당신이 하고 있는 일이나 내가 그림을 그리는 거나 같다고요. 안 그래요? 당신과 나 말이에요."

"꼭 그렇진 않습니다. 난 아무것도 변화시키지 않거든요."

"당연히 당신은 변화시키고 있어요!" 그녀가 화난 어조로 말한다.

"아뇨, 내 생각은 다릅니다. 어쨌든 그건 별로 중요하지 않습니다. 난 화가가 되지 못했으니까요. '당신'이야말로 화가가 되었어야 해요."

그녀가 기묘하게 미소를 짓는다. 나는 그렇게 말한 이유를 설명해야 할 일이 걱정스럽다.

"당신 말이 맞아요." 그녀가 이윽고 말한다. 그녀가 빌리를 의식한다. "자기, 무슨 문제 있어?" 그녀가 말한다.

"전혀 없어." 그가 차갑게 대답한다.

그녀가 웃음을 터뜨린다.

"춤추러 가자." 그녀가 말한다.

우리는 차에 올라 라스파유 대로를 따라 달린다. 평범한 상점 같은 것들 한가운데 클럽이 있다. 그들은 그곳이 어디 있는지를 두고 의견이 분분하다가, 문득 차가 그 앞을 지나고 있다는 것을 깨닫는다. 빌리가 급하게 커브를 틀어 차를 멈춘다. 그는 난폭하고 노련하게 주차할 공간으로 차를 후진시킨다. 크리스티나가 차에서 내려 내 팔짱을 낀다. 이곳은 백만장자인 그리스 선박왕들이 오는 곳이에요, 그녀가 내게 말한다. 밴드는 음악을 멈추는 법이 없다.

크리스티나는 물론 춤추기를 거부한다. 그녀와 나는 춤을 추는 대신 다른 사람들을 바라본다. 젊고 날씬한 일본인 여자 하나가 바에 앉아 있고, 패스트리 요리사처럼 얼굴이 통통한 남자가 있다. 그들이 리듬 속에서 서로 몸을 떼고 나란히 선다. 이윽고 그들은 춤을 추며 다시 서로 등을 맞댄다. 남자는 우스꽝스럽긴 하지만 아주 우아하다. 그의 두 다리가 생쥐처럼 날렵하다. 마침내 크리스티나가 좋아하는 음악이 연주되기 시작한다. 빌리와 내가 그녀와 차례로 춤을 춘다.

"저기가 오나시스 자리예요." 그녀가 플로어에서 내게 말한다.

"어느 자리 말입니까?"

"구석 자리요."

"아." 나는 그곳을 물끄러미 바라본다. "그는 어떻게 생겼습니까?"

"그 사람 사진 본 적 있잖아요, 안 그래요?" 그녀가 말한다.

"예, 그러니까 가까이서 실제로 보면 어떤지……."

"무척 부자처럼 보여요." 그녀가 말한다.

"연한 색안경을 끼고 있습니까?"

"그러니까 선글라스를 말하는 건가요? 모두들 그래요. 그들이 무슨 생각을 하는지 당신은 모를 거예요."

"당신 생각을 할 것 같은데요."

"내 생각이요?" 그녀가 묻는다.

"그에게도 분명히 보는 눈이 있을 테니까요."

"언젠가 나도 그런 걸 가질 수 있으면 좋겠어요."

"부자와 진짜 결혼하려고요?"

"다음번에는요. 오, 그 결혼이 오래가지는 않겠지만 상대는 무척 행복해할 거예요."

"상대가 정말 그럴까요?"

"오, 그럼요." 그녀가 장담한다.

그녀는 그 순간 진심이다. 그럼에도 그녀를 보이는 그대로 믿는 건 위험하다. 겉모습 이면에 절박한 또 하나의 여자가 있다는 인상을 종종 받지만, 그건 그저 그녀의 폭넓은 능력, 풍부한 성적 자산일 뿐이다. 빌리는 늘 그녀가 얼마나 아름다운지 이야기한다. 거의 항변하는 것 같다. 하지만 그녀는 '현재' 아름답잖아, 라고. 실제로 그녀는 그러하다. 그들의 삶은 그 아름다움을 드러내기 위해 동원된다. 그들은 그녀의 아름다움을 좋은 집을 소유하고 있는 것처럼 다룬다.

집시처럼 피부가 검은 황홀한 표정의 키 큰 댄서 하나가 플로어로 나온다. 그는 정장 양복을 입었다. 머리카락은 길고, 굽 높은 가죽 구두를 신었다. 테이블에서 친구들이 미소를 지으며 지켜보는 가운데, 혼자서 춤을 추는 그에게는 광기의 번득임이 있다. 조금 전의 일본 여자가 그를 바라본다. 통통한 얼굴의 남자의 귀에 그의 발이 스치는 소리가 들릴 것이다. 음악이 점점 더 빨라진다. 정규 대회가 시작되었다. 그건 열정의 범죄가 개시되는 것과도 같다. 사람들이 뜨거운 눈길을 교환하며 이쪽저쪽으로 몸을 비틀면서 그 가엾은 살찐 부르주아의 몸에 벌써 수의를 감고 있다. 하지만 그는 죽지 않을 것이다. 그는 신들린 사람처럼 춤을 춘다. 달아오른 그의 얼굴이 땀으로 번들거리고 입가에는 죽은 자의 미소가 어려 있다. 이제 그의 입이 딱 하고 벌어진다. 그 클럽의 모든 것이 움직임을 멈추었다. 모두들 그를 바라보고 있다. 내가 보기에 그는 당장이라도 낡은 외투처럼 구겨지듯 쓰러질 것 같다. 음악만이 그를 죽일 수 있다. 사람들이 광란 속에서 춤을 추고 있다. 연주자들이 과격해져버렸다.

차를 몰고 집으로 돌아오는 길에 우리는 길을 잃는다. 그 도시에서 5년째 살고 있는데도 빌리는 현재 있는 곳을 알지 못한다. 물어볼 사람은 아무도 없다. 우리는 천천히 모퉁이를 돌아 명판들을 읽고, 그런 뒤 타이어가 바닥에 눌어붙는 소리를 내며 다시 차를 출발시킨다. 이따금 지나가는 차들 외에 거리는 비었다. 큰 네거리조차 그렇다. 우리는 한 시간 동안 헤맨다. 크리스티나의 고개가 흐느적거리면서 내 한쪽 어깨에 놓여 있다. 그녀는 자고 있다. 잠시 후—차는 같은 상점 앞을 세 번째 지나는 중이다—그녀가 노래를 부르기 시작한다. 그녀의 두 눈은 여전히 감겨 있다. 그녀의 입에서 알아듣기 어려운 시적인 구절들이 나직하게 흘러나온다. 빌리가 그녀에게 힐긋 눈길을 준다. 그는 우리를 병원으로 데려가는 의사 같다. 마침내 빌리가 아는 곳으로 접어든 순간 그녀가 애써 몸을 일으킨다. 나는 그녀가 나를 버리기라도 한 것처럼 갑작스럽게 서운하다. 이윽고 그녀가 본능적으로 그것을 보상하는 최고의 미소를 지어 보인다. 차가 화랑가를 지나간다. 그녀가 스쳐 가는 화랑들을 바라본다.

"저기예요." 그녀가 손가락으로 가리킨다. "바로 저기에서 언젠가 전시회를 할 거예요. 바로 저 화랑에서요."

그녀와 나는 이제 뒤창을 통해 그곳을 바라본다.

"저 화랑 말입니까?"

"파리 최고의 화랑이에요."

빌리가 그녀의 말을 못 들은 체한다. 그녀는 자신의 모습이 비치도록 백미러의 방향을 돌려놓고 머리카락을 매만지기 시작한다. 빌리는 아무 말도 하지 않는다. 그녀가 그의 깃을 매만지기 시작한다. 하늘은 검은빛을 잃어버렸다. 잠들기에는 너무 늦어버린 시각이다.

그들의 집에서 내 침대가 놓인 방은 서재로도 쓰인다. 그 방은 층계 바로 옆에 있다. 각자의 방으로 가려면 그 방을 지나야 한다. 바람이 부풀기에는 너무 육중하고 거대한 휘장이 창문을 가로질러 드리웠지만, 그 아래쪽으로 이미 희미한 빛이 들어오고 있는 것 같다. 나는 두 눈을 감고 기다린다. 아마 우리는 낮 한 시나 되어야 아침 식사를 할 것이다. 그다음에는 뭔가 재미난 일을 찾아 나설 것이다.

13

그날 저녁 그들은 그 거리에서 기다리고 있다. 공기가 종잇장처럼 희박하다. 익히지 않은 날것 같은 날. 안마리의 여자 친구가 오기로 되어 있다. 딘은 물론 호기심을 느끼지만 그렇지 않은 척한다. 그는 그 친구가 어떤지 궁금하다. 멀리서부터 그녀를 알아보려고 주위를 두리번거린다. 마침내 그녀가 작은 모피깃이 달린 외투 차림으로 등장한다. 날씨가 춥다고 불평하면서. 부모가 생레제르에서 식품점을 한다는 그녀. 이름은 다니엘이다.

카페에서 두 사람이 프랑스어로 이야기하는 동안 딘은 멀거니 앉아 있다. 다니엘은 안마리보다 좀 더 나이 들어 보이고 좀 더 차분한 것 같다. 그녀는 긴 머리를 풀어놓았는데, 이야기를 하면서 줄곧 머리카락을 쓸어내린다. 그가 그녀의 공책을 넘겨본다. 학교 숙제다. 용지가 모눈종이로 되어 있다. 연푸른 줄, 가지런한 방정식, 증명 들. 잠시 후 그는 그녀가 자신을 보고 있다는 걸 의식한다. 그가 공책을 덮는다.

그들은 문간에서 작별 인사를 한다. 다니엘이 기차를 타야 하는 것이다.

"아 투타 뢰르.(조금 후에 봐요.)" 딘이 말한다.

"아니에요." 다니엘이 불쑥 그의 말을 정정한다. "당신이 이따가 나를 볼 게 아니잖아요. '아 비엥토(또 만나요)'라고 해야 해요."

"아 비엥토." 그가 말한다.

잠시 후 안마리가 자기 친구가 마음에 드느냐고 그에게 묻는다. 딘은 대답하지 않는다.

"그녀의 머리카락이 멋지더군." 그가 말한다.

"그 애 엄마가 못 자르게 한대."

"정말?"

그들은 말없이 앉아 있다. 그는 여전히 짜증스럽다. 그녀에게 다른 삶이 있다는 것, 그녀가 자신 외에 만나고 싶어 하는 사람이 있다는 사실을 알게 되자 갑자기 혼란스럽다. 그는 포도주 한 잔을 주문한다. 그녀에게 한 잔 하겠느냐고 묻는다. 그녀는 아주 차분해 보인다.

"아니." 그녀가 말한다. "메르시.(고마워.)"

그들은 역 근처에서 가볍게 저녁 식사를 한다. 그곳의 웨이터가 그들을 알고 있다. 겨울 저녁에는 그곳에 들어오는 사람들이 많지 않다. 그들은 빛이 반사되는 그 긴 공간에 둘만 앉아 나직하게 대화를 나눈다. 자동차 한 대가 광장을 돌아 지나간다. 그녀가 눈길을 내리깐 채 놓여 있는 그의 손을 만진다. 이윽고 용기를 얻었는지 천천히 그의 손가락들을 하나하나 쓸어내리기 시작한다.

방에 들어오자 그녀는 그에게 자신의 옷을 벗겨달라고 간청한다. 그는 마지못해 그렇게 한다. 방 공기가 몹시 차갑다. 그녀가 서둘러 침대로 들어간다.

"잠깐 침대로 들어가 당신 옆에 누워 있어줄까?" 마침내 그가 묻는다.

"그런 건 물어볼 필요도 없어."

그가 재빨리 옷을 벗는다. 차가운 시트가 닿자 그의 살갗이 긴장한다. 두 사람은 서로를 만질 수 있을 만큼 몸이 더워지기를 기다리며 가만히 누워 있다. 그녀가 팔을 움직거리며 기지개를 켜는 소리가 들린다.

"난 당신 머리카락을 사랑해." 그녀가 말한다.

딘은 침묵한다.

"당신도 당신 머리카락이 좋아?"

그가 어깨를 으쓱해 보인다.

"뭐, 그냥……." 그가 말한다.

"아주 부드러워. 물개 같아." 그녀가 말한다.

"물개?"

"그래. 보 슈뵈.(아름다운 머리카락.)" 그녀가 중얼거린다. 그녀가 그렇게 명명한다. "보 슈뵈."

그는 이 속삭여진 단어에 압도당한다. 어둠 속에서 고개를 돌려 그녀를 마주본다. 그들의 입술이 만난다. 그녀의 숨결은 가늘고 탁하다. 그게 그를 어지럽힌다. 그로 하여금 바람을 쏘이고 싶게 만든다. 문 아래 틈으로 빛이 들어온다. 그 빛이 천천히 그 방의 모습을 드러낸다. 그는 이제 성녀 같은, 편지지처럼 창백한 그녀의 깨끗한 얼굴을 볼 수 있다. 벽을 통해 옆방에서 말하는 소리가 희미하게 들려온다. 그것 외에는 완벽한 정적이다. 히터나 벽시계 소리, 이따금 지나가는 트럭 소리 같은 것은 이제 그들에게 들리지 않는다. 그들은 그들 자신 속으로 들어가 있다. 그녀의 손이 그의 가슴팍을 간질이더니 고문하듯 천천히 아래로 내려가기 시작한다. 그는 바보처럼 꼼짝도 하지 못한다. 그 손길 아래 개처럼 가만히 누워 있다.

그녀는 열일곱 살 때 콩트렉세빌에서 어떤 이탈리아인 웨이터에게 유혹당했다고 했다. 그녀가 처음으로 집에서 나와 혼자 여름을 보낸 해였다. 그녀에겐 아는 사람이 아무도 없었다. 그녀는 저항하지 않았다. 매일 밤 다른 여자애와 어울려 혹은 혼자서 춤을 추러 갔고, 싸구려 향수 냄새가 나는 그곳에서 이야기하다가 그를 만났다. 그녀는 그를 좋아했지만 여름이 끝나자 그는 가버렸다. 오를레앙에 도착했을 때 그녀는 이내 주목을 받았다. 트루아에서는 롤랑이 있었고, 생레제르에서는 롤랑의 친구들인 청년들과 울창한 숲 속에 세워놓은 시트로엥, 영업 사원으로 일하는 튀니지 청년들이 있었다는 것이다. 딘은 자신이 그녀에게 처음이 아니라는 걸 알고 있다. 하지만 그에겐 궁금해하는 성향 같은 게 없다, 적어도 그 점에 대해서는. 왜냐하면 그는 보이는 대로가 아니기 때문이다. 그는 똑똑하다, 그렇다, 하지만 왠지 자신의 재능이 시들하다. 이미 있는 재능을 다 써버린 것 같다. 때때로 달리 생각해본다. 하지만 대학은 이미 끝장이 나버렸다. 명석한 수학자, 모든 걸 전혀 힘들이지 않고 해내던 청년이 사라져간다. 부친에게 의절당한 것과 다름없고, 이제는 관습과 평범한 삶의 과정을 주저 없이 무시하고 있다. 무정부주의자의 확신을 갖고.

그의 어머니는 죽었다. 자살했다. 결혼 생활이 그녀에게는 끔찍했다. 결혼 생활 속에서 그녀는 자신이 완전히 혼자라고 느꼈다. 마지막 해에 그녀는 여동생에게 긴 전보들을 보냈는데, 거기에다 이따금 스윈번이나 블레이크의 시를 인용했다. 어느 봄날 그녀는 일기장을 태워버리고 코네티컷 강으로 걸어 들어가 익사했다, 버지니아 울프나 마그리트 부인처럼. 그녀의 시신은 고향 보스턴에 묻혔다. 나는 그 장례식을 떠올릴 수 있다. 딘은 여섯 살이고, 그의 누이는 세 살이다. 번쩍거리는 커다란 관이 땅속으로 내려지는 동안 그들은 얼이 빠진 채 얌전히 서 있다. 그 관 속에 그들에게 생명을 준 익사한 여인이 있다. 이제 그녀는 그들과 영원히 함께할 우울과 속박의 전범이 된다. 속 빈 뚜껑 위로 흙덩이가 떨어지고, 어머니를 잃은, 아직 실감하지 못한 채 어머니의 죽음을 품은 그가 자신의 삶을 시작한다. 그 삶 중 많은 부분을 여러분은 알고 있다. 어쨌든 적어도 대학 시절과 방황에 대해서는.

이제 스물넷의 그는 선택의 기로에 서 있다. 나는 이 모든 것의 사정을 꽤 잘 알고 있다. 나는 그의 편지들을 읽는다. 그의 아버지가 타고난 필경사의 필체로, 더할 나위 없이 아름답고 지적인 필체로 편지에서 이렇게 쓰고 있다. 삶을 직면하라고, 이런 저런 것들에 대해 좀 더 진지하게 생각하라고. 나는 자칫 웃음을 터뜨릴 뻔했다. 그에게는 아무 의미도 없는 말들. 그는 이미 병적이라고까지 할 수 있는 아찔한 여행을 시작했고, 그 여행은 더욱 대담하고 전설적인 것이 되어가고 있잖은가. 그의 삶은 대담한 충동들로 채워질 것이다…… 그로 하여금 종적을 감추게 하고, 얼마 후 더블린에서, 베라크루스멕시코 동부에서 소식을 보내게 하는 그런 충동들로. 나는 지금 딘에 관해 사실을 이야기하는 것이 아니라 그를 만들어내고 있는 것이다. 나는 나 자신의 부적응으로부터 그를 창조해내고 있다. 여러분은 그 점을 늘 기억해야 한다.

잠시 후 두 번째 단계가 시작된다. 몇 가지 중 선택해야 할 때다. 불확실성, 과거에 대한 기묘한 두려움. 물론 결국 세 번째 단계가, 결말이 온다. 그러면 패널에 가로막히듯이 세상과의 단절을 시작해야 한다. 왜냐하면 그때에는 모든 것을 그 충격적인 다양성 속에서 고려하는 힘이 사라져버리고, 삶의 형태—하지만 그즈음 그는 시인의 무덤 속에 들어가 있으리라—가 마침내 드러나기 때문이다, 막 떨어지려는 물방울처럼.

딘은 아직 이런 사실을 제대로 이해하지 못하고 있다. 그런 게 그에게는 별로 의미가 없다. 요컨대 그는 불만스럽지 않다. 그녀의 젖가슴은 단단하고, 그녀의 성기는 흠뻑 젖어 있다. 그는 순수한 기쁨에 이끌려 그녀와 우아하게 교접한다. 그는 허리를 활처럼 휘며 몸을 일으켜 그녀의 몸을, 자신의 성기가 그 아래 팽팽한 고환을 단 채 그녀의 몸 안으로 들어가는 것을 본다. 신화가 그를 받아주었다, 그가 실제로 믿을 수 없는 이미지들, 꿈처럼 단순한 이미지들이. 그의 두 팔에서 땀이 흘러내린다. 그는 축축한 사랑의 잎새들 속으로 휘말려 들어갔다가 공기처럼 산뜻하게 올라온다. 그녀의 모든 것이 그를 열광시킨다. 사랑의 행위가 끝나자 그녀는 녹초가 되어 축 늘어진 채 가만히 누워 있다. 그녀는 완전히 그의 것이 되었고, 그들은 술 취한 사람처럼 벌거벗은 팔다리를 얽은 채 누워 있다. 차가운 공기를 뚫고 종소리가 찬송가처럼 어둠을 채우며 울리기 시작한다.

14

1월 6일 일요일. 하늘은 구름 한 점 없이 푸르고 얼음처럼 차갑다. 그러면서도 눈을 아프게 파고든다. 태양은 차의 앞 유리창 너머로 거우 느낄 수 있을 정도로 약하다. 그해 들어 가장 추운 날이다. 그는 본 근처에서 잘못된 방향으로 커브를 튼다. 다음 순간, 이런, 이미 늦었다. 나무 끝에 제복을 입은 사람이 보인다. 그 사람이 딘에게 천천히 손짓을 한다. 이제 보니 헌병 둘이다. 딘이 도로의 중앙선을 넘은 것이다. 그건 상당히 심각한 위반이다. 프랑스의 교통경찰들은 노닥거리지 않는다. 운전자들은 규칙을 위반해서는 안 된다. 헌병들이 천천히 길을 가로질러 차로 다가온다. 그들의 얼굴은 사냥꾼처럼 무표정하고 날카롭다. 그들은 그의 면허증을 요구한다. 그의 프랑스어가 증발해버린다. 산산조각 나 서투른 단어 한두 개만 남는다. 그는 말을 더듬는다. 대답하는 게 무척 힘이 들다. 헌병들은 참을성이 있다. 그의 말을 이해하려는 듯 그의 입술을 지켜본다. 딘이 땀을 뻘뻘 흘리며 거짓말을 하는 동안 하녀처럼 말없이 앉아 있는 안마리에게 그들은 한 차례 눈길을 던질 뿐이다. 그것은 끝나지 않을 시련 같다. 이윽고 그들은 손짓을 곁들여 경고를 주고 그를 놓아준다. 딘이 그들에게 고맙다고 말한다.

그는 자신이 얼마나 바보 같았는지 알고 있다. 그녀의 침묵으로, 그녀의 얼굴에 떠오른 뭔가로 그 사실이 더욱 분명해진다. 그의 행동은 마치 겁에 질린 소년 같았다. 더 지독한 것은 말조차 제대로 할 수 없었다는 것이다.

"내가 프랑스어를 잘하지 못했던 게 차라리 다행인걸." 그가 억지로 웃음을 터뜨리며 말한다.

"위.(맞아.)" 그녀가 대답한다.

디종까지 오는 내내 그녀는 그에게 왠지 관심이 없는 듯하다. 그들은 줄곧 침묵한 채 차를 달린다. 두 사람 위로 내려앉는 냉기, 추위로 시퍼레진 하루, 사람, 사물, 바로 그 빛. 그가 라클로슈 호텔 앞에 차를 댄다.

"이 호텔 어때?"

그녀는 대답하지 않는다.

그녀가 갑자기 태도를 바꾼 것은 방문이 열린 다음이다.

"아!" 그녀가 감탄한다. "세 트레 졸리!(여기 참 예뻐!)"

딘은 좀 회의적이다. 그곳은 우스꽝스럽게 현대적이다. 그들이 걸어 들어온 복도는 규모가 웅장하고 그에 걸맞게 음울한 분위기인데, 이제 방은 요란한 색채와 밋밋한 현대식 가구들로 꾸며져 있는 것이다. 나무 바닥은 사포질을 하고 니스를 칠했다. 노란 벽지에는 알록달록한 작은 공들이 무수히 인쇄되어 있다. 그는 그녀가 혹시 비꼬는 의미로 그렇게 말하는 것이 아닐까 생각했지만 아니다, 그녀는 신나는 얼굴로 짐을 풀기 시작한다. 그녀는 욕실을 들여다본다. 완벽한 욕실이란다. 딘은 짜증스럽다. 한 줄기 의혹이 그를 덮친다. 그날 오후가 불길하게 여겨지기 시작한다. 그 공허한 시간을 어떻게 채워야 할지 문득 알 수 없다.

"우리 나갈까?" 그녀가 말한다.

"맙소사, 날씨가 끔찍하게 추워."

"파르동?(뭐라고?)"

"날씨가 너무 춥다고. 어디 가고 싶은데?" 그가 묻는다.

그녀가 어깨를 으쓱해 보인다. 상점들을 보러 가자는 것이다.

"몸이 꽁꽁 얼어붙을 것 같은 날씨야." 그가 말한다.

"농.(아냐.)" 그녀가 불평한다.

차가운 날씨에도 거리는 사람들로 붐빈다. 그들은 여섯 시가 되도록 쇼윈도를 들여다보며 주위를 돌아다니다가 이윽고 어떤 멋진 상점 앞에 오랫동안 서서 검은색 풀오버를 감탄하며 들여다본다. 그는 갑자기 그것을 그녀에게 사주기로 마음먹는다. 그들은 상점 안으로 들어간다. 가격은 40프랑이다. 그가 생각한 것보다 비싸다. 방되즈(여성 판매원)가 무표정한 얼굴로 기다린다. 사람들이 모두 그들의 말을 듣고 있는 것 같다. 풀오버는 깃 안쪽에서 좋은 상표를 어슴푸레 내보이며 낭창하게 늘어졌다. 40프랑. 결국 그는 고개를 끄덕인다.

"좋습니다." 그가 말한다. 마치 자포자기해서 노를 팽개치는 것 같다.

상점을 나와 다시 걷는 동안 그녀는 그의 팔에 매달린다. 그는 차가운 유리에 비친 그들의 모습을 본다. 그들은 노동자 커플처럼 보인다. 넥타이를 매지 않은 그는 여위고 거칠어 보인다. 때는 저녁이다. 그는 자신이 권투 선수처럼 보일 거라고 상상한다.

호텔 방의 희미한 온기가 그의 기운을 회복시킨다. 그녀는 같은 여자 룸메이트 앞에서처럼 옷을 훌훌 벗어 던지고 침대로 올라간다. 딘 역시 옷을 벗는다. 신발을 벗는다. 운동선수처럼 차분한 동작으로 천천히 셔츠의 단추를 푼다.

날이 거의 어두워졌다. 그녀의 두 팔이 몸 아래 깔려 있다. 그는 그녀가 주저하는 것을, 이윽고 굴복하기 시작하는 것을 느낀다. 어스름 속에서 그녀의 절박한 경련이 그를 깊디깊은 엄청난 쾌감으로 채운다.

그들은 미슐레 가에 있는 한 식당에서 저녁 식사를 한다. 식당 안은 접시들이 달그락거리는 소리로 가득 차 있다. 거의 추억담처럼 느껴지는 긴 저녁 식사. 그들은 몹시 기쁘고 만족한 심정으로 말없이 식사를 한다. 고개를 들 때마다 반사적으로 미소를 교환한다. 식사가 끝날 때쯤 그들은 졸음이 온다. 그들은 치즈를, 에푸아스, 시토 같은 그 지방 특산품을 서둘러 입에 집어넣는다.

그녀는 만족하지 못한다. 그를 쉬게 내버려두지 않을 것이다. 옷을 벗은 다음 그를 부른다. 그날 밤 한 차례, 다음 날 아침 두 차례 그는 그녀의 말을 따른다. 그리고 어둠 속에서 잠들지 못한 채 누워 있다. 디종의 불빛이 천장에 희미하게 어리고, 큰길은 조용하다. 지독한 밤이다. 장대 같은 비가 지나가고 있다. 묵직한 빗방울이 창밖의 홈통을 울리며 떨어진다. 하지만 그들은 비둘기장 안에 있다. 처마 아래 비둘기들이다. 주위에 온통 비가 내린다. 그들은 깃털 속에 몸을 웅크린 채 부드럽게 숨을 쉬면서 누워 있다. 그의 정액이 그녀 몸 안을 천천히 돌다가 이윽고 다리 사이로 흘러나온다.

포도주를 마신 탓에 그는 목이 마르다. 새벽 세 시, 그는 물을 마시러 자리에서 일어난다. 그녀가 잠에 취한 얼굴을 돌리고는 자기도 물을 달라고 한다. 그녀는 물을 마시기 위해 한쪽 팔꿈치를 세운다. 그의 한쪽 손이 그녀의 등을 받쳐준다. 그런 다음 그는 창문을 좀 더 연다. 비가 무슨 입자처럼 단단하게 줄곧 내린다. 그의 귀에 디종의 지붕들 위로 떨어지는 빗소리가 들린다. 그 소리는 방향을 바꾸어 이윽고 대로를 가로지르고 어두운 도로로 옮겨 간다. 마침내 그는 잠이 든다.

그는 이 꿈에서 결코 깨어날 수 없을 것이다. 내가 아는 건 여기까지다. 그는 이미 너무 깊게 들어섰다. 그는 최악의 순간에 도달했다. 달아날 수 없다. 그날 아침, 그 깨끗하고 성스러운 빛 속에서 그는 아버지처럼 애정에 넘치는 손길로 베개를 빼내고 그녀를 자기 쪽으로 끌어당긴다.

15

그녀는 아주 어렵게 수태되어—이게 의미가 있는지 어떤지 나로서는 알 수 없다—전쟁이 막바지에 달한 1944년 가을 태어났다. 그녀의 아버지는 이미 두 달 전에 집을 나가고 없었다. 내가 앞으로도 볼 일이 없을 그녀의 어머니는 그 후 다시 한 번 결혼을 했지만 가난하고 불행한 삶을 살았다. 그녀의 아이가 아팠던 겨울이, 기운 빠지는 겨울이 있다. 그녀는 그 시련을 안간힘을 쓰며 혼자 헤쳐나간다. 식당들에는 불이 밝혀 있다. 상업 지구 카페의 김 서린 유리창 너머에서 신사들이 이야기를 하고 있다. 댄스홀 간판의 창백한 네온 글자가 좁은 안마당을 비춘다—병원에서 집으로 돌아오는 저녁 어둠 속에서 그곳을 지나며 그녀는, 그 안으로 커플들이 들어가는 것을 볼 수 있다. 그녀의 손가락은 차갑고 발도 그러하다. 그녀의 삶은 해결책이 없다. 끝날 수 없는 범죄 같다.

나는 이 어머니에 대해, 호감이 느껴지는 이 불평하지 않는 여자에 대해 어떻게 생각해야 할지 모르겠다. 나는 좀 소박하고 가십거리를 좋아하는 그런 여자를 그려본다. 나는 그녀가 어디에서 태어났는지조차 모른다. 아마 메스일 것이다. 툴과 베르됭과 더불어 세 개의 오래된 주교 관구10세기 게르만인들에게 정복당한 베르됭은 메스 및 툴과 합병되어 세 개의 주교 관구를 이루었다. 16세기 앙리 2세가 차지했고, 17세기 베스트팔렌조약에 의해 프랑스 영토가 되었다. 제1차 세계대전 동안 최악의 전투가 치러졌다. 제2차 세계대전 중 미군에 의해 수복되었다를 이루는 곳이다. 꼭 메스라고 말할 이유는 없지만 그 부근 어디가 분명하다.

아이 아버지 에두아르는 나이가 들면서 거칠어졌지만 호리호리하고 멋 부리기 좋아하는 청년이었다. 그는 벨기에에서 태어났다. 안마리는 지금도 그를 이따금 만난다. 그는 삶의 후반기를(그는 첫 아내보다 상당히 나이가 많았다) 파리 북부 출신의 젊은 아내와 함께 비교적 편안히 살고 있다. 그가 더 이상 많은 일을 할 수 없으므로 그 여자가 직업을 갖고 있다. 그는 몇 군데 투자를 했고, 그들은 그럭저럭 지내고 있다. 그는 돈에 무척 신중한 평균적인 프랑스인들보다도 돈 문제에 훨씬 주의 깊다. 그들에게는 열한 살짜리 사내아이가 있다. 놀라운 사실은 안마리와 그녀의 어머니가 이 악당을 좋아한다는 사실이다. 그녀의 어머니는 에두아르와 그의 아내가 스칸디나비아로 여행을 간 몇 주 동안 그 아이를 맡아주기까지 한다. 물론 대가를 받긴 하지만 그래도 괴상하게 보인다. 그녀의 현재 남편에 대해서는 거의 아무것도 모른다. 그는 그녀를 외로운 삶에서 구해주었다. 그뿐이다.

안마리와 그녀의 아버지와 그녀의 배다른 남동생, 세 사람이 카메라를 똑바로 바라보며 찍은 사진이 있다. 그녀는 열여섯 살이지만 나이보다 어려 보인다. 그들 뒤로는 창이 크고 외관이 장중한, 철도역처럼 보이는 건물이 있다. 거의 대부분의 사람들의 삶을 보여주는 그런 평범한 스냅사진 중 하나다. 그것은 햇볕 가득한 가운데 찍혔다. 그들의 얼굴은 햇빛에 하얗게 반사되고 미간을 찌푸리고 있다. 이 사진에서 유일하게 예외적인 점은 안마리의 존재감으로, 보는 사람으로 하여금 그 사진을 집어 들어 들여다보게 만든다. 그녀가 그 나이에 이미 지닌 개성에, 그녀의 얼굴에 깃든 뭔가에 주목하게 만드는 것이다……. 그녀는 방문을 열면 보이도록 그 사진을 아르무아르(옷장) 위에 세워놓았다. 그 뒤로는 작은 판지 상자가 있는데, 그 안에는 그녀가 모아둔 돈 2, 300프랑이 들어 있다. 딘은 그 돈이 거기 있다는 것을 알고 있다. 그녀가 그 안에 돈을 넣는 것을 보았던 것이다. 그녀는 월급의 일부를 어머니에게 보낸다. 그 얄팍한 지폐 다발, 한두 달 방세에 불과한 그 얄팍한 지폐 다발은 왠지 감동적이다. 나는 거기서 배신의 동기 같은 것을 보지만, 물론 그럴 일은 없다. 그럼에도 그게 거기 그렇게 허술하게 숨겨져 있다는 사실은 주목할 만하다. 그녀는 돈에 신경을 쓴다. 돈에 대해서는 유머 감각이 없다. 그와 함께 있을 때 결코 돈을 쓰지 않는다. 우표 정도는 살 수 있겠지만 그 이상은 아니다. 적어도 내가 알기로 그녀는 그에게 그 어떤 종류의 선물도 한 적이 없다. 하지만 그녀를 둘러싼 그 퀴퀴한 가난에도 딘이 두 사람을 위해 요구했다면 그 200프랑을 받을 수 있었을 거라고 나는 확신한다. 나는 그가 그럴 수 있다는 사실에 겁에 질린다. 그녀가 그에게 지나치게 많은 것을 줄 태세가 된 것 같다—나는 이 생각을 떨칠 수가 없다—고, 그의 삶 속의 그 모든 끈덕진 걱정거리를 자기 삶으로 끌어들이려 조바심을 내고 있다고 나는 그녀에게 경고하고 싶다. 다른 한편으로 나는 그가 그 돈을 받을 가능성이 전혀 없음을 알고 있다. 아니, 어쩌면 그는 자신에게 그럴 자격이 있는 것처럼, 자신이 그녀가 원하는 인물이고 그녀의 생각이고 그녀의 꿈인 것처럼 거리낌 없이 그 돈을 요구할 수도 있다. 나는 이 두 가지 중 하나가 맞을 거라고 확신하지만 어떤 것인지 결정할 수가 없다. 그 돈은 내 신경을 분산시킨다. 그 사진이 기대 세워진, 손목시계가 들어감 직한 작은 차 빛깔의 상자—그것을 나는 돌벽에 가로막혀 있더라도 볼 수 있다.

사물은 각각의 형태와 무게, 색깔이 있고, 그 위에는 스케일도 중요성도 존재하지 않는 어떤 차원이 있다. 그녀의 방, 내가 실제로 아는 것이 거의 없는 그녀의 삶에는 몇 가지 물건이 있고, 그것들이 점차 초현실적인 것이 되어가고 있다. 그것들은 내가 어디를 바라보든 모습을 나타낸다. 그것들은 실제로 내 주위를 둘러싼 물건들에서 정체성을 훔쳐낸다. 빛나는 바늘들이 달린, 좀 느리게 가는 그녀의 탁상시계가 있다. 그녀가 오를레앙에서, 어쩌면 콩트렉스에서 갖고 있던 것으로 알람이 좀 이르게, 날카롭게 울린다. 아니다, 그곳에서 그녀를 깨운 것은 다른 여자애였다. 여름 아침들. 그녀는 지난밤 늦게야 집에 돌아왔고 지금은 졸리다. 바닥에는 신발이 나동그라져 있다. 원피스는 의자에 걸쳐져 있다……. 장갑 모양으로 짜인 그녀의 목욕용 수

건이 있다. 그녀의 화장품. 그녀의 빗. 그녀가 모은 돈을 넣어둔 상자. 오, 안마리, 너의 존재는 그토록 순수하다. 네가 가진 것은 불우한 어린 시절, 생레제르의 청년들로부터 온 엽서들, 네 의붓아버지, 네 절망. 그 어떤 것도, 어떤 폭로도 어떤 범죄도 네게 타격을 입힐 수 없다. 너는 거리에 떨어진 낙엽 같고 슬픈 이야기 같다. 너는 마치 노래처럼 같은 일을 되풀이한다.

딘은 거의 매일 밤 그녀를 만난다. 때때로 그들은 번거로워서 식사도 생략한다. 오렌지 한 알. 차 한 잔. 그들은 차를 몰고 추위 속을 돌아다닌다. 방에 들어가면 그녀는 그의 옷을 벗기고 그를 침대에 눕힌다. 그는 몸집 큰 어린아이처럼 복종한다. 그녀는 포도주를 한 잔 따라 그의 곁에 가져다둔다. 그런 다음 마치 혼자인 것처럼 무심하게 자신도 옷을 벗고 실내복을 걸친다. 그리고 씻는다. 머리를 빗기 시작한다. 옷이 그녀의 몸에 달라붙어서 딘은 그녀의 엉덩이, 둥근 엉덩이의 윤곽을 알아볼 수 있다. 카펫과 거울이 있는 방을 갖고 싶어, 그녀가 그에게 말한다. 딘은 대답하지 않는다. 그녀는 실내복을 벗고 알몸으로 거울 앞에 선다. 그리고 커다란 침대도 있었으면 좋겠어, 거울에 비친 자기 자신에게 그녀가 덧붙인다. 그는 거의 그녀의 말을 듣지 않고 있다. 그의 눈길이 실체와 생각 사이를 천천히 떠다닌다. 그가 깨어 있는지 보려고 그녀가 몸을 돌린다.

"필립?"

대답이 없다. 그녀가 침대로 다가온다. 그의 두 손이 어둠 속에서 조용히 올라가 그녀를 맞는다. 그녀를 침대로 끌어들인다.

"자는 척하고 있었잖아. 당신은 말 안 듣는 어린아이 같아."

그녀가 말한다.

"아냐."

그는 그녀의 몸을 돌려놓고, 종아리만큼이나 창백한 두 뺨에 감탄한다. 그녀의 몸을 애무하면서 한 손을 그녀의 다리 사이로 밀어 넣는다.

"자양분이 풍부해." 그가 말한다.

"코멍?(뭐라고?)"

"주 템.(널 사랑해.)" 그가 말한다.

그들은 모로 누워 있다. 시계가 째깍거린다. 히터의 금속에서 유리처럼 삐걱거리는 소리가 난다. 아래층에서 코르시카인들의 말소리가 올라온다. 그들의 기운찬 목소리가 층계를 통해 울린다. 거리에 면한 문은 닫혀 있다.

"잠깐만." 그가 속삭인다.

그녀가 그의 몸 위에 올라가 있다.

"콘돔이 없어."

"괜찮아." 그녀가 말한다.

"정말 괜찮아?"

그녀가 몸부림을 친다. 그는 참을 수 없는 지경이 된다.

"안마리?"

"시!(그렇다니까!)" 그녀가 거듭 말한다. 그는 그녀를 반쯤은 풀어주고 반쯤은 이끈다.

그 일이 천천히 시작된다. 그의 손이 그녀의 허리에 가 있다. 그는 마치 자신의 삶을 완성하고 있는 것 같다.

16

닳아 없어지지 않는 암석면 같은, 이미 지나갔으니 줄곧 어른거리는 프랑스의 이미지들. 나는 조용한 집 안을 돌아다닌다. 겨울 햇빛이 들어오는 천장 높은 서늘한 방, 그 빛에 비친 가구, 창문들. 질 좋은 고요가 도처에 자리 잡고 있다. 그 고요를 만들어내는 세부는 전혀 보이지 않는다. 고요는 베일에 싸인 얼굴처럼 존재한다.

여러 마을의 이미지들. 상스. 캔터베리 대성당의 광휘가 반영된 그 유명한 대성당이 그곳의 조용한 거리와 얼음처럼 차가운 강물 위로 솟아 있다. 그것은, 생테티엔 대성당은 멀리서도 보인다. 수 세기의 세월이 건물의 석재를 가루처럼 탈색시켰고, 조각상들은 손상되어 두상이 모두 떨어져나갔지만, 멀리서 보면 여전히 여행자들에게 신의 현존을 경고하는 것 같다. 프랑스 전역에 세워진 장중한 고딕 양식의 성당 중 하나인 그것은 하얀 신화처럼 시간을 견딘다. 그 주위에 소규모 상점들이, 영화관들이, 식당들이 생겨났지만 그 위용을 훼손할 순 없다. 정오의 태양 아래서 전형적인 부르고뉴 양식으로 건축된 기묘한 뱀 가죽 모양의 지붕이 빛난다. 검정·초록·황토·빨강 다이아몬드 형태가 띠 모양으로 연결되어 있다. 태양이 그 위로 물처럼 퍼부어진다. 섬광이 퍼져 나가는 것 같다.

상스. 그들은 잠에 빠져들었다. 이른 오후 딘이 먼저 잠에서 깬다. 그는 그녀의 스타킹 고리를 풀고 천천히 말아서 벗긴다. 다음은 치마, 그다음에는 팬티를. 그녀가 눈을 뜬다. 그는 그녀의 누드를 완성하기 위해 가터벨트는 그대로 둔다. 그는 그녀의 벗은 몸 위에 머리를 내려놓는다. 잠시 후 좀 더 편안한 자세를 찾아 그는 그녀의 골반을 베개 삼아 두 다리 사이에 머리를 내려놓고 두 무릎을 움켜쥔다. 밖의 차 소리에 귀를 기울인다. 고개를 조금 돌려 그녀가 잠이 들었는지 확인한다. 그녀는 고요한 눈빛으로 그를 바라보고 있다. 그의 귀 아래가 축축해진다.

그에게 돈이 생기자 모든 게 달라졌다. 빳빳한 신권으로 900프랑에 가까운 돈이 있다. 그가 갖고 있던 귀국용 비행기 표를 판 것이다. 헤아려지는 지폐의 아름다운 모습이 그를 약하게 만든다. 그는 지폐의 가운데를 꺾지 않았다. 귀퉁이에 핀이 고정된 10프랑짜리 빳빳한 묶음 그대로 가져왔다. 그 지폐 다발이 손에 들어오자 갑자기 프랑스어가 쉽게 나온다. 이제 그는 자기 자신을 명료하게 보고, 많은 것들에 대해 생각할 수 있다. 이 수북한 10프랑짜리 지폐들은 중요하다. 이것은 발명의 정수다. 그의 삶의 보증서다.

그들은 그 식당에 좀 이르게 도착한다. 테이블들은 비었고 지배인 혼자 서 있다. 그들은 두툼한 장작이 사람 손만 한 불꽃을 일으키며 천천히 타고 있는 벽난로를 지나 자리로 안내된다. 널찍한 테이블 위에서 질 좋은 햄이 풍부한 속살을 드러내고 있고, 조리된 생선, 버섯, 과일 장식이 담긴 접시들이 놓여 있다. 그들은 부스 좌석에 마주 앉는다. 그녀가 자기 턱에 난 뾰루지를 만지작거린다.

"프리픽스(정식 메뉴)를 먹을까?" 그녀가 묻는다.

"글쎄, 어떨지 모르겠어." 그가 대답한다. 그는 메뉴를 읽는 중이다.

그녀가 계속해서 자기 턱을 만지작거린다.

"그만해."

그녀가 동작을 멈춘다.

옆 부스에 고상한 분위기의 세 사람이 와서 앉는다. 완벽하게 단장한, 좋은 혈통의 은발 신사와 그의 아내와 어머니인 듯한 두 여자. 딘은 안마리의 두상 너머로 그들을 볼 수 있다. 그들이 메뉴를 받아 든다. 지배인이 그들에게 무어라 말한다. 그들이 미소를 짓는다. 딘은 다시 시선을 떨어뜨린다.

"배 많이 고파?" 그가 묻는다.

"아, 위.(아, 그래.)"

"양이 너무 많을 것 같아." 그의 고개가 여전히 내려가 있다. "당신이 다 먹을 수 있을까."

"오, 제 팽.(이런, 난 배고파.)" 그녀가 사정한다.

"좋아."

그녀 뒤에서 그들은 그가 한 마디도 알아들을 수 없는 눈부신 프랑스어로 화기애애하게 이야기를 하고 있다. 자신의 눈길이 길게, 좀 지나치게 길게 그들에게 머문다는 것을 의식하지만 그로서는 제어할 수가 없다. 그는 울적해지는 것을 느낀다. 그가 무엇을 보고 있는지 보려고 안마리가 고개를 돌리자 딘은 갑자기 굴욕감이 차오르는 것을 느낀다. 그녀가 테이블 아래에서 매니큐어가 반쯤 벗겨진 손톱을 잡아 뜯기 시작한다.

"제발 그만해." 딘이 말한다.

그녀가 눈길을 든다. 사랑하는 이를 냉정한 눈길로 바라보는 끔찍한 순간이 있다. 그녀의 얼굴은 판매원의 얼굴이고 딘은 그것을 쉽사리 알 수 있다. 예쁘장하지만 값싸 보이는 얼굴. 그는 조바심이 나서 어쩔 줄 모른다. 할 수만 있다면 이곳에서 나가고 싶다. 그들을 보고 있자 왠지 자신이 불량 청년이 된 것 같다. 안마리는 아무 말도 하지 않는다. 그녀는 그의 분노의 냄새를 맡을 줄 안다. 그녀의 두 손이 무릎 사이에 감춰져 있다.

그들은 서로 나눌 만한 이야기를 거의 찾아내지 못한 채 천천히 식사를 한다. 음식의 양이 지나치게 많다. 그녀가 식욕을 잃고 자기 몫의 음식을 다 먹지 못하자 그는 더 짜증이 난다. 그가 그녀의 디저트를 먹는다. 그녀는 어린 학생처럼 창백한 얼굴로 말없이 앉아 있다.

“당신 이걸 다 주문하지 말아야 했어.” 그가 말한다.

그녀는 손을 위로 올려 마치 잠자리에 들려는 듯이 귓불에 걸려 있던 작은 귀걸이를 떼어낸다.

“다 먹지 못할 것 같더라니.” 그가 말한다.

식사를 한 후 그들은 잠시 마을을 산책한다. 모든 것이 고요하다. 그녀는 생각에 잠긴 듯 말이 없다. 대성당 근처에서 그녀의 움직임이 느려지며 뒤로 처진다.

“왜 그래?”

그녀의 목소리에 힘이 없다.

“리엥.(아무것도 아니야.)”

그는 그녀가 다가오기를 기다린다.

“어디가 아프기라도 해?” 그가 다시 묻는다.

그녀는 금방이라도 눈물을 쏟을 것 같은 얼굴이다. 마지못해 고개를 내젓는다. 그러더니 신도석 입구에 서서 갑자기 먹은 것을 모조리 발밑에 토한다. 개구리 다리와 굴이 돌바닥에 부딪쳐 튀어 오른다. 그녀는 구역질을 하며 숨을 제대로 쉬지 못하고 꺽꺽거린다. 딘은 그녀를 침착하게 바라본다. 주위를 둘러보고 보는 사람이 아무도 없다는 걸 확인하고 마음을 놓는다.

"이제 좀 어때? 어디 좀 앉을까?"

그녀는 지쳐서 겨우 숨을 몰아쉰다.

"통 무슈아르.(당신 손수건.)" 그녀가 기운 없이 말한다.

그가 손수건을 꺼낸다. 그녀는 그것을 입으로 가져가 입귀를 닦는다. 그녀는 미소를 지으려 애쓴다. 그녀는 신발이 더러워졌을까 봐 걱정한다. 신발에 오물이 튀었을 것이다. 그녀는 그에게 몸을 기대고 양쪽 발을 차례로 들어본다.

"신발은 괜찮아. 차 좀 마실래?" 그가 그녀에게 말한다.

"농, 메르시.(고맙지만 싫어.)"

"내 생각엔 마시는 게 좋을 거 같은데."

"농.(싫어.)" 그녀가 숨을 몰아쉰다.

그녀는 창피하긴 하지만 개운해진 것 같다. 그녀의 창백해진 얼굴에서는 평소의 악바리 같은 모습을 찾아볼 수 없다. 그녀는 벌을 받은 사람처럼 그의 팔에 매달려 어두운 거리를 따라 걸음을 옮긴다.

다음 날 아침 그녀는 회복했다. 그의 성기가 단단하다. 그녀는 그것을 한 손에 쥔다. 그들은 언제나 알몸으로 잠든다. 그들의 살은 천진무구하고 따뜻하다. 결국 그녀는 베개들 위로 눕는다. 그녀는 그 의식을 한마디 말 없이 받아들인다. 반 시간 후 그들은 지친 모습으로 서로 몸을 떼고 아침 식사를 주문한다. 그녀는 자기 몫의 롤빵을 모두 먹어치우고 그의 몫 중에서 하나를 더 먹는다.

그날 오후 그들은 로렐과 하디가 30년 전에 만든 옛날 영화를 본다. 극장은 벽장 같고, 좌석은 찢어진 잡지 같다. 영화가 끝난 후 그들은 강을 따라 걷는다. 강물은 잿빛이고 정지한 것처럼 보인다. 그녀는 강둑으로 내려가 자기 방을 장식할 부들을 꺾는다. 딘은 오솔길에서 기다린다. 그는 그녀가 부들을 꺾어 품에 안는 것을 본다. 그녀가 임신을 하면 어떡하나, 그는 생각한다. 무거운 구름 아래쪽이 납처럼 짙다. 그 생각은 가만히 다가왔지만 그의 마음속에 자리를 잡는다. 그는 감히 그 생각을 입 밖으로 낼 수 없다. 문득 그는 자신이 그녀와 결혼하고 싶어 하지 않는다는 걸 분명히 느낀다. 그런데 그녀가 아기를 낳는다면 그는 어떡해야 하는가? 간단히 떨치고 떠나버릴 수 없을 것이다. 그의 두 발이 차가워진다. 두 뺨이 건조한 걸 느낀다. 오후의 한기가 그의 영혼 속으로 들어와버린 것 같다. 그녀는 저 아래 물가를 따라 걷고 있다. 딘은 이 일이 어떻게 끝날까를 생각하며 둑 위에서 천천히 걸음을 옮긴다.

17

이제 하얀 오후 속에서 그의 자동차는 대로의 헐벗은 나무들을 지나 번쩍이며 달린다. 길에는 차가 거의 없다. 그 마을은 마치 버려진 것 같다. 그는 마자그랑 대로를 지나 다시 모퉁이를 돈 다음, 조브 부부네 집 바깥벽에 면한 좁은 공간에 아무렇게나 차를 세운다.

딘은 일주일에 세 차례 교습을 시작했다. 그 일은 좀 뜻밖에 시작되었다. 조브 부인은 그걸 한동안 염두에 두었던 모양이지만. 그녀가 나에게 그 일에 대해 의견을 물어왔을 때 나는 깜짝 놀랐다. 놀라움을 감출 여유조차 없었다.

"개인 교습이요? 뭘 배운단 말인가요?" 내가 물었다.

"당연히 영어죠."

"음, 잘 모르겠네요. 그가 그런 일에 관심이 있다면 할 수는 있을 거예요."

"콤 일레 장티.(그렇게 해주면 얼마나 좋을까.)" 그녀가 사정했다. 그녀는 리본테이프처럼 호리호리하다.

"언제 한번 얘기해보세요."

"그래도 될까요?"

"오, 그럼요. 안 될 게 뭐가 있겠어요."

그녀는 기쁨을 숨기려 애쓴다. 그게 내 신경에 거슬린다.

그녀 입장에서 보자면 그는 젊고 눈부시고 말쑥한 학생이다. 그녀의 아이들은 그를 몹시 좋아한다. 그는 한쪽 면에는 그림이, 뒷면에는 단어가 쓰인 카드 한 세트를 만든다. 그의 스케치는 물론 아주 교묘하다. 오토모빌(자동차)은 훨씬 길고 비뚤거리지만 밖에 세워둔 그의 차와 비슷하다. 닭은 클로드 피케의 모습을 닮았다.

그의 생활은 19세기식인 것 같다. 그는 여덟 시나 여덟 시 반에 일어나 커피를 마신다. 그런 다음 프랑스어 어휘를 보충하기 위해 조간을 읽는다. 요즘 신문의 헤드라인에는 밑줄이 쳐져 있고, 1면은 저 끔찍한 알제리의 분리 독립, 마지막 신음을 지르는 알제리에 대한 기사들로 채워졌다. 많은 프랑스인들이 여전히 승리의 가능성에, 의지력의 우위에 집착하고 있다. "전쟁은 정신력에 달려 있다." 그들은 과부, 재산을 몰수당한 세입자, 순교자, 미치광이 들 같다. 최후의 광란 속에서 절박한 전략이 모습을 드러낸다. 폭력이 기괴해진다. 옷깃에 특정 장식을 단 시민들이 거리에서 기관총에 맞는다. 실제로 총을 쏜 것은 아이들이다. 그들은 방아쇠를 당겨놓고 겁에 질려서는 길가의 연석 위에 주저앉아 훌쩍거린다.

저녁마다 그는 자정 전에 집에 들어간다. 여행할 때를 제외하면 그는 그녀 곁에서 밤을 보낸 적이 거의 없다. 그녀의 침대는 무척 작다. 그리고 내 생각에 그는 그곳에서 자고 가지 않는 편을 더 좋아하는 것 같다. 게다가 그들은 주말마다 어김없이 낡은 호텔에 들어가 덧문을 내리고 문을 안에서 걸어 잠그지 않는가.

그는 첫 번째 교습비를 받고 신이 나서 그녀를 데리고 아발롱으로 간다. 나폴레옹이 머물렀다는 호텔. 그곳에는 나폴레옹의 영광이 숨 쉬고 있다. 복도에는 리볼리 전투, 예나 전투, 맘루크 격파나폴레옹은 전투를 잘하기로 유명한 맘루크(이집트 노예 기병)를 격파했다 같은 군사작전의 사진이 붙어 있다. 접수처에 있는 젊은 여자의 금니가 웃을 때마다 빛난다.

그들은 식당에 차분히 앉아서 우선 가격을 보면서 메뉴를 살펴본다. 그녀는 조금 전 위에서 정장으로 옷을 갈아입었는데 그 안에 아무것도 입지 않았다. 딘은 그 사실을 알고 있다. 메뉴를 읽으면서도 그의 생각은 줄곧 그녀에게 향한다. 그녀의 몸, 그 몸의 각 부분이 그의 마음속에서 야광체가 되는 것 같다. 그가 만지거나 바라보는 모든 것, 포크나 테이블보가 자신들의 소박함과 침묵으로, 단 한 겹의 천으로 감추어진, 아니 도저히 감추지 못하고 공표하는 그 육체에 찬사를 보내는 것 같다. 그녀는 많이 먹는다. 심지어 포도주도 조금 마신다. 딘은 자기가 비운 잔을 통해 그녀를 응시한다. 눈부시게 반짝이는 비정형의 세계가 나타난다. 샹들리에가 별처럼 반짝거린다. 그녀의 얼굴이 부드러운 머리카락에 둘러싸인 채 흔들린다.

"오늘밤 우리 영화 찍자." 그녀가 말한다.

혼돈스러운 가운데 그는 그 말의 의미를 알아내려 애쓴다. 그녀는 테이블 건너편에 앉아 그에게 미소를 짓고 있다. 그들의 냅킨이 한쪽에 구겨진 채 놓여 있다.

웨이터들만 남은 카페나 식당에서 빈 접시를 바라보며 나는 종종 생각해본다. 사건들이 다르게 배치되었다면, 무슨 사고 같은 것이 일어났다면 그녀가 내 것이 될 수 있었을까? ……나는 꿈꾼다. 이윽고 거울을 본다. 성글어지는 머리카락. 주름진 얼굴. 내 표정을 결정짓다시피 하는 흉터. 강한 두 팔. 나는 이 모든 것을 만들어내고 있다. 똑똑하지만 게으른 남자, 열정적인 남자의 두 눈을…….

그녀가 재킷을 벗는다. 그 눈부시게 아름다운 젖가슴이 방을 환하게 밝힌다. 그녀가 치마 밖으로 걸어 나오면 오직 그녀만을 갈망하게 된다. 정복당할 준비가 된 손쉬운 그녀만을. 내가 그녀를 발견한 것은 지친 눈길로 나이트클럽을 둘러보았을 때다. 나는 그저 침묵 속에서 몰래 그녀임을 확인했다. 이제 그 모든 것이 쇠로 만든 고리처럼 내 의식에 끼워져 있다. 천을 벗어젖힌 저 숭고한 젖가슴. 그녀는 알몸이 되는 것을 좋아한다. 빛 속을 헤엄친다. 빛에 흠뻑 젖어서.

위대한 연인들이 지옥에 누워 있다, 라고 시인존 크로 랜섬을 가리킴은 쓴다. 오랜 시간이 흐른 지금까지도 나는 그 이미지들을 파괴할 수 없다. 그 이미지들은 중독자의 갈망처럼 내 안에 남아 있다. 특정 단어를 듣고, 특정 몸짓을 보기만 해도 내 생각은 요동치기 시작한다. 나는 그녀를 생각하는 나 자신을 경멸한다. 그녀가 죽고 없다 해도 내 느낌은 같을 것이다. 그녀의 존재가 내 삶을 암울하게 만든다.

고독. 우리는 고독이 그 외 다른 상황보다 우리에게 훨씬 깊은 만족을 주리라는 것을 본능적으로 안다. 하지만 그렇다 해도 고독을 기꺼이 받아들이기란 어렵다. 게다가 가치 있는 상황, 곧 그 불쾌함에도 불구하고 우리에게 힘을 주고 우리를 추동하여 위대한 일들을 하도록 만드는 긍정적인 상황과, 우리가 벗어나는 편이 훨씬 나은 또 다른 상황을 어떻게 구별한단 말인가? 어떤 것이 소중하고 어떤 것이 그렇지 않은가? 혼자서 행복해지기가 왜 그렇게 힘든가? 어째서 그것이 불가능한가? 이런, 이전에도 종종 뭔가를 한창 하던 중에 빈둥거릴 때면 나는 느릿하게, 하지만 어김없이 그런 조건들의 가식적인 힘에 좌우되지 않았던가.

침묵. 나는 나를 현기증 나게 만드는 그 방의 침묵에 귀를 기울인다. 그 침묵의 구절들, 그것에 어떻게 대답해야 하는지 너무나도 잘 알고 있는 그녀는, 이제 맨발로 서두르지 않고 어둠 속에서 방을 가로질러 그에게로 간다.

내가 충분히 깊게 나아가지 않은 것, 그것이 문제다. 고독 속에서도 우리는 파고들어야 하고 견뎌야 한다. 냉정한 시작이야말로 최악이다. 그 모든 것을 지나가야 한다. 비통함을 뚫고, 정당한 감정을 뚫고 줄곧 앞으로 나아가야 한다. 진정한 즐거움을 느끼면서, 성스러운 도시라도 되는 것처럼 그것을 향해 가야 하는 것이다. 나는 그것을 내게 불러오려고, 그것이 나타나게 하려고 애쓴다. 나는 그것이 거기 있다고 확신하지만 그것은 쉽사리 오지 않는다. 당연히 쉽지 않다. 흔들려야 한다. 몸부림쳐야 한다. 믿음이란 우리의 골수에 사무치는 것이어야 한다.

"잔뜩 나왔어." 그녀가 말한다.

그녀의 몸이 그것으로 번들거린다. 그녀의 양쪽 허벅지 안쪽이 축축하다.

"이게 다시 회복되려면 얼마나 걸려?" 그녀가 묻는다.

딘은 생각해보려 애쓴다. 그는 생리학에 관한 지식을 떠올려본다.

"2, 3일 정도." 그가 추측한다.

"농, 농.(아니, 아니.)" 그녀가 외친다. 그녀의 말뜻은 그게 아니다.

그녀가 그의 성기를 다시 단단하게 만들기 시작한다. 몇 분 만에 그는 막간이 끝났다는 듯이 그녀 위로 올라가 성기를 삽입한다. 이번에는 그녀가 적극적이다. 커다란 침대가 삐걱거리기 시작한다. 그녀의 호흡이 거칠어진다. 딘은 벽을 짚은 두 손에 단단히 힘을 주지 않을 수 없다. 그가 자신의 두 무릎으로 그녀의 두 다리 바깥쪽을 조이며 더 깊이 몰아붙인다.

"오, 최고야." 그녀가 헐떡인다.

그가 사정을 하자 둘 다 녹초가 된다. 그들은 모래처럼 허물어져 내린다. 그는 욕실에서 돌아와 바닥에 떨어진 이불을 집어 올린다. 그녀는 움직이지 않는다. 그녀는 조금 전 털썩 쓰러진 그대로 누워 있다.

그런 다음 날이면 그들은 언제나 어디론가 차를 달린다. 그들은 느지막이 일어나 여행 계획을 짠다. 이번 주말에는 처음으로 날씨가 따뜻하다. 밖으로 나서기에 좋은 날씨다. 그들은 차에 이런저런 것들을 싣는다. 그녀의 작은 플라스틱 슈트 케이스, 라디오, 〈엘르〉지 한 권. 그녀는 차에 올라 쾅 소리를 내며 차 문을 닫는다.

"꼭 그런 식으로 닫아야 해?" 그가 말한다.

"미안해."

"그러다가는 조만간 이 빌어먹을 차의 문짝이 떨어져나갈 거야."

"미안해." 그녀가 다시 말한다.

"괜찮아." 그가 말하고는 정말로 만족해한다. 그날 아침 그녀의 생리가 시작되었다. 모든 게 순조롭다.

그들은 가로수들이 늘어선 긴 복도 같은 길을 통해 그 마을을 빠져나온다. 전원이 그들을 맞아준다. 정사각형의 따뜻한 햇빛 웅덩이들이 두 사람의 무릎 위에 어른거린다. 우렁찬 엔진

음이 그들의 몸 아래에서 울린다. 그들은 그녀의 친구들에 대해 이야기를 나눈다. 다니엘의 부모님은 식료품점 주인이고, 도미니크는 6개월 예정으로 독일의 어느 가정으로 갔다. 도미니크는 그곳을 무척 좋아한다. 프랑스보다 낫단다. 안마리 자신도 그곳에 가고 싶다. 이탈리아는 어때? 오, 물론 이탈리아도 좋지. 우리 함께 이탈리아에 갈 수 있지 않을까, 문득 그녀가 제안한다. 올여름에. 그 차를 타고.

"물론 갈 수 있지." 그가 대답한다. 모든 게 막연하고 아득하다.

잠시 후 그녀는 좌석에 앉은 채 몸을 움직거리기 시작한다.

"이런, 필립. 내 탐팩스에 문제가 생겼어. 솔리유에서 좀 세워줘야겠어." 그녀가 말한다.

"알았어."

"여기서 멀어?"

"그렇게 멀진 않아." 그가 말한다.

그녀가 실망했다는 듯이 조그맣게 피 소리를 낸다. 정말이지 그녀답다. 그는 그런 면에 감탄하지 않을 수 없다. 때때로 그녀는 숲에 들어가 아무렇지도 않게 소변을 볼 것이다.

18

그 마을의 오래된, 무수한 표면에서 반사되는 빛이 하루하루 천천히 바뀐다. 빛 안에 어떤 새로운 성질이 나타난다. 한 계절의 죽음을 의미하는 빛의 강도가. 몇 달에 걸친 겨울이 점차 약해진다. 이제 굴복할 태세가 되었다. 거리에서 그 일이 곧 닥칠 것임을 감지할 수 있다. 하늘이 점차 밝아지고 산뜻해진다. 과거가 얼음처럼 녹고 있다.

그녀가 몸단장을 하는 동안 딘은 앉아서 기다린다. 밖은 아직 상당히 밝다. 하루 일을 마친 사람들이 산책을 하며 어두워지기 전의 시간을 즐긴다. 그녀가 마지막 단장을 하는 동안 그는 싸구려 잡지를 뒤적인다. 그녀의 얼굴이 거울에 바짝 다가가 있다.

"당신 이런 쓰레기 같은 잡지를 읽어선 안 돼." 그가 책장을 넘기며 말한다.

그녀가 몸을 돌려 바라본다. 그런 다음 다시 거울을 들여다보며 하던 일을 계속한다.

"그냥 평범한 기사일 뿐인데 뭐." 그녀가 말한다.

"끔찍해. 이런 기사에서 취할 게 뭐가 있어?"

그녀가 어깨를 으쓱해 보인다. 그가 잡지를 옆으로 밀어놓는다.

"난 책을 더 많이 읽어야 해." 그녀가 생각에 잠긴 어조로 말한다.

"맞아, 당신은 그렇게 해야 해."

"난 몽테를랑이 좋아. 프루스트도 좋고." 그녀가 말한다.

"당신은 프루스트를 읽지도 않았잖아."

"당연히 읽었지." 그녀가 말한다.

"정말?"

몸을 돌리며 그녀가 묻는다.

"내 모습 어때?"

"립스틱이 너무 진해." 그가 말한다.

그녀는 거울 앞에서 고개를 이쪽저쪽으로 돌리며 자신의 모습을 살펴본다.

"내가 보기엔 괜찮은데." 그녀가 말한다.

"아냐, 괜찮지 않아."

"시.(괜찮다니까.)" 그녀가 고집스럽게 말한다. 그러면서도 입귀의 립스틱을 조금 닦아낸다.

딘은 머리 뒤를 벽에 기댄 채 침대에 앉아 있다. 그는 방 안을 둘러본다. 모든 것이 진부하고 모든 것이 남루해 보인다. 때때로 그는 그녀의 부족한 점들 때문에 기운이 빠진다. 그녀의 단점들은 중요한 것은 아닐지 모르지만, 종종 너무나도 생생하고 확실해서 그녀의 다른 특징들을 덮어버린다. 재기 넘치는 말과 생기에 가려진 이런 확고부동한 특징을 그는 이제야 포착하기 시작했다. 그는 그녀가 외투를 입을 때까지 기다린다. 그녀는 그의 눈길을 피한다. 침묵 속에서 그들은 거리로 나온다. 그는 그녀가 무어라 말하기를 기다리고 있다.

"우리 상점가에 갈까?"

딘은 대답하지 않는다. 그저 그녀를 물끄러미 바라본다.

"이리 와." 그녀가 고집스럽게 말한다.

이 시각, 하루가 끝나는 이 시각은 을씨년스럽다. 그녀의 두 뺨이 부랑아처럼 붉어졌다. 그녀의 귓불에 아주 작게 난 구멍이 마치 낮은 계층의 표시 같다. 그들은 도심을 향해 걷는다. 그녀가 그의 팔짱을 낀다. 그는 의식하지 못하는 것 같다. 그는 납으로 변해버린 것 같다.

"튀 에 파셰 아베크 무아?(당신 나한테 화났어?)" 그녀가 묻는다.

그가 어깨를 으쓱한다. 그들은 생기 없이 계속 걷는다. 그녀의 얼굴에는 더는 신뢰받지 못하는 사람의 무기력함이 배어 있다.

"필립, 튀 에 파셰?(필립, 화났어?)" 그녀가 되묻는다.

"아니."

상점에는 여자들뿐이다. 누군가의 어머니, 딸, 아내인 여자들. 주인 여자가 물건 더미 사이를 돌아다닌다. 그녀는 두세 명의 고객을 동시에 상대하고 있다. 그녀는 이쪽저쪽의 선반으로 손을 뻗어 상자를 꺼내 카운터 위에 내려놓고 열어 보인다. 딘은 마음이 편치 않다. 그는 벽을 등지고 그림자처럼 서 있다. 그는 무심한 자세를 취하고 있다. 그가 들어오는 것을 보고서도 아무도 그에게 관심을 표하지 않는 것 같다.

"필립." 그녀가 그를 부른다.

그는 정말 자신을 부르는 것일까 하고 한순간 눈길을 든다. 그녀가 상점 뒤쪽에 가 있다.

"필립." 그녀가 다시 부른다. "비엥.(이리 와.)"

그녀가 부스 중 하나에서 손짓을 한다.

그는 뒤쪽을 향해 걸음을 옮겨놓는다. 손님 중 한 명이 그를 바라본다. 그는 어색함을 느낀다. 이렇게 움직이는 과정이 갑자기 몹시 복잡하고 모든 게 지시를 따라야 하는 것 같다. 그는 마치 나무 인형처럼 걷는다. 커튼이 젖혀져 있다. 그녀는 대형 거울 앞에서 허리까지 벗은 채 서 있다.

"나 좀 도와줘야겠어." 그녀가 차분히 말한다.

그녀는 브래지어를 입고 후크를 채워달라는 뜻으로 그에게 등을 돌린다. 그는 말없이 하인처럼 무심하게 브래지어를 채워준다. 하지만 거울 속에 비친 자신의 모습을 바라보며 살짝 돌아서서 양어깨를 모아 다시 브래지어를 벗는 그녀의 모습을 지켜보는 동안 그는 발기되기 시작한다.

"어떤 게 좋을지 말해줘야 해." 그녀가 잠시 말을 끊었다가 다시 말한다. "필립."

"알았어."

"좀 말해달라고."

그는 그녀를 바라보고 있다. 그녀의 알몸이 그의 행동을 제약한다. 조금 전 자신이 무엇을 하던 중이었는지 기억할 수가 없다. 마치 플래시 세례라도 받은 것 같다. 그녀는 다른 브래지어를 입고 가슴 위치를 바로잡는다. 그가 후크를 채워준다.

"이거 마음에 들어?" 그녀가 묻는다.

"아까 것이 더 나은걸." 그가 말한다. 상점에 들어와 처음으로 하는 말. 그녀는 의기양양한 기색 같은 건 내보이지 않는다.

"저거 말이야?"

"응."

그녀는 그 브래지어를 다시 입어보려고 옷을 벗는다.

"그래, 이게 제일 낫다." 그녀가 그의 의견에 동의한다.

그녀는 두 팔을 들어 올려 그가 자신의 젖가슴을 만질 수 있게 해준다. 잠시 후 그녀는 브래지어를 벗고, 거울 속에 비친 자신의 유두가 그의 애무에 단단해지는 것을 지켜본다. 누군가 상점 뒤쪽으로 걸어오기 시작하자 딘은 걸음을 떼어놓는다. 하지만 그녀는 그가 가지 못하도록 양팔을 조여 그의 두 팔을 자기 옆구리에 단단히 밀착시킨다. 다른 부스의 커튼이 젖혀지는 소리가 들린다. 소녀와 그녀의 어머니가 들어간다. 딘은 거울을 통해 안마리가 웃고 있는 것을 본다.

그들은 가르(역) 근처로 저녁 식사를 하러 간다. 하늘이 평소와 다르게 환하다. 어둠이 내릴 무렵 지독한 눈보라가 몰려든다. 대기가 살아 있다. 톨레도 블루의 무시무시한 하늘을 가로질러 바다처럼 짙은 거대한 구름이 움직인다. 사람들이 서둘러 거리에서 모습을 감춘다. 마을의 열린 공간, 산책길, 텅 빈 광장에 불안한 흥분이 감돈다. 고양이 한 마리가 주저하다가 이윽고 서둘러 거리를 가로질러 사라진다.

그들은 식사를 한다. 비가 주룩주룩 내리고 포장도로를 가로질러 김이 피어오른다. 딘은 흥분해 있다. 그의 기분이 완전히 바뀌었다. 굵은 빗줄기가 어둑해진 대기를 관통해 자동차의 천지붕을 두드린다.

"아름답지 않아?" 그가 외친다.

그는 테이블 위에 팔꿈치를 괴고 밖을 내다본다.

"티엥(이런), 행복해, 물개 씨? 비가 와서 말이야." 그녀가 말한다.

그는 고개를 끄덕인다. 아까 자신이 취한 유치한 태도에 부끄러움을 느끼며. 봄 들어 첫 폭풍우다. 이 비는 사람들의 생각을 앞으로 나아가게 만든다. 이제 주근깨—그녀는 주근깨를 영어로 뭐라고 하는지 알지 못한다—가 다시 생기겠네, 그녀가 말한다. 얼굴 전체가 아니라 여기에만, 하고 덧붙이며 그녀는 손가락으로 눈과 코 위에 둥글게 원을 그린다.

"아, 그럼 당신 얼굴이 라쿤 비슷해지겠군." 그가 말한다.

"뭐 비슷해진다고?"

"라쿤. 라쿤 말이야. 라쿤 몰라? 동물 중 하나인데." 그가 말한다.

"아, 그래?" 그녀가 아무것도 떠오르지 않는 듯한 표정으로 반문한다.

그가 갑자기 웃음을 터뜨린다. 웃음을 억제할 수가 없다. 세트레 졸리(아주 예쁜 거야), 라고 그는 말하려 애쓰지만 그 말을 할 수가 없고, 그러자 이내 그녀도 소리 내어 웃기 시작한다. 그는 그녀에게 보여주려고 종이 위에 라쿤을 그리기 시작한다. 처음에는 두 발을, 하지만 그의 그림은 실제와는 전혀 다르다. 그는 허리를 꺾으며 웃어댄다.

"이건 쥐잖아." 그녀가 말한다.

"아냐, 쥐가 아냐."

하지만 그는 쥐처럼 그릴 수밖에 없다. 귀, 심지어 꼬리까지도. 코가 몹시 뾰족하게 그려진다.

"이건 쥐야." 그녀가 말한다.

그들은 눈길만 부딪쳤을 뿐인데 다시 웃음을 터뜨리기 시작한다.

방에서 그녀는 새로 산 속옷을 입어본다. 입고 있던 옷을 벗고 조금 전 산 팬티와 브래지어를 입는다. 그런 다음 그를 위해 포즈를 취한 다음 웃음을 터뜨리며 침대로 뛰어든다. 그들은 고요한 어둠 속에 함께 누워 있다. 그가 그녀의 한손을 가져다 자신의 성기 위에 올려놓는다. 그녀의 차가운 손가락이 한순간 머뭇거리더니 이윽고 어떻게 해야 하는지 깨달은 것 같다. 그녀는 전보다 더 고분고분하다. 그는 더 헌신적이다. 분노에 떠밀린 그 경험은 그들을 더 행복하게 만들어주었다. 그것은 가지치기와 비슷하다. 그런 일이 있은 후 그들은 한결 더 가뿐해진 것 같다—아주 경쾌하게 움직일 수 있는 것이다.

긴 시간이 흐른다. 그녀의 머리가 그의 가슴팍 위에 놓여 있다. 그녀는 그의 배에 입맞춤을 하기 시작한다. 중력 때문에 그 동작을 계속하기가 어렵다. 문득 그는 그녀가 무엇을 하려는 것인지 깨닫는다. 그는 그녀를 끌어올려 입술에 입 맞춘다. 그녀가 하려는 것이 자신에게 꼭 맞는 것임을 벌써 느낀다. 그녀가 다시 아래로 내려간다. 그의 다리 사이에 그녀의 몸이 둥글게 말려 있다. 그녀는 부드럽게 그를 탐색한다. 마침내 시작한다. 딘은 그녀의 두 뺨을 어루만진다. 손가락으로 그녀의 입매를 더듬는다. 그녀는 숨을 쉬려는 듯 동작을 멈췄다가는 이윽고 그것을 더 많이 받아들이며 다시 시작한다. 그는 조금 사정한다. 절정에 이르렀음을 느낀다. 이를 악문 굉장한 분출. 그녀는 움직이지 않는다. 가볍게 뒤로 뺀다. 마침내 그를 완전히 놓아준다. 왠지 엄숙한 순간이 찾아온다. 그녀는 그 최후의 반사적인 경련을 지켜보면서 집게손가락으로 정액을 그의 배 위에 바른다. 그런 다음 개수대로 간다. 수돗물을 트는 소리가 딘의 귀에 들린다. 맛이 고약해? 그가 묻는다. 그녀가 물을 머금었다가 뱉어내고 프랑스어로 무어라 말한다. 그는 알아듣지 못한다.

"뭐라고?"

그녀는 말이 없다.

"어떤 맛이야?" 그가 묻는다.

그녀가 침대로 돌아온다. 그녀도 알 수 없다. 이상해, 그것이 그녀가 한 말의 전부다. 강렬해. 이건 그녀의 첫 경험이다.

19

어느 날 오후 마른 강의 수원을 방문했을 때인지 아니면 아제르리도에서인지 그들은 따뜻한 햇살 속에서 산책을 하며 사랑을 나누는 방식, 그 달콤한 다양성에 대해 이야기한다.

"어떤 것들이 있는데?" 그녀가 알고 싶어 한다.

딘은 자신이 정말로 원하는 것을 감추기 위해 아무렇지도 않게 몇 가지 방식들을 늘어놓기 시작한다. 그는 그 장면을 혼자 수없이 연습해왔지만 여전히 심장이 두근거린다. 그녀는 무표정한 얼굴로 듣고 있다. 그들은 땅을 바라보며 천천히 걷는다. 멀리서 보면 무슨 시험에 대해 의논하는 학생들처럼 보인다.

"분명 아프겠다." 그녀가 말한다.

"아냐." 그가 부정한다. 그러고는 아주 자연스럽게 이렇게 덧붙인다. "아프면 그만하면 돼."

"한번 해볼 순 있어." 그가 덧붙인다.

대답이 없지만 그녀는 동의한 것 같다. 그래, 적당할 때 한번 해보지 뭐. 그는 마치 도둑질을 하다가 도망친 것처럼 한순간 아찔함을 느낀다. 그것에 관해 더 설명하기 시작한다. 그것을 정당하게 만들기 위해 드물다든가 흔하다든가 되는대로 이야기한다. 그녀는 그가 이야기하는 내용의 극히 일부만을 이해할 수 있을 뿐이다. 딘은 열광적으로 이야기하고 있다. 이윽고 자신이 지나치게 흥분했음을 깨닫고 애써 말을 멈춘다. 그들은 차 있는 곳에 도착한다. 그는 그녀를 위해 문을 열어주고 차를 한 바퀴 돌아 운전석 쪽으로 간다. 차에 올라 열쇠를 쥐고 수선스럽게 움직인다. 왜 이런 이야기를 이제야 하는 거야, 그녀가 묻는다. 그는 무어라 대답해야 할지 모르겠다.

"나도 모르겠어. 때가 되기를 기다린 건가." 그가 말한다.

"코멍?(뭐라고?)"

그녀는 무척 사무적이다. 그가 고개를 젓는다—아무것도 아냐. 그녀가 그를 바라본다. 그는 신경이 곤두서는 것을 느낀다. 그녀가 그를 절망 속에 던져 넣는다.

'플라잉 더치맨'이나 '롤랑의 뿔나팔'처럼 내 꿈속에서 존재하는 그 커다란 자동차, 희미한 헤드라이트 빛을 비추며 조금 낡고 우아한 모습으로 프랑스의 텅 빈 도로를 유령처럼 달려가는 그 자동차, 차 문이 역방향으로 열리는 그 푸른색 들라주 안에서 그들은 서로 무릎이 닿게 좌석에 깊숙이 몸을 묻고 집으로 향한다. 마을들의 모습이 희미해지고, 강들은 검게 변한다. 그녀는 그의 바지를 벗기고 박명 속의 왜가리처럼 창백하게 발기한 그의 성기를 꺼낸다. 두 사람 모두 평범한 커플처럼 눈앞의 도로를 응시하고 있다. 그녀는 손가락을 반지처럼 만들어 그의 성기에 부드럽게 끼우고는 침착하게 아래로 내린다. 그녀의 가느다란 손가락들. 그녀는 고개를 돌려 자신이 하고 있는 모양을 본다. 딘은 마치 운전수처럼 앉아 있다. 그는 거의 숨을 쉴 수 없을 지경이다.

"난 당신 프로필(옆얼굴)이 좋아. 영어로 프로필이 뭐야?" 그녀가 말한다.

"영어도 프로필이야." 그의 목소리가 아득하게 들린다.

"난 당신 프로필이 좋아. 아니, 당신 프로필을 '사랑해'. 그냥 좋아한다는 건 의미가 없어."

그녀는 기분이 좋다. 장난기가 넘친다. 그녀의 집이 있는 건물로 들어가면서 그녀는 비서가 된다. 그들은 몇 통의 편지를 작성할 참이다. 오, 그래요? 예, 전 혼자 살고 있어요, 그녀가 층계에서 몸을 돌리며 말한다. 그렇군요, 상사가 말한다. 위.(네.) 방에 들어오자 그들은 같은 열차 칸에 탄 러시아인들처럼 각자 옷을 벗는다. 그런 다음 서로 마주 선다.

"이런." 그녀가 중얼거린다.

"왜 그래?"

"이게 바로 커다란 마신 아 에크리르(타자기)야."

그가 하얗게 빛나는 그녀의 배 아래에 베개를 괼 즈음 그녀의 몸은 너무나도 축축해져서 그는 한 번의 길고 감미로운 동작으로 단숨에 그녀 안으로 들어간다. 그들은 천천히 시작한다. 절정에 가까워지자 그는 성기를 꺼내 식힌다. 이윽고 다시 시작한다. 한 손으로 자신의 성기를 잡아 낚시줄을 드리우듯 그녀의 몸속에 넣는다. 그녀가 엉덩이를 돌리며 소리를 지르기 시작한다. 그는 마치 미치광이를 상대하고 있는 것 같다. 결국 그는 다시 그것을 꺼낸다. 일부러 잠시 가만히 기다린다. 그동안 그의 눈길은 줄곧 윤활제들—아르무아르(옷장) 안에 있는 병들, 그녀의 화장품—로 향한다. 그것들이 그의 신경을 분산시킨다. 그것들이 거기 있다는 게 마치 무슨 증거처럼 겁이 난다. 그들은 다시 한 번 시작한다. 이번에는 그녀가 신음을 내지를 때까지 멈추지 않는다. 그는 자신의 성기가 길게 흔들리며 단숨에 들어가는 것을 느낀다. 성기의 끝이 뼈에 닿는 것 같다. 마치 커다란 배를 막 바닷가에 댄 것처럼 그들은 기운이 빠진 채 나란히 누워 있다.

"이제까지 한 것 중에서 가장 좋았어." 그녀가 마침내 말한다. "최고였어."

그는 어둠 속에서 위쪽을 물끄러미 응시하고 있다.

"필립?"

"응." 그가 대답한다.

"엄청난 마신(기계)이야, 안 그래?" 그녀가 말한다. "언제나 이렇게 훌륭했어?"

"그렇진 않은 것 같아."

그녀가 그를 만진다. 그의 성기는 여전히 상당히 크다.

"더 커진 것 같아." 그녀가 말한다.

"조금 더 커졌을지도 모르지."

"타이프 칠 편지들이 남았는데."

밤은 차갑지 않다. 고요하고, 날카로울 정도로 명료하다. 다닥다닥 붙은 짙은 색 지붕들을 가로질러, 마을의 첨탑들이 지상의 빛을 흠뻑 품은 채 빛나는 모습으로 솟아오른다.

20

자욱한 안개로 시작되는 그 느릿한 날들, 온통 차갑고 고요한 들판, 가만히 서 있는 커다란 고가교. 모든 것이 하얗고, 모든 것이 비어 있다. 오직 땅 그 자체만이 잠에서 막 깨어난 듯 보일 뿐. 대기에 떠도는 냄새가 프랑스가 여전히 살아 있음을 알려준다. 시간이 흐름에 따라 안개가 사라진다. 이제 천천히 사물의 형태가 드러난다. 지붕들이 모습을 나타낸다. 나무들의 꼭대기도. 마침내 해가 떠오른다.

나는 이 마을에 대한 독특한 기록물을 만들고 있다. 이 마을을 발견하고 드러내는 중이다. 그냥 그 집 하나만을 찍은 사진들이 있다. 가구 표면, 널찍한 문, 거울에 비친 모습을 찍은 그 사진들은 내가 일찍이 찍은 그 어떤 사진보다 감동적이다. 아픈 몸을 이끌고 작업한 듯 굉장한 인내와 소박함의 소산으로 보인다. 거기에는 어떤 광채가, 병자의 차분함이 있다. 분수 근처에서 놀고 있는 아이들은 어른이 될 것이다. 하지만 이것들 중 아무것도 변하지 않으리라. 내가 그 점을 확신하는 그런 시기들이 있다. 내 작업이 엄청나게 보이기 시작한다. 나는 내 작업 안에 나 자신을 가두고 사람들을 통해 나를 표현할 수 있으리라.

마을 외곽에 큰 무리의 양 떼와 검은 개 두 마리가 있다. 여윈 그 개들은 끝없이 원을 그리며 돌아 양 떼를 이동시킨다. 마치 양 떼를 조각하고 있는 것 같다. 뒤에서 곡선을 그리며 안으로 들어오면서 양 떼의 형태를 만든다. 나는 그 개들이 짖는 소리를 들어본 적이 없다. 하지만 양들이 매 하고 우는 소리는 조용한 공기를 가로질러 희미하게 울린다. 선두 근처에서 늙은 숫

양 한 마리가 절뚝거리며 걷는다. 이제 햇빛이 따뜻하다. 양들이 물살처럼 하나의 흐름을 이루며 움직인다—양쪽 가장자리는 사이가 촘촘하고 가운데는 줄곧 빠르게 움직인다. 패턴이 줄곧 변한다. 이 부분 저 부분이 떨어져 나와 더 멀리로 모습을 감춘다. 에디스가 모습을 나타낸다. 양들이 주저하며 걸음을 멈춘다. 새끼 양 몇 마리가 벌써 세상에 나왔다. 종종걸음으로 엄마 양 뒤로 걸어간다. 이윽고 신비롭게도 양 떼 전체가 걸음을 멈춘다. 천천히 간격을 벌리기 시작한다. 바깥쪽을 응시한다. 개들이 어슬렁거린다. 바로 그 순간 짙은 색 누더기 외투를 입은 양치기가 내 눈에 들어온다. 날이 밝은 후 안개 때문에 그 모두가 보이지 않던 때에도 그들을 지켜보던 그 늙은 사내가 조용히 걸음을 옮긴다. 아마도 옷을 입은 채 잤을 것이다. 새끼 양들은 무척 어려 보인다. 그들의 다리가 길다. 그들은 서둘러 뚱뚱하고 무심한 암양들과 보조를 맞춘다.

아직 계절이 너무 일러서 클로드는 일터에 가기 전 강에 내려가 수영을 할 수 없다. 그녀는 언제나 자전거를 타고 다닌다. 그녀에겐 차가 없다. 재혼하고 나서는 어쩌면……. 나는 그녀가 부르주 출신의 대학생과 약혼할 거라는 소식을 들었다. 그는 그녀보다 어리다. 어떤 사람 말로는 스물두 살이라고 한다. 나는 풍만한 클로드와 침착한 눈빛을 한 그녀의 영리한 아이 사이에 앉아 있는 그 청년의 모습을 떠올려본다. 그는 그 일이 위험하단 것을 깨닫지 못하는 모양이다. 아니면 그 모녀를 매력적이라고 여기는지도 모른다. 어쨌든 피케 부인이 이 구혼자를 만난 것은 무척 행운이라는 평가가 점차 힘을 얻고 있다. 그렇게 말한 다음 사람들은 살짝 어깨를 으쓱해 보인다. 일이 되어간 방식이 상당히 진부하다.

나는 이제 사태를 다른 관점에서 본다. 어떤 점에서 나는 그 소식을 듣고 상당히 마음이 놓였다. 내 갈망이 결코 충족되지 못하는 좋은 구실이 있다—그녀는 언제나 누군가 다른 사람과 사랑에 빠져 있었던 것이다. 실제로 청년은 주말마다 그들을 만나러 온다. 그러므로 나는 어쨌든 성공할 수가 없는 것이다. 그렇게 생각하면 위안이 된다. 그리고 음, 대학생이라, 질투의 대상이 대학생인 건 그다지 나쁘지 않다. 그러니까 보석상 주인이나 바의 경영자보다는 훨씬 낫지 않은가. 실제로 나는 그에게 이름을 붙여준다. 제라르.

이 조용한 아침들. 안마리가 카루주 광장을 가로지른다. 광장은 아주 작다. 식료품점 하나, 작은 카페, 생선 가게가 있다. 그녀는 포장도로 위에서 하이힐 소리를 총성처럼 울리며 일터를 향해 걷는다. 침대의 온기가 여전히 그녀에게, 그녀의 따뜻하고 경박한 살에, 비죽 내민 입술에 달라붙어 있다. 딘은 아직 잠이 깨지 않은 상태다. 그의 옷가지가 사방에 널브러져 있다. 덧문은 닫혀 있다. 그는 결코 꿈을 꾸지 않는다. 죽은 뮤지션, 온 힘을 다 써버린 달리기 선수 같다. 그에게는 꿈꿀 힘이 남아 있지 않다. 혹은 그는 깨어 있을 때 꿈을 꾼다. 적어도 한 가지 자질에 있어서만큼은 탁월하다. 그는 그 꿈을 연장할 힘을 갖고 있다.

지속이 모든 것을 좌우한다. 우리는 그것을 본능적으로 안다. 그 사실이 그들 두 사람 위에 선고되지 않은 판결처럼 걸려 있다. 그들의 침대에 누워 있다. 안마리의 모든 기쁨은 그들이 이제 막 시작했다는 사실, 그들 앞에 결혼이, 오퇴과의 작별이 놓여 있다는 데에서 출발한다. 반면 그는, 그녀의 꿈들을 인화한 네거티브필름처럼 정반대로 느낀다. 딘에게 매 순간이 그토록 통렬한 것은 끝에 다가가고 있기 때문이다. 그 자신이 이 사실을 의식하고 있는지 나로서는 잘 모르겠다. 그는 정말 자기 자신의 운명을 감지할 수 있을까? 그럴 수도 있다—나로서는 단언할 수 없다.

화요일 밤. 카페 포이의 샌드위치. 딘은 목이 아프고 가볍게 기침을 한다. 그녀는 피곤하다. 힘든 하루였으므로 일찍 잠자리에 들고 싶다.

"좋아." 그가 동의한다.

"하지만 혼자는 싫어."

"나 역시 피곤해."

"그래도 싫어."

"자, 나중에 보자." 그가 말한다.

"싫다니까!" 그녀가 고집을 부린다.

그들은 테라스 가에서 조금 떨어진 길고 울적한 통로를 걸어 내려간다. 1층에는 작은 상점들이 있고 위는 아파트다. 그 아래로 빨래가 널린 유리 지붕이 있다. 낮의 빛 속에서 하늘이 보인다. 그곳은 마치 폐허가 된 팔라초(궁전) 같다. 그들의 신발이 타일 위에서 끌린다. 저쪽 끝을 통해 플라스(광장)의 나무들이 보인다.

그는 몸이 으슬으슬 춥고 기운이 없다. 두 팔로 어깨를 얼싸안고 침대에 누워 몸을 덥히려 애쓰면서 그녀가 옷을 벗는 것을 바라본다. 그녀의 작은 배꼽, 배꼽에 달린 구슬 장식, 가자미처럼 판판하고 날렵한 아랫배. 그녀는 어깨 너머로 거울 속 자신의 모습을 힐긋 본다. 그녀는 자신의 엉덩이가 좋다. 흔히 보는 기름방울 모양이 아니라 두 개의 폼므(사과) 같아, 그녀가 말한다. 딘은 관심이 없는 것 같다.

"나 지금 콘돔 없어." 그녀가 그의 옆으로 미끄러져 들어오자 그가 경고하듯 말한다.

"안 해도 돼."

"안전한 때야?"

"위. 위 주르 아방, 위 주르 아프레.(그래. 이전 일주일, 이후 일주일.)" 그녀가 대답한다.

그는 말이 없다. 그 공식은 그녀의 어머니가 가르쳐준 것이다. 그가 직접 날수를 헤아린다.

"8일이 지났어."

"아냐."

"맞아, 넘었어." 그가 말한다.

"아니라니까."

기계적인 사랑의 행위. 무감각한 사랑의 행위. 그녀의 몸은 바짝 말라 있고, 그로 인해 상황이 더 나빠진다. 행위가 끝나자 그녀가 말한다. 난 일이 어떻게 돌아갈지 알고 있었어. 우선 당신이 몸 상태가 좋지 않다고 말하지. 딘은 편치 않은 마음으로 그녀의 말을 듣는다. 그녀가 말을 잇는다. 그러고는 각자 집으로 가자고 하고. 마지막으로 우리가 행위를 해도 안전한지 묻는 거야.

"난 당신을 완벽하게 파악하고 있어." 그녀가 말한다.

"그래?"

"완벽하게. 그렇다니까."

그는 대답하지 않는다. 그 자신도 인정하는 바다.

"가엾은 필립, 난 당신에게 상처를 주고 싶어."

"당신은 내게 상처를 주고 있지 않아." 그가 말한다.

"주고 있어. 그러고 싶어."

그는 어둠 속에서 그녀를 지켜보고 있다.

"난 당신이 기억했으면 좋겠어." 그녀가 말한다.

그는 아무 말도 하지 않는다.

"내가 당신을 기억하지 못할 거라고 상상한 거야?"

"파르동?(뭐라고?)"

"내가 당신을 기억하지 못할 것 같아?"

그녀가 어깨를 으쓱해 보인다.

막간이 있다. 그들은 지치고 병난 두 아이처럼 나란히 누워 있다. 마지막 빛이 사라졌다. 잠시 후 그녀가 일어나 앉아 팬티를 입는다. 그런 다음 자물쇠를 풀고 문을 연다. 현관에서 들어오는 빛에 그녀의 모습이 선명하게 드러난다.

"이봐, 뭐 하는 거야? 그런 모습으로 나가면 어떡해." 딘이 말한다.

"복도에 아무도 없는걸." 그녀가 말한다.

"뭐라도 좀 입어."

그녀가 한순간 자신의 모습을 내려다본다.

"옆방에 사람들이 있잖아." 그가 말한다.

"아무도 안 봐."

그녀는 그 상태로, 맨발로 젖가슴을 드러낸 채 밖으로 나간다.

"이리 와!" 그가 나지막하게 말한다. "뭐라도 좀 걸치라고."

그녀가 복도 끝에 있는 퀴퀴한 화장실로 들어가는 소리, 그러고는 희미하게 기침하는 소리가 그의 귀에 들린다. 방으로 돌아온 그녀는 팬티를 벗고 다시 침대 속으로 들어온다.

"추워." 그녀가 말한다.

발이 더럽겠군, 그는 생각한다.

"미국에서는 여자들이 한 달 내내 안전한 피임 기구를 사용한다는 거 정말이야?" 그녀가 묻는다.

"물론이지."

"프랑스에는 그런 게 없어." 그녀가 말한다. 그러면서 그를 쓰다듬는다.

"여러 종류가 있을 거야."

"난 얘가 보드랍고 작을 때가 좋아." 그녀가 말한다. 그녀는 그의 허벅지를 느낀다. "난 당신 몸이 좋아."

그녀의 손이 그의 성기로, 점점 커지는 성기로 돌아온다.

"알로.(여보세요.)" 그녀가 말한다.

멀리서 열차 칸들이 서로 바뀌어 연결된다. 열차 칸들이 합체되는 금속성의 철컥 소리가 들려온다.

"얘에 대해 내가 당신보다 더 잘 아는 것 같아." 그녀가 말한다.

"그래?"

"내가 얘를 더 많이 느꼈잖아."

"미국에 가는 거 생각해본 적 있어?" 딘이 묻는다. 그는 자신의 성기를 천천히 그녀의 몸속으로 밀어 넣는 중이다.

침묵.

"안마리……."

"응."

"생각해본 적 있어?"

"응. 가끔……" 그녀가 인정한다.

멀리서 화물칸들이 철컥거리며 합체되는 가운데 그들은 엄숙한 행위를 시작한다. 그녀는 자신의 몸을 완전히 내맡긴다. 연인과 마지막으로 사랑을 나누는 마흔 살 여자처럼 몸을 움직이며 신음을 내지른다. 그런 다음 그의 몸 위로 털썩 쓰러진다.

"당신은 정말 완벽해." 그가 그녀에게 말한다.

"오, 필립." 그녀가 말한다. 그들은 어둠 속에 잠겨 있다.

"위(그래)……."

그녀는 말을 잇지 못한다. 마침내 작은 목소리로 말한다.

"당신은 내게 잘 맞아."

그날의 마지막 시간을 알리는 종소리가 울린다. 비둘기들이 잠든다. 낡은 건물 전면 아래에서 우윳빛 같은 달빛을 받으며 들라주가 서 있다. 두어 대의 르노와 권투 선수 같은 낡은 시트로엥 옆에. 그래, 미국이야, 딘은 생각한다. 그들은 작은 뜰이 딸린, 어쩌면 테라스까지 있는 스튜디오에서 좋은 친구들을 사귀며 살 수 있을 것이다.

21

하루의 창백한 끝과 텅 빈 역. 카페에는 아직 불이 켜지지 않았다. 딘은 철로 된 야외 테이블에 앉는다. 광장에서 갈라져 나오는, 가로수가 늘어선 길을 따라 자그마한 몸집의 안마리가 혼자 걸어간다. 모퉁이를 돈다. 그녀의 발소리까지 들리는 것 같다. 그녀가 지나가는 기척에 비둘기들이 갈 곳을 정하지 못한 채 서둘러 물러나 뒷걸음질을 하다가 마침내 날개를 요란하게 푸득거리며 위로 날아오른다. 비둘기들이 떠나자 정적이, 병원 같은 정적이 다시 찾아온다.

이즈음 나는 신기하게도 아무 의미도 없는 패턴과 동기를 식별하기 시작했다. 이 만남의 많은 편린들을 다시 한 번 살펴보고 매만지고 이리저리 돌려보면서, 문득 찬란한 순간들을 맞닥뜨린다. 예를 들어 역에서의 만남 같은 것. 나는 정말이지 그런 것을 염두에 둔 적이 없다. 하지만 딘이 처음으로 대학 공부를 중단하고 여행을 하며 6개월을 보낸 후 멕시코에서 캘리포니아에 이르는 그 전설적인 해안을 차로 종주했던 것이 기억난다. 그리고 나에게 끊임없이 나타나고 또 나타나는 그의 존재의 상징물에 대해, 그 커다란 유령 같은 자동차에 대해 생각한다. 라이트에서 나오는 불빛이 공중에서 떠돌고 어둑한 차체의 형태가 길을 따라 스치며 황혼 녘 나무들 뒤에서 튀어나온다. 닳아 빠진 타이어, 녹이 슬기 시작하는 바퀴 커버 위의 금속 도금, 그 자동차가 마을들을 누빈다. 여행 그리고 여행의 암시—이제 나는 그가 줄곧 유랑하는 삶, 과도적인 삶, 충동에 쫓긴 삶 언저리에 머물러 있었음을 안다. 그러자 그의 모습 전체가 다르게 보인다. 그는 덧없는 것들에 합류했다. 적어도 하나의 위대한 법칙을 이해한 것이다.

금속 빛이 나는 싸구려 블라우스에 바지를 입은 그녀가 인도를 걸어와 그와 합류한다. 그녀는 부랑자처럼 보인다. 딘은 그녀가 사랑스럽다. 그녀가 자리에 앉으며 무어라 말하고 그가 고개를 끄덕인다. 이내 사라져버리는 말. 그리고 이제 빳빳한 천으로 된 흰색의 긴 윗옷을 입은 웨이터가 나타난다.

마르스 광장 근처에서 녹색 올즈모빌 한 대가 커브를 돈다. 안에는 검은 옷을 입은 군인들이 타고 있다. 그들은 선글라스를 쓰고 있다. 내 맥박이 빨라진다. 그들이 서로 아무 말도 나누지 않은 채 모든 걸 살피며 아주 천천히 지나가는 것이 보인다. 저들이 나를 알아보겠군, 나는 문득 확신한다. 나는 그들을 바라볼 수 없다. 여러 달 동안 그녀를 찾아다니던 그 흑인 애인이 마침내 이곳에 온 것이다. 자동차는 카페 건너편 길에 주차할 것이다. 사내 셋이 차에서 내려 느릿한 동작으로 차 문을 쾅 하고 닫는다. 네 번째 사내는 뒷좌석에 남아 있다. 내 심장박동이 빨라진다. 그인가? 그녀를 잡아갈 바로 그 사내인가? 딘이 누군가를 떠민다. 의자들이 부딪치는 소리가 들린다.

물론 그런 일은 결코 일어나지 않는다. 그 모든 것, 그들의 복수와 의도적인 느릿한 걸음은 내가 꾸며낸 것이다. 그런 일이 일어나는 대신, 그 차는 천천히 그 광장을 돌고 또 돈다. 그런 다음 방향 표지판 근처에 차를 세우고 표지판을 읽은 다음 디종 방향으로 사라진다. 나는 마음을 놓는다.

어둠이 내리고 그들은 향기로운 어둠 속을 걷는다. 코르시카인들이 술을 마시고 있다. 그들은 속옷 차림으로 상자들 가운데 반쯤 파묻혀 앉아 포도주 한 병을 돌려가며 마신다. 바닥은 신문지로 뒤덮여 있다. 그들의 웃음소리가 들린다. 고양이 한 마리가 문으로 나온다.

"저 사람들 아주 괜찮아. 층계에서 엇갈리면 언제나 한쪽으로 비켜서주거든." 안마리가 말한다.

그들은 모두 청년들로 피부가 가무잡잡하다. 셔츠 사이로 동그랗게 말린 짧은 털이 보인다.

"저 사람들 잘생긴 것 같아." 그녀가 말한다.

그녀가 자기 방의 문을 연다. 열쇠가 짤랑거린다. 딘은 신경이 곤두선다. 그는 마치 자객처럼 옷 속에 작은 윤활제 튜브를 감추고 있다—그는 그것이 혹시 눈에 띌까 봐 겁에 질려 있다. 그것이 외과용 도구처럼 차갑게 거기 있다. 그는 애매하게 대답한다.

"난 과일 냄새가 참 좋아." 그녀가 말한다.

그녀가 덧문을 연다. 방 안은 어둠이 내린 밖보다 더 어둡다. 딘이 그녀 뒤로 바짝 다가선다. 그녀는 이미 알몸이다. 물처럼 차가운 공기가 그들의 몸 위로 덮인다.

"당신도 과일 냄새 맡을 수 있어?" 그녀가 묻는다.

"그래."

그들은 침대에 눕는다. 시간이 왠지 공중에 매달려 있는 것 같다. 그는 그녀가 기다리고 있음을 느낀다. 그는 때가 되었음을 인정하기가 두렵다.

"그런 식으로 해도 정말 괜찮겠어?" 그가 묻는다. 그의 목소리가 힘없이 잦아든다.

그녀는 이런 상황을 예상하고 있었다. 그녀는 망설인다.

"느 므 페 파 말.(아프게 하지 마.)"

그녀는 어둠 속에서 그가 자신의 성기에 얇게 윤활제를 바르는 것을 바라본다. 온 힘이 그녀에게서 빠져나가버린 것 같다. 그녀는 마치 사형선고라도 받은 것처럼 기운 없이 움직인다. 그는 그녀의 등 위에서 조심스럽게 자신의 성기를 아래로 내린다. 그는 그 행위를 최대한 부드럽게 하겠다고 결심했지만 정확히 어디로 들어가야 할지 알 수가 없다. 그는 그곳을 찾으려 애쓴다.

"플뤼 오.(더 위로.)" 그녀가 나직하게 말한다.

그의 두 팔이 떨린다. 그는 문득 그녀의 몸이 길을 내어주는 것을 느낀다. 이윽고 근육이 감미롭게 그에게 밀착된다. 그는 아무것도 압박하지 않으려, 곧게 안으로 들어가려 애쓴다. 그녀가 숨을 몰아쉰다. 그가 첫 펌핑에서 성기를 뒤로 빼자 그녀가 쾌감으로 몸을 뒤트는 것이 느껴진다. 그녀가 좋아하는 짧은 펌핑이다. 그녀가 그에게 몸을 밀착시킨다. 그녀의 입에서 신음이 터져 나온다. 딘은 절정에 도달한다—마치 무슨 출혈 같다. 이윽고 그녀가 그에게 바짝 매달린다. 그는 고리 모양의 미세한 경련을 느낀다. 그는 꼼짝도 하지 않고 누워 있다. 그 마지막 저항이, 그에게서 마지막까지 정액을 짜내는 그 빨아들이는 듯한 조임이 잦아들 때까지. 마침내 그가 성기를 뒤로 뺀다. 귀두를 꼭 조이는, 하지만 놓치고 마는 그 움직임도 잦아든다. 그들의 몸이 서로 떨어진다.

"좋았어?" 그가 묻는다.

"보쿠.(무척.)"

22

사랑의 향연이 시작된다. 이전의 모든 것은 그저 하나의 서막일 뿐이다. 이제 그들은 진짜 연인이다. 처음의 불안정한 과정이 끝났다. 그들은 자신들의 영역을 발견했다. 악마적인 행복이 따라온다.

깃털로 가득 찬 순수한 기쁨 속을 둥둥 떠다니며 그들은 주말에 브장송으로 떠난다. 봄의 도로가 그들 아래로 빠르게 지나간다. 그녀는 그것에 대한 이야기가 좋다. 당신이 원하는 걸 내게 말해줘. 난 당신을 기쁘게 해주고 싶어, 그녀가 말한다.

"당신이 기뻐하면 난 좋아." 그가 말한다.

"아니, 그러지 말고 원하는 걸 말해봐." 그녀가 조른다.

그들은 오래된 담장 같은 서늘함 속에 잠긴 공원을 산책한다. 벤치들은 비었다. 공원에는 그들뿐이다. 이 저녁 시간 태양은 지고 없다. 하늘은 마지막으로 자신의 존재감을 과시하려는 듯 강렬한 연푸른빛으로 놀랄 만큼 맑다. 소리들이 모조리 날아가버린 것 같다. 그들은 엉덩이를 부딪으며 말없이 걷는다. 그는 궁극의 완벽한 행복을 느낀다. 짙은 나무 냄새가 그들 위로 내린다. 그들의 신발은 먼지투성이다. 마지막 빛이 잦아든다.

그들은 식당으로 들어가 테이블을 사이에 두고 마주 앉는다. 그 호텔은 널찍하지만 여기저기 자잘한 수리가 필요한 상태다. 딘은 확신으로 가득 차 있다. 모든 게 친숙하다. 그는 마치 오래전부터 그곳에 있었던 것 같은 느낌이 든다. 이제 돌아온 것이다. 수프를 먹은 다음 위층으로 올라가겠느냐고 그가 묻자 그녀는 주저 없이 냅킨을 테이블 위에 올려놓는다. 그의 두 눈이 그녀의 얼굴을 살핀다. 그녀는 웃고 있다.

이 호텔의 주인은 아마 피에누아(알제리 출신)일 거야, 그녀가 지적한다. 딘이 주위를 둘러본다. 계산대 뒤에 있는 두 청년의 피부 빛이 무척 검다. 어쩌면 쥐프(유대인)일지도 몰라, 그녀가 덧붙인다.

"그렇게 보이지는 않는데."

"딱 보면 알아." 그녀가 말한다.

방에 들어온 그녀는 생각에 잠긴 모습이다. 천천히 옷을 벗는다.

"결혼하지 않고 사는 건 어때?" 그녀가 묻는다.

딘은 변화무쌍하다. 그는 자신의 근육과 치아를 의식하고 있다. 생기에 흠뻑 젖어 있는 듯하면서도 상당히 차분하다.

"천천히 해." 그녀가 말한다.

"위.(그래.)"

그의 헌신은 완전하다. 그는 그녀가 없는 삶에 대해 처음으로 두려움을 느끼고 그로 인해 혼돈스러워하기 시작한다. 그는 그런 일이 있을 수 있음을 알지만, 어려운 문제에 대한 대답처럼 그런 일을 상상도 할 수 없다.

이제 그는 그녀가 그려내는 삶을 기꺼이 받아들이고 나머지 일은 아무래도 상관없다고 여기며 많은 날들을 보낸다. 단순하고 떠도는 삶. 그의 옷에는 다림질이 필요하다. 발목에는 벼룩이 문 자국이 있다.

"아냐, 벼룩이 아냐." 그녀가 말한다.

"이봐, 나도 벼룩이 뭔지는 알아."

"프랑스 호텔에 벼룩은 없어." 그녀가 말한다.

"물론 없겠지."

그들은 느릿느릿 길을 걷다가 구두 상점 앞에서 걸음을 멈춘다. 그는 그녀가 혼자 좀 걷도록 내버려둔다. 그녀가 걸음을 멈추고 몸을 돌린다. 그들은 6미터 정도 떨어진 채 그렇게 서 있다. 이윽고 그가 천천히 그녀에게 간다. 그들은 손을 잡고 걷는다. 그녀의 어머니가 4월 1일 그들을 점심 식사에 초대했다고 한다. 딘은 고개를 끄덕인다. 그런 말을 듣고도 겁이 나지 않는다.

"같이 갈 수 있어?" 그녀가 묻는다.

"응, 물론이지."

"어머니가 당신을 보고 싶어 하셔."

"잘됐네."

그녀가 이야기하는 동안 그는 가끔 그녀를 자극하는 걸 좋아한다. 그녀가 줄곧 말을 이어가는 동안 그 말들이 종잇조각처럼 떨어져 내린다. 그는 그런 그녀가 말을 멈출 수밖에 없도록, 그녀의 호흡이 가빠지도록 만들 수 있다. 그럴 때 그녀가 존재하는 그 은밀하고 거대한 공간에서는 별들이 색종이 조각처럼 쏟아져 내리고, 하늘은 하얗게 변한다. 나는 이제 거의 어둠 속에 서 있는 그들을 본다. 그들의 얼굴이 가깝게 다가가 있다. 립스틱을 바르지 않은 그녀의 입술은 창백하고 부드럽다. 그녀의 열린 몸에서는 온기가 발산되는데, 그것을 느끼려면 가까이 다가가야 한다. 그들은 생레제르에 가는 일에 대해 이야기하고 있다. 그녀는 그곳 전체를 묘사한다. 그들이 갈 날짜와 시간, 누구를 만나게 될지에 대해 이야기하는 것이 무척 즐겁다. 그녀는 자신의 부모에 관해, 자신이 어울렸던 사내애들에 관해 이야기한다. 그는 이제 푸조를 갖고 있어. 나쁘지 않지, 안 그래? 또 다른 친구는 시트로엥을 갖고 있고. 그녀는 자신의 어머니가 온갖 사고 소식—어머니가 가장 걱정하는 것—을 들려준다고 말한다. 딘은 귀를 기울인다. 마치 그녀가 멋진 이야기를 꾸며내 들려주고 있는 것처럼, 듣다가 지치면 가벼운 손짓으로 멈출 수 있을 것처럼.

23

멋진 정오, 하늘이 빛으로 넘친다. 그들은 운하를 따라 달린다. 생레제르는 조용한 곳 같다. 가까이 다가가자 집들이 비어 있다. 안마리가 차에서 뛰어내린다. 자기 집 고양이를 보았던 것이다. 고양이를 들어 올려 품에 안는다.

식사가 주방에 차려진다. 첫 코스는 치즈파이 같은 것으로 시작된다. 그들은 딘이 음식을 마음에 들어 하는지 살펴본다. 그날 날씨가 따뜻함에도 주방은 몹시 춥다. 아마 타일 바닥 때문인 모양이군. 아니면 벽 때문일지도 몰라, 하고 그는 생각하지만 확신할 수가 없다. 그는 그들이 나누는 대화의 내용을 반밖에 알아들을 수 없음에도 고개를 끄덕인다. 그의 살갗이 시퍼레진 것 같다. 문득 그는 몸 상태가 나빠질 것임을 예감한다. 그때 그녀의 어머니가 일어나 스카프를 가져온다. 다시 자리에 앉으며 말한다. 좀 춥네. 그녀의 아버지가 어깨를 으쓱해 보인다. 딘은 이제까지 그와 단 한 마디도 나누지 못했다. 그들은 낯선 사람들처럼 앉아 있다. 말을 하는 사람은 주로 안마리로, 대부분 자기 어머니에게다. 안마리와 그녀의 어머니는 마치 거기 자기들 둘만 있는 것처럼 즐겁게 이야기를 나눈다. 이따금 그녀는 자신들이 하는 말의 뜻을 이해하느냐고 딘에게 묻는다. 그는 그렇다고 대답한다. 그녀의 아버지는 말이 통하지 않는 아랍인처럼 앉아 있다. 그의 얼굴은 여윈 편이고 코가 길다. 야구 모자를 쓰고 있다. 그는 식탁을 내려다보지 않을 때는 창밖을 바라본다. 어느 순간 그의 아내가 손을 뻗어 그의 손을 토닥인다. 그는 그 사실을 알아차리지 못한 것 같다.

딘은 점점 신경이 곤두서는 것을 느낀다. 줄곧 외롭게 앉아 있다. 연하고 탁한, 번들거리는 푸른 눈을 한 그 아버지란 사람을 바라보고 싶지 않다. 대화에 대해 말하자면 그것은 물처럼 그를 통과해 흘러간다. 그의 귀에는 이제 익숙한 단어조차 들리지 않는다.

"필립, 당신 조금 전 우리가 한 말 이해해?" 그녀가 묻는다.

"위.(응.)" 그가 졸린 어조로 대답한다.

"위?(그렇다고?)" 그녀의 어머니가 반문하며 똑바로 그를 응시한다. 한순간 그는 그들이 자신에게 질문을 하려는 줄 알고 겁에 질린다.

"켈크푸아, 일 콩프랑 트레 비엥.(때때로 이 사람 꽤 잘 알아들어요.)" 안마리가 말한다.

그녀의 어머니가 웃음을 터뜨린다. 딘은 고개를 떨군다. 그녀의 아버지란 사람이 찬찬히 자신을 뜯어보는 것이 느껴진다. 자신도 그를 마주 바라보아야 한다고 마음먹고 그러려고 해보지만, 그저 한순간 눈빛을 번득인 것이 고작이다. 그뿐이다. 그는 자신이 평가당하고 있음을 안다. 그에 대한 복수로 그들의 딸이 벗은 모습을 생각하기 시작한다. 따귀를 올려붙이는 것만큼 가차 없는 이미지들을. 그녀의 아버지가 담배에 불을 붙인다.

그는 그들의 대화에 다시 한 번 집중하려고 해보지만, 말이 너무 빠르다. 거의 한 마디도 알아들을 수가 없다. 모든 말이 그에게서 달아나는 것 같다. 그는 포크질 횟수를 센 데 이어 벽의 타일을 헤아린다.

점심 식사가 끝난 후 그는 집 구경을 한다. 집 안은 깨끗하고 황량하다. 그녀의 방은 2층에 있는데 수도원처럼 단출하다. 왠지 그는 이 모든 것과 그녀를 연관시킬 수 없다. 이곳은 차라리 그녀가 다녔던 학교 같다. 그는 그녀 방 창문을 통해 밖을 내다본다. 아래쪽으로 햇빛 속에 주차된, 차체가 긴 컨버터블, 진짜 가죽 시트 좌석이 보인다. 마을 전체가 그 차를 보았을 것이다.

그녀의 아버지는 주방을 떠나지 않는다. 식탁에서 물러나 벽에 면해 놓인 의자에 앉아 신문을 보면서 두툼한 노동자용 궐련의 연기를 들이마시는 둥 마는 둥 하고 내뿜는다. 그들이 아래층으로 내려오는 소리도 듣지 못한 것 같다. 그들이 주방으로 돌아와도 신문에서 눈을 떼지 않는다.

딘은 의기소침해지는 동시에 화가 난다. 새아버지는 멍청하니까 신경 쓰지 마, 그녀가 그에게 말한다. 그건 중요하지 않다. 그날의 모든 것이 지루하게 늘어져 사람을 따분하게 한다. 식탁은 난로 오른쪽에 있다. 그 위에 먹고 난 접시들이 놓여 있다. 그녀는 어머니가 건네주는 우유를 마신다. 그날 오후 그들은 그녀를 다시 접수했고, 그녀는 그것에 전혀 저항하지 않았다. 그녀는 그를 비려두고 기비렸다. 과거가 그녀를 소환했던 것이다.

"엄마한텐 텔레비전이 필요해." 돌아오는 차 안에서 그녀가 말한다. "다른 사람들은 모두 갖고 있어. 밤이면 무척 외롭지. 그럴 때 텔레비전을 보면 될 거야."

"그렇겠네." 그가 말한다.

"지금 엄마에겐 아무것도 없어. 텔레비전이 있다면 참 좋을 텐데, 안 그래?"

"그렇겠네." 딘이 말한다.

"엄마한텐 또 자동차도 필요해. 르노가 좋겠어. 엄마는 시내에 갈 때 자전거를 타는데, 그러기에는 너무 늙으셨어. 매일 가시거든. 내가 엄마에게 르노 한 대 사드려야겠어."

"메르세데스를 사드리지 그래?" 딘이 차갑게 말한다.

"그건 너무 커."

도로가 곧고 길게 펼쳐지는 구역에 이르자 딘은 가속기를 밟기 시작한다. 그는 운전에 몰두한 것 같다. 차의 속도가 점점 더 올라간다. 눈금이 마침내 160에 이른다. 안마리는 아무 말도 하지 않는다. 그녀는 가만히 앉아 옆을 바라보고 있다.

나는 광장 근처에 있는 한 식당에서 그들을 만나 저녁 식사를 한다. 주말이라서 평소보다는 사람들이 많다. 그래도 붐비는 것과는 거리가 멀다. 그곳에는 아마도 이 마을에서 유일할, 합석 테이블이 놓인 바가 있다. 여종업원이 거기에 몸을 기댄 채 주방에서 서빙할 음식이 나오기를 기다린다. 딘은 뱅 블랑(백포도주)을 마시고 있다. 그는 말이 많다. 나는 거기 앉아 침묵으로 그의 말을 끌어내며 유럽인의 삶에 대한 그의 묘사를 듣는다. 물론 그는 사기성이 짙은 독특한 말투를 쓰고 있다. 나는 바 위에 떨어진 담배 부스러기를 불어 없애며 고개를 끄덕인다. 당신 말이 맞아요, 내가 동의한다. 그는 치즈에 대해, 건축에 대해, 이 문명의 순전하고 깊은 지성에 대해 내게 이야기하고 있다. 이따금 도시들이나 작은 호텔들에 대해 짤막하게 언급하기도 한다.

안마리는 조용히 앉아 있다. 점점 더 취기가 오른 딘이 침을 튀기며 이야기하는 동안 나는 그녀를 지켜보며 그 매력적인 성적 요소들을 따로 떼어 생각해보려고 애쓴다. 하지만 그것은 다이아몬드의 광채를 기록하려는 것과 같다. 아주 작은 동작만으로도 전혀 다른 반짝임이 나타난다. 물론 내가 찾고 있는 것은 그녀의 얼굴, 그녀의 동작, 그녀의 표정이다. 나는 시각적인 것에 관심이 있다. 그녀의 힘의 원천이 무엇인지 잘 알고 있지만, 가장 평범한 세부로써 그것을 확인하려는 것이다.

내가 갖고 있는 사진 속에서 그녀의 모습은 기묘하게 심각해 보인다. 우리 모두가 노점에서 물건을 샀던 그 토요일 찍은 것이다. 그녀가 차 안에 앉아 있는 사진도 몇 장 있는데, 거기에는 영원을 약속한 동반자에게만 보여주는 그런 기쁨이 희미하게 깃들어 있다. 그녀는 포즈 취하기를 좋아했다. 나는 물론 그녀에게 인화된 사진을 주었다. 그녀는 몹시 기뻐했다. 안마리가 그 사진들을 자기 어머니한테 보냈어요, 딘이 내게 말했다.

그들은 말다툼을 벌인 커플 같다. 우리가 이야기하는 동안, 딘의 눈길은 줄곧 나를 지나 아까의 그 여종업원에게 향한다. 그 여자는 지금 바텐더에게 한두 마디씩 툭툭 던지면서, 말 중

간중간 조그맣게 체념의 한숨을 내쉬고 있다.

"내가 저 여사보다 나을 거야." 안마리가 말한다.

"누구보다 낫다는 거야?"

"저 여자."

"물론 당신이 낫지."

"저 여자는 옷을 입고 있어서 아주 멋져 보이는 거야. 하지만 옷을 벗으면 어떨까? 충격적일걸." 안마리가 말한다.

"충격?"

"충격. 맞는 말 아니야?" 그녀가 거듭 말한다.

"맞아, 좋아. 당신한테 처음 듣는 단어인걸."

그녀가 어깨를 으쓱해 보인다.

"그 단어 어디에서 배웠어?"

그녀가 애매한 몸짓을 한다.

"음, 당신 말이 맞아. 아마 충격적일 거야. 당신 생각엔 저 여자가 요즘 섹스를 하는 것 같아?"

건조한 웃음소리. "물론이지."

나는 돌아보기가 두렵다. 아마도 그 여자는 우리가 무슨 이야기를 하는지 알고 있을 것이다.

"확신해?" 딘이 묻는다.

"맙소사, 맞다니까."

"알았어."

"저 여자 눈을 봐. 눈 밑에 다크서클이 있잖아." 안마리가 말한다.

"그게 무슨 상관인데?"

"그것이 확실한 표시야."

그 말에 딘이 재미있어 한다. 그는 홀 안을 둘러보기 시작한다.

"창가 옆에 앉아 있는 여자애는 어때?"

"어느 여자애 말이야?" 그녀가 묻는다.

우리는 열 시도 안 된 좀 이른 시각에 그곳을 나온다. 우리는 한동안 함께 걷다가 모퉁이에서 헤어진다. 나는 별생각 없이 그들을 따라간다. 그들이 어떻게 산책할지, 어떤 상점들 앞에서 발을 멈출지, 작은 거리들의 수라장을 어떻게 가로지를지 안다. 그들은 사진관 앞을, 딘이 좋아하는, 결혼하는 커플 사진과 어떤 학급의 졸업 사진이 붙은 쇼윈도를 지나고 있다. 그 사진들에는 나이와 상관없는 어떤 느낌이, 1914년, 1939년의 향기가 있다. 그 사진들은 오래된 신문 같다. 아마도 그 사진관은 줄곧 이곳에 있었을 것이다. 그럼에도 딘의 얼굴로 삼기에 적당해 보이는 얼굴은 눈에 띄지 않는다. 나는 몇 줄의 사진들을 주의 깊게 살펴본다. 일부가 가려서 보이지 않는 것들까지도. 딘의 얼굴은 그들 가운데서 결코 찾을 수 없을 것이다. 딘의 얼굴에서는 여기에는 없는 거의 매섭기까지 한 완벽한 지성의 빛이 뿜어져 나온다. 내가 찍은 그의 사진들, 그중에서 그해 11월의 어느 날 우리가 처음으로 본에 갔을 때 찍은, 오렌지를 먹으며 위를 힐긋 올려다보는 그의 사진을 보면서 나는 로르카의 눈을 떠올린다. 도무지 알 수 없는 이유로 삶을 박탈당하고 파괴당한 사람의 눈을. 나는 자리에 앉아 사진을 물끄러미 응시한다. 전쟁 전, 혁명 전에 찍은, 그 순간으로 충만한 사진을. 우리는 그날 그 고가교 아래에서 걸음을 멈추었다. 당시 그는 이곳에 아는 사람이 아무도 없었다. 이곳에 한두 주일 있으려고 오는 길이었고, 그 이상 머물 생각은 없었다.

24

프랑게. 이 마을은 가난하다. 자동차 도로를 벗어나자 닭들이 차 앞에서 종종걸음으로 흩어지고 이윽고 줄지어 선 나무들이 길을 인도한다. 그들은 작은 다리를 건너 탑 아래로 들어선다. 하얀 안마당으로 통하는 어둑한 입구. 저쪽 끝에는 그들이 머물 거대한 시골 주택이 있다. 프랑스 땅에 걸려 있는 돌 구슬 목걸이, 그 안의 돌 구슬 하나. 이곳의 기둥 위에 프랑스의 역사가 터를 잡았다. 이 샤토(성)들이 여행자들에게 문을 열어주었다. 호텔이 되었다. 고요함 가운데 뭔가를 웅변하는 듯한 커다란 방들, 수 세기의 빛과 어둠을 목격한 그 방들은 이제 모든 이를 받아준다. 사람들은 이제 그 방들을 속옷 차림으로 돌아다니고 그 침대에 술 취한 하인들처럼 눕는다.

문이 닫힌다. 두 사람만이 남는다. 거울이 여럿 달린 거대한 방이다. 안마리는 욕실 안을 들여다본다. 역시 거대하다. 욕실 바깥 창 아래에는 개구리들로 가득 찬 해자가 있다. 그녀는 신발을 벗는다. 카펫은 푸른색이다. 조용한 전원. 새들이 지저귀는 소리. 봄의 노랫소리. 그들은 이내 널찍한 침대 위에서 도둑들처럼 말없이, 노련하게 일에 착수한다. 호화로운 꿈속에 깊이 빠져 그 안에서 서로를 발견한다.

하늘은 흐릿하고 열기가 모두 빠져나가버렸다. 접힌 깃발 같은 이런 침묵 속에서 사태를 의식하는 딘의 능력은 특별한 것 같다. 그는 한 손으로 성기를 잡아 방향을 조종하며 천천히 그녀의 몸 안에 넣는다. 성기는 쇠막대가 물속으로 들어가듯 빠져든다. 그녀의 두 눈이 감긴다. 그녀의 목소리가 물결치듯 흔들린다.

몇 분의 시간. 안마당에서 자갈이 자그락거리는 소리가 난다. 딘은 몸을 조금 일으킨다. 조금 열린 창을 통해 밖이 보인다. 여러 사람의 목소리가 들려온다. 어떤 대가족이 정원 산책에서 돌아와 요란한 웃음을 터뜨리며 테이블에 앉는 동안 하얀 외투에 검은 바지를 입은 웨이터가 그들의 시중을 든다. 여자들은 페리에를 주문한다. 남자들은 포도주를 마신다. 그들은 창 바로 아래 있다—가장 가까이 앉은 사람들의 모습은 보이지 않는다. 거의 곁가지 잡담 없이 공통된 화제로 진행되는 대화가 마치 그를 참여시키기라도 하려는 듯 소리가 높아진다. 그는 두 팔로 몸을 지탱하고 팽팽하게 긴장된 몸을 뒤로 빼내어 그 모습을 지켜본다. 성기의 끝만 그녀의 몸속에 들어가 있다. 그는 자기 아랫배를 따라 눈길을 내리깔아 그 사실을 확인한다.

그들은 감미로운 태양 속에서, 안마당의 파티 한가운데에서 성교를 한다. 테이블에 둘러앉은 실크 드레스를 입은 여자들, 아이들, 귀여운 개가 언뜻언뜻 스치는 모습과 뒤섞여 그녀의 살이 무슨 천처럼 빛난다. 정오의 시간이 흩어지듯 사라진다. 웨이터가 얼음을 더 가져온다. 그 식사는 여러 시간 계속되는 것 같다. 그들은 같은 감각이 불러일으키는 혈류에 의해 결합되어 있다. 그가 그녀의 심장에 몸을 부딪치며 그녀에게 영양분을 공급한다. 그의 절정은 마치 정교한 사기극의 끝 같다. 이윽고 그녀가 그의 성기에, 그의 고환에 입맞춤을 한다. 이제 사람들은 가버리고 없다. 아래층 안마당에서 웨이터 혼자 잔들을 거두어들이고 있다.

그날 밤 그들은 디종에서, 우리가 그녀를 처음 본 그 부아트(나이트클럽)에서 춤을 춘다. 그건 그녀의 아이디어다. 나는 그 사실에 약간 놀란다. 나는 그녀가 지난 기억과 맞닥뜨리지 않는 편을 더 좋아할 거라는 느낌을 떨칠 수 없지만 그녀는 신경 쓰지 않는 것 같다. 그녀에겐 그런 게 아무 의미도 없다. 춤을 추는 그들의 얼굴이 땀으로 번들거린다. 그녀가 입은 원피스의 겨드랑이 부분이 젖어 있다. 그들은 차의 지붕을 접고 한밤중에 돌아온다. 날씨가 차다. 도로는 비었다. 저택의 거대하고 낡은 전면은 어둡다. 그들은 발이 푹푹 빠지는 자갈 위에 차를 세운다. 후들거리는 다리로 층계를 오른다.

그녀가 옷을 벗는 동안 딘은 거울에 비친 자신의 모습을 바라본다. 그는 알몸이다. 그는 양손을 허리에 짚고 똑바로 선다. 그는 마치 다른 사람을 보듯 자신의 몸을 살펴본다. 자신의 여윈 몸매에, 좀 긴 듯한 머리카락에, 멋진 모습에 기분이 좋다. 뒤에서 움직이는 그녀를 의식하면서도 그가 지금 관심을 갖는 것은 스스로의 누드다. 뒤로 언뜻언뜻 보이는 그녀의 존재가 그 일을 짜릿하게 만든다. 그녀의 존재감 속에서 그는 자신을 발견한다. 그것이 중요하다. 거울 속에 누군가 경쟁자가 있어야 한다. 그는 자기 자신의 모습에 만족한다. 그의 성기가 엄청나게 커 보인다.

"오늘밤은 어떻게 사랑을 나눌까?" 그녀가 묻는다.

그녀가 기다린다. 그녀는 그들을 둘러싼 캄캄한 전원을 불러올 수 있다. 모든 사물이, 모든 형태가 그 안에서 쉬고 있는 침묵을. 보이지 않는 나뭇잎들—밤은 나뭇잎들로 가득 차 있다—이 하나씩 차례로 가볍게 바스락거린다. 풀은 정지했다. 가만히 귀를 기울이면, 창문 아래에서 물이 바위의 얼굴을 타고 졸졸 흘러내려 녹색의 거품 속으로 들어가는 소리가 들린다. 개구리 우는 소리. 그 한가운데에, 아침 빛이 들어오지 못하도록 커튼을 드리운 천장 높은 방 안에 그들이 누워 있다. 살갗 위에서 말라버린 땀의 시큼한 냄새, 역시 투명하게 굳어가는 또 다른 액체. 사랑을 끝낸 후 그들은 너무 지쳐서 몸을 일으킬 수가 없다. 꼼짝도 하지 않은 채 누워 새벽의 한기를 막기 위해 담요를 몸 위로 끌어올리고 잠에 빠져든다.

25

'사랑의 유물'. 그의 노트 한 페이지에 붙어 있는 제목. 대부분이 타당성이 없는 것들이다. 물론 하나의 코드가 있다. 일기를 쓰는 사람은 모두 하나의 코드를 만들어낸다. '죽는다면 낭시 같은 도시에서 죽고 싶다'라고 그는 쓴다.

'아이디어란' 아래에는 이런 메모들 있다.

1. 언제 떠날 것인가

2. 간헐적 단식

3. 불멸하는 세 가지 : 미덕, 언어, 행위

그리고 도시 이름을 적은 긴 목록이 있는데, 그중 몇 개(부르주, 몽타르지)에는 별 표시가 되어 있다. 말렌 다음에는 이렇게 쓰여 있다. '긴 여름'. 여러 가지 치즈 이름.

사랑의 유물. 그의 문장이 내 문장들 속에 자연스럽게 섞인다. 물론 나는 그것을 의식하고 있는데, 이런 경우 적절한 타이밍이 중요하다. 그가 그 구절들을 필요로 하지 않고, 내게는 그것들이 꼭 필요한 경우여야 한다. 그것들이 없다면 말 그대로 벽들—그러니까 기초—은 무너져버리고 말 것이다. 왜냐하면 그것이 없이는 전체 구조가 사라져버리니까.

그들은 여름을 보낼 만한 곳으로 여러 마을을 고려했다. 에즈, 라볼, 르주트, 아르카숑. 결국 그들은 차를 타고 루아르 강변을 따라가기로 결정한다. 어느 더운 오후. 아직 어두워지지 않은 시각이다. 그들은 둑의 그늘 아래 있는 물고기처럼 시원한 그녀의 방 안에 누워 있다. 딘이 지도를 펼친다. 덧문이 내려져 있다. 밖에서 인부들이 빗물 홈통을 수리하는 소리가 들린다. 그들의 연장이 부딪치고, 창 바로 밑에서 그들이 무심하게 대화를 나눈다. 마치 그 방이 양철 캔이라도 되는 것처럼 그들이 갑자기 문을 열어젖혀 두 사람과 대면할 듯 상황이 위협적으로 여겨진다. 딘은 옷을 다 입고 있지만 그녀는 거의 알몸이다. 그녀의 살은 마치 윤을 낸 것처럼 매끄럽다. 연한 색 유두가 프레즈 데 부아(나무딸기)처럼 보드랍다.

그래, 루아르 강으로 가자. 그들은 조그만 목소리로 이야기한다. 그는 지도의 접힌 주름을 손가락으로 편다. 조용한 강을 따라 거대한 샤토(성)들이 산봉우리처럼 푸르게 나타난다. 5월 말 그들은 갈 것이다. 샹보르 성이 숲 한가운데 솟아 있다. 쉬농소 성은 햇빛 가득한 방들로 이루어진 다리다. 마을에서 300여 미터 높이에 있는 앙부아즈 성의 철제 발코니에서 사람들은 아래를 내려다본다. 신교도들이 교수형을 당했던 그 발코니에서. 그들은 앙제까지 차를 달린 다음 해변으로 갈 것이다.

"그 사람은 분명 날 사랑해요." 안마리가 자기 어머니에게 말한다.

두 사람은 단둘이 주방에 있다. 그녀의 어머니는 그 말이 미덥지 않다. 그럴지도 모르지. 안 그럴 수도 있고.

"시.(그렇다니까요.)" 안마리가 고집스럽게 말한다.

"그렇겠지."

엄마의 반응에 안마리는 짜증이 난다. 그녀는 그 사실이 자랑스러운 것이다. 어머니에게는 그것이 불안하다. 삶에서 쉽사리 사라질 수 있는 것을 지나치게 믿어서는 안 된다. 걱정스러운 게 많다. 내가 참을성 있게 기다리면, 쓸데없이 캐묻지 않으면 이 아이가 털어놓겠지, 그녀는 생각한다.

"음, 그가 널 사랑할 수는 있지만……."

"위.(그렇다니까.)" 안마리가 고집스럽게 같은 말을 되풀이한다.

"……하지만 그가 너와 결혼하고 싶어 할 또 무슨 이유가 있을까?"

안마리가 어깨를 으쓱해 보인다.

"여러 가지 이유가 있어." 마침내 그녀가 확신 없는 어조로 말한다.

"저 청년은 일을 하지 않는 것 같은데……."

"그러니까…… 저 사람 아버지가 부자야."

"그렇다고 저 청년이 부자인 건 아니잖니."

"그렇긴 하지." 안마리가 조바심을 내며 대답한다.

그녀의 어머니가 손을 뻗어 딸의 손을 잡는다. 하지만 안마리는 이미 자리에서 일어서서 거울에 자신의 모습을 비춰 보고 있다. 거기 그녀가 필요로 하는 것이 모두 있다. 그녀는 얼굴을 이쪽으로, 이어 저쪽으로 조금 돌려본다. 태양에 씻긴 바다가 그들 앞에 나타날 것이다. 그들은 바위를 따라 걸을 것이다. 그들이 다가가면 하얀 새들이 천천히 날아오른다. 해변의 호텔들이 각각 하얀 전면으로, 자두로, 굴로, 푸른 비둘기로 사람들을 유혹한다.

수퇘지 같은 작은 눈에 턱수염이 있는 프랑수아 1세가 지은 샹보르 성. 그는 사냥을 좋아했다. 그는 정부들을 데리고 그곳에 가서는 긴 머리와 짙고 풍성한 턱수염을 한 채 난롯불이 피워진 방들을 오르내렸다……. 딘은 지도의 그곳에 동그라미를 친다. 이제 인부들은 가고 없다. 하늘이 하루의 마지막 푸른빛으로 맑다. 대기가 고요하다. 저녁 식사 시간이다. 테이블이 준비되어 있다. 식당에서는 웨이터들이 바 옆에 조용히 서 있다. 기념물, 건물 들이 어둠 속으로 모습을 감춘다. 이제 곧 외로운 별 하나가 처음으로 모습을 나타낼 것이다.

그들은 저녁 속으로 내려간다. 이제 작은 골목길들이 어두워지고 있다. 나이 든 여자들이 풍성한 검은 원피스를 입고 출입구에 모습을 나타낸다. 고양이들이 벽에 바짝 붙어 걸어가다가 잠시 걸음을 멈추더니 딘이 차 문으로 다가가자 재빨리 도망친다. 엔진의 우렁찬 음. 바닷가의 밤 같은 거대하고 고요한 황혼을 뚫고 그들은 달린다. 마을들은 조용하다. 건물들이 마치 선박처럼 닻을 내리고 있다.

한 카페에서 그녀는 전에 알고 지내던 남자애를 우연히 만난다. 청년이 깜짝 놀란다. 너 완전히 딴사람 됐구나, 그가 말한다. 그녀가 미소를 짓는다. 나중에 딘이 묻는다.

“누구였어?”

전에 알고 지내던 여자 친구의 오빠야, 그녀가 대답한다. 딘은 청년이 되돌아오기라도 할 것처럼 문 쪽을 바라보고 있다. 그 일이 그의 신경에 거슬린다.

그날 저녁은 따뜻하다. 그곳은 그녀에게 그해 여름 내내 그녀가 춤추러 갔던 장소를 생각나게 한다. 우리 언제 거기 가야 해, 그녀가 말한다. 그곳에 그녀를 좋아하던 웨이터가 둘 있었다. 하나는 이탈리아인이었고, 다른 하나는 아주 어린 청년으로 그녀에게 꽃을 보내기는 했지만 숫기가 없었다. 그녀는 한 번도 그와 데이트를 하지 않았다. 오늘 저녁 우연히 떠올리기 전까지는 그의 생각을 한 적조차 없다. 그녀가 그 시끌벅적한 시간을 함께 보낸 사람, 그녀를 처음으로 소유한 사람은 이탈리아 청년이었다. 하지만 나는 그 어린 웨이터를 너무나도 잘 안다. 그는 번 돈을 낭비하지 않고 차곡차곡 모은다. 옷차림은 깔끔하다. 그는 눈길을 내리깔고 그 마을을 조용히 걸어 다닌다. 그녀의 미소를 보면 그는 심장이 덜컥 내려앉는다. 오렌지빛 조명 아래 춤추는 사람들 속에서도 그는 한눈에 그녀를 찾아낸다. 그는 그녀의 종아리를, 몸의 형태를 그녀의 연인보다 더 잘 안다. 그녀가 연인과 플로어를 누빌 때, 가느다란 끈이 달린 그녀의 하이힐에 그의 꿈은 갈기갈기 찢긴다.

극장은 반쯤 찼다. 그곳은 육류 가공 공장처럼 서늘한 하얀 건물이다. 내부의 천장은 푸른색이고, 벽에는 스커트처럼 주름진 천들이 드리워졌다. 바닥은 뒤쪽으로 경사가 졌다. 모두들 뒤쪽에 앉아 화면에 펼쳐지는 광고를 보고 있다. 갑자기 한 남자가 복도를 걸어 나와 무대 위로 오른다. 그는 링컨처럼 짧은 턱수염을 기르고 있다. 그의 목소리는 요란하고 명료하다.

"신사숙녀 여러분" 하고 그는 말을 시작한다. "오늘밤 여러분에게 유럽에서 가장 유명한 여성 한 분을 소개할 수 있게 되어 무척 기쁩니다. 그녀는 이 방 안에 있는 모든 사람의 마음을 읽을 수 있습니다—예외 없이, 주저 없이 약속드립니다. 상대를 보지 않고 그 모습을 묘사하고, 듣지 않고도 질문에 대답하고, 은밀히 품고 있는 바람이 무엇인지 알려줍니다. 걱정하지 마십시오. 당혹스러운 일, 번거로운 일은 일어나지 않습니다. 이것은 독특한 정신력의 발현, 힌두인들이나 동양인들은 잘 아는 소통 방식입니다. 여러분께 소개합니다. 욜랑드!"

남자가 여자를 불러낸다. 약한 곱슬머리에 스페인식 검은 챙 모자, 금빛 드레스 차림으로 그녀는 무대에 올라 남자 옆에 선다. 그녀가 허리를 숙여 인사한다. 청중은 깜짝 놀라서, 너무 조심스러워서 박수를 치지 못한다. 그녀가 화면을 향해 돌아선다.

남자가 다시 관객석으로 내려가더니 첫 줄에 앉은 사람들에게로 간다. 그녀에게 질문을 시작하고 그녀는 등을 돌린 채 그 질문에 대답한다.

"이분은…… 남자인가요, 여자인가요?"

"무슈(신사분)……."

"머리카락 색깔은?"

"갈색."

"양복은……."

"회색."

"구두는……."

"검은색."

"부알라!(보십시오!)" 그가 말한다.

그가 걸음을 옮긴다.

"이쪽 세 분……." 그는 몸을 기울여 그들에게 나직이 말한다. 그들의 머리가 한데 모인다. 그는 고개를 한 차례, 또 한 차례 끄덕이고는 다시 한 번 몸을 일으킨다. "이분들 이름을 말해줄 수 있습니까?"

"로베르, 질베르, 장폴."

"이 사람들 직업은요? 부탁합니다, 순서대로."

"교사, 서기, 정비공."

"맞습니까?" 그가 그들에게 묻는다.

그들이 고개를 끄덕인다. 그가 그들 뒤에 있는 남자의 팔목을 쥔다. 그리고 들어 올린다.

"그리고 이것은……."

"손목시계."

"브랜드는?"

"엥트라."

"맞습니까?" 그가 그 사내에게 묻는다. 맞습니다, 사내가 고개를 끄덕인다. "자, 또 부탁해요, 욜랑드. 정확한 시각은……."

"아홉 시 십일 분."

"초침은?"

"삼십오 초."

그는 시계 주인에게 초침을 보게 한다.

"부알라!(보세요!)" 그가 외친다.

몇몇 사람이 박수를 친다. 지금까지는 시작에 불과하다. 그녀는 지폐의 일련번호를 맞히고, 사람들의 손에 있는 물건들을 맞히고, 단추가 떨어져나간 것을 지적하고, 생일과 시간을 알려준다. 대화는 날카롭고 속도감이 있다.

"이분은……."

"무슈(신사)……." 그녀가 외친다.

"쥐고 계신 건……."

"티켓."

"무슨 티켓?"

"기차 티켓."

"행선지는?"

"샬롱!"

"부알라!(어떻습니까!)"

청중 속에서 숙덕이는 소리가 들린다. 그는 큰 걸음으로 무대로 돌아와서는 손가락을 구부린 채 의기양양하게 한쪽 팔을 뻗는다. 이제 욜랑드 자신이 몸을 돌려 청중을 마주 본다. 이제 개별적인, 사적인 질문에 대답할 채비가 되었노라고 그녀가 말한다.

"여러분의 가슴속 깊은 곳에 있는 질문들에 말입니다" 하고 말하며 그녀는 지갑이 달린 가죽 벨트를 차분히 허리에 묶는다. 2프랑을 내면 개인적인 질문에 대한 그녀의 대답을 들을 수 있다. 그녀는 관객석을 누비며 상대의 이름만 묻고는 가지고 다니는 바구니에서 재빨리 봉투 하나를 꺼내 준다. 그녀의 파트너가 앞서 걸으며 대답을 듣고 싶은 질문을 집중해서 생각하라고 사람들을 독려한다.

"나도 물어볼까?" 안마리가 묻는다.

"해봐."

그가 잔돈을 꺼낸다. 그녀가 한 손을 든다. 욜랑드는 즉각 그녀를 발견한다.

"마드무아젤(아가씨)……."

"위.(네.)"

"이름은요."

"안마리."

"태어난 달은……." 욜랑드가 그녀의 한쪽 팔을 잡고 말한다. "태어난 달은…… 10월. 맞습니까?"

안마리가 어리둥절해하며 미소를 짓는다. 그리고는 고개를 끄덕인다.

"부알라!(보십시오!)" 남자가 외친다. 앞으로 나선다. "또 다른 분 없습니까? 손을 들어주십시오."

봉함되지 않은 연푸른 봉투 안에는 '7'이라고 적인 종이 한 장이 들어 있다. 맨 위 귀퉁이에 별자리. 아래쪽에는 빨간 별표. 몇 구절에는 붉은 밑줄이 그어져 있다. 안마리가 재빨리 그것을 읽기 시작한다.

"나도 좀 보여줘." 그가 말한다.

질문도 없고 대답도 없군, 그가 생각한다. 손으로 쓴 것 같은 글씨로 다음과 같은 내용이 인쇄되어 있다.

당신은 기질적으로 꿈을 꾼다. 당신은 깊은 감정을 느낄 능력이 있다……. 몇 단어는 그가 읽을 수가 없다. ……지금 당신에겐 그다지 행운이 따르지 않는다. 하지만 실망해선 안 된다. 당신의 운명이 곧 모습을 드러낼 것이다. 용기를 내라! 믿음을 가져라! 그녀에게 어울리는 향은 아이리스. 행운의 요일은 월요일. 그가 잘못 생각한 것 같다—종이 하단에 그녀가 원하는 대답이 있다. 당신의 욕망은 당신의 마음이 열릴 때 실현될 것이다.

"맞아?" 딘이 묻는다.

"아니. 이건 이미 인쇄되어 있는 건데 뭐." 그녀가 대답한다.

"다시 한 번 읽어볼게. 어쩌면 저 여자가 내 걸 당신에게 줬는지도 몰라." 그가 말한다.

"그런데 저 여자는 어떻게 내가 태어난 달을 알았을까?" 안마리가 묻는다.

"당신 향수 냄새를 맡았을 거야. 아이리스 향."

"그렇다고 태어난 달을 안단 말이야?" 그녀가 말한다.

그들은 한밤중에 차를 달려 집으로 돌아온다. 그들이 그렇게 늦게까지 밖에 있는 경우는 많지 않다. 대개 그들의 저녁은 상당히 단조롭다. 어디에선가 식사. 어두워지면 걸어서 집으로 돌아오기. 그들 머리 위의 나무들이 조용한 가운데 풍성하다. 라디오의 유럽 음악 채널에서 나오는 음악이 주위의 싸구려 방들로 희미하게 울려 퍼진다. 그녀의 휴대용 라디오가 바닥에 놓여 있다. 다이얼이 환하게 빛난다. 신비롭게 반짝거린다. 룩셈부르크 차례다. 제네바. 세계의 오케스트라들이 부드럽게 둥둥 울린다. 그녀의 엉덩이 근육이 팽팽하다. 굴대에 끈을 감아놓은 것 같다. 그는 천천히 안으로 들어간 다음 이윽고 엉덩이를 떼면서 마구 요동친다. 고개를 두 팔 안에 묻은 채 안마리가 신음한다. 그가 죽고 난 뒤 나는 이런 순간들을, 특히 이 순간을 종종 생각했다. 그녀의 신음, 시트 위에 세게 눌린 그녀의 얼굴을. 그는 그녀의 몸이 자신의 성기를 올가미처럼 팽팽하게 조이는 것을 느낄 수 있다. 그는 그녀의 두 다리를 오므리게 하고 만족한 채 거기 누워서 창밖을 내다본다. 그녀의 몸이 부드럽게 경련하는 것을 느끼며.

"에튀 콩탕트?(좋았어)?" 잠시 후 그가 묻는다.

그녀의 목소리, 그녀의 존재감이 먼 곳에서 불려 오는 것 같다. 그녀가 조용히 대답한다.

"위.(응.)"

26

"여러 달을 내리 거기 틀어박혀 있다니, 지겹지도 않아요? 맙소사!" 크리스티나가 내게 말한다.

나는 무어라 대답해야 할지 모르겠다. 모두들 나를 바라보고 있다. 나는 정말이지 알 수가 없다. 내 상태는 싫증이 나고 안 나고 하는 그런 문제가 아니다. 그건 어떤 것에도 비교할 수가 없다.

"도대체 거기서 뭘 하고 계시는데요?" 알릭스가 묻는다.

"음, 일을 좀 하고 있습니다." 잠시 침묵. "책을 많이 읽고 있지요—이런 말이 우습게 들릴 테지만요."

"틀림없이 매혹적일 거예요. 어떤 책을 읽든 말이에요." 그녀가 말한다.

그들이 웃음을 터뜨린다.

"이 사람 정말로 뭘 하고 있는 걸까요? 이렇게 은밀한 걸 보면 뭔가 대단한 일이 틀림없어요."

나는 그녀가 진짜로 그렇게 생각하는지 아닌지 잘 알 수 없다. 그들은 나를 위해 그녀에게 함께 저녁 식사를 하자고 청한 참이다. 하지만 나는 그녀를 어떻게 받아들여야 할지 잘 모르겠다. 파란 실크 정장을 멋지게 차려입은 그녀는 내 존재에 전혀 영향을 받지 않는 것처럼 보인다. 실제로 처음에 그녀는 나를 무시했지만, 이제 관심을 보이자 그건 무시보다 더 지독하다. 빌리가 나에게 한 잔 더 하겠느냐고 묻는다.

"당신 여기에 얼마나 계셨어요?" 알릭스가 묻는다.

"이제 겨우 며칠째입니다. 프랑스에 얼마나 있었냐고 묻는 건 아니죠? 전부 다 해서 말인가요?"

"맞아요, 프랑스에 얼마나 계셨는지 묻는 거예요."

"잘 모르겠습니다. 어쨌든 이미 예정보다 오래 있었답니다." 내가 대답한다.

"음, 그렇다면 프랑스가 마음에 드시나 보군요."

나는 그 말에 대답하지 않는다. 마침내 고개를 끄덕이며 대답한다.

"예."

그녀가 크리스티나에게 몸을 돌린다.

"이분 상당히 멋진걸." 그녀가 말한다. 그런 다음 나를 내버려두고 그들과 이야기를 나눈다.

우리가 저녁 식사를 하러 갈 무렵 나는 알릭스와의 이 게임에 신경이 곤두서 있다. 그녀와 함께 있는 건 짜릿하지만 다음번에 그녀가 무슨 말을 할지 언제나 좀 두렵다. 이 두려움이 나를 속수무책으로 만든다. 그녀는 나만큼이나 키가 크고, 안색이 전혀 창백하지 않고 무척 아름답다. 몇 살쯤 되었는지 나로서는 알 수가 없다. 나와 함께 차 있는 곳으로 내려오면서 빌리는 그녀가 결혼 경험이 있다고 말해준다. 이 말을 듣자 나는 왠지 마음이 더 편해진다.

"그녀는 테디 라이터와 결혼했었어." 빌리가 말한다.

"누구?"

"테디 라이터. 너 그 사람 몰라?"

"글쎄, 잘 모르겠는데. 누군데?"

"이런, 너 그 사람 알 거야." 빌리가 말한다.

"그래?"

"당연히 알고말고. 그 사람 하키 선수였어." 그가 대답한다.

그런 다음 그는 무어라 말하는데 내 귀에는 그 말이 들리지 않는다. 우리는 이미 차고에 이르렀다.

식당 칼바도스, 우리는 촛불로 가득 찬 방에서 저녁 식사를 한다. 나는 알릭스가 메뉴를 주의 깊게 읽는 것을 눈여겨본다. 하지만 정작 음식이 나오자 거들떠보지도 않는다. 식사 중간에 그녀는 내게 에비앙을 한 잔 마시고 싶다고 말한다. 그녀가 다시 크리스티나와 이야기를 하고 있는 동안 나는 웨이터를 부른다. 밤이, 나를 사로잡을 긴 밤이 시작되고 있다. 그 밤은 우리가 지난번 샹 호텔 근처의 클럽에서 본 흑인 여자를 찾는 것으로 끝난다. 너와 알릭스도 그 여자를 봐야 해, 빌리가 결론을 내린다.

"난 그 여자 이미 봤는걸."

"하지만 알릭스가 못 봤잖아." 그가 말한다.

빌리, 당신은 마치 투우사 같아요, 알릭스가 말한다. 전 질투가 나요. 당신은 줄곧 멋질 거예요. 턱을 괸 자세로 그녀가 빌리를 똑바로 응시한다. 그렇지 않아요, 빌리는 그렇게 대답하고 포도주를 한 잔 더 주문한다. 동작까지 투우사 같은걸요, 그녀가 말한다. 크리스티나는 그 말이 재미있다고 생각하는 것 같다.

문제의 흑인 여자를 찾을 수가 없다. 파리는 나무 냄새로 가득 찼다. 우리는 이 장소 저 장소를 전전한다. 그 여자를 찾아내지는 못했지만, 마침내 꽃으로 만들어진 드레스를 입은 다른 흑인 여자를 만난다. 그곳은 사람들로 붐빈다. 알릭스가 내게 몸을 갖다 붙이고 춤을 춘다.

"당신 정말 거기에 겨울 내내 있었던 거예요?" 그녀가 묻는다.

"예, 왜요?"

"그냥 그 점에 대해 줄곧 생각하고 있었어요. 그뿐이에요."

"당신 말이 좀 당황스럽군요. 이런 얘기가 그렇게 재미있는 건 아니잖아요."

"하지만 당신은 그곳을 좋아하시죠."

"맞아요."

"당신은 사랑에 빠진 게 틀림없어요." 그녀가 말한다.

"아뇨." 대답하기 전에 내가 어쩌면 잠깐 망설였는지도 모른다.

"아하, 그거예요. 당신한테 여자가 있는 거예요." 그녀가 말한다.

그녀가 처음으로 나를 보며 미소를 짓는다. 마침내 우리는 서로를 제대로 바라본다.

"제 말이 맞죠, 그렇지 않아요?" 그녀가 말한다.

"아닙니다."

"오, 거짓말."

"거짓말 아닙니다."

"당신은 프랑스 아가씨를 사귀고 있어요."

"이런 말 하기 부끄럽지만, 그렇지 않답니다."

"프랑스 여자들은 아주 근사할 거예요." 그녀가 말한다.

"틀림없이 그렇겠죠."

테이블로 돌아온 그녀는 내가 고백을 했노라고 사람들에게 말한다. 격렬한 연애에 휘말려 있답니다, 그녀가 말한다.

"혹시 맞은편 거리에 사는 그 여자 아닌가요?" 크리스티나가 묻는다.

"피케 부인 말인가요?"

"정말이군?" 빌리가 신이 나서 말한다.

"아니, 아니야. 그 여자는 곧 결혼할 거야."

"난 그 여자가 이미 결혼한 줄 알았어요." 크리스티나가 말한다.

"이혼했답니다."

"그 마을에서 헤픈 여자로 통하잖아요." 크리스티나가 설명한다.

"그 여자가 누구랑 결혼하는데?" 빌리가 묻는다.

"오, 어떤 학생인데. 나도 잘 모르겠어. 난 한 번도 본 적이 없어."

"그래 자네 마음은 어떤데?" 그가 묻는다.

"아무렇지도 않아. 알릭스가 괜한 말을 꾸며낸 거야."

"그러지 말고 말해봐."

"아냐, 정말이야." 나는 바보가 된 것 같다.

알릭스가 미소를 짓고 있다. 쇼가 다시 시작된다.

"이 여자는 지난번 그 가수만큼 마음에 들진 않는걸." 크리스티나가 말한다.

우리가 마침내 그곳을 나왔을 때 하늘은 여전히 어둡지만 밤의 권위는 이미 사라지고 없다. 밤은 지나갔다. 우리는 차를 타고 그들의 집으로 온다. 빌리가 집 안의 모든 불을 켠다. 아침 식사를 준비하겠다고 고집을 부린다. 손에 커다란 팬을 들고 주방을 왔다 갔다 하더니 팬에 달걀을 열 개 정도 깨뜨려 넣기 시작한다.

"토스트 만드는 거 어때?" 그가 묻는다.

나는 전혀 배가 고프지 않다. 그는 나에게 냉장고에서 바로 꺼낸 크고 네모난 버터 조각이 놓인 커다란 접시를 준다. 버터가 너무 딱딱하다. 그것을 빵에 바르려고 하다가 그만 빵이 찢어진다. 그가 달걀 위에 우유를 부은 다음 우스터소스를 넣는다.

"어떤 식으로 요리하는 게 좋아? 다 익힐까 아니면 살짝만 익힐까?" 그가 내게 묻는다.

"난 아무래도 상관없어."

그가 계란의 빛깔을 본다.

"우유를 더 넣어야겠어." 그가 말한다.

가구가 많은 장방형의 거실, 여자들이 소파에 앉아 있다. 밖에는 거의 날이 밝았다. 환하게 불 켜진 실내와 창백하게 밝아오는 창문 때문에 그 방은 마치 긴 갈등이 끝나가는 현장 같다. 여자들의 손이 움직인다. 그들의 팔목과 손바닥이 부딪치는 소리가 들린다. 나는 그들 곁에 앉는다.

"뭐 하는 겁니까?"

"뒤집기 놀이요." 크리스티나가 말한다.

그들은 동전을 비교한다. 게임에 집중하는 그들의 모습이 엄숙하고 비현실적이다.

"당신을 걸고 이 게임을 하고 있어요." 그녀가 말한다. 잠시 침묵. "한 점 올렸는걸."

둘 중 아무도 나를 바라보지 않는다. 그들은 다시 게임에 착수해 손목을 서로 가까이 댄다. 크리스티나가 신경질적인 웃음을 터뜨린다.

"누가 이겼나요?" 내가 묻는다.

대답이 없다.

"다섯 번 해서 세 번 이기는 사람이 이기는 거야." 알릭스가 갑자기 말한다.

"좋아."

동전이 공중에서 반짝인다. 크리스티나가 자기 동전을 떨어뜨린다. 나는 그녀를 도와 그것을 찾고 싶지만 그래서는 안 될 것 같다. 그녀는 동전이 사라진 짙은 빛깔의 동양풍 러그 위를 샅샅이 살핀다.

"커피 탁자 옆에 있어." 알릭스가 말한다.

"어디?"

"탁자 다리 바로 안쪽에."

크리스티나가 두 손으로 바닥을 짚고 무릎을 꿇고 앉는다.

"전면인걸." 그녀가 말한다.

빌리가 들어와 식사 준비가 다 되었다고 말한다.

"뭘 떨어뜨렸는데?" 그가 묻는다.

"뭐라고?"

"너 어디까지 했지?" 알릭스가 묻는다.

파리, 새벽 다섯 시의 빛을 받으며 우리는 식당에 앉는다. 거대한 마호가니 찬장이 벽에 붙어 있다. 새벽빛을 반사하는 거울들. 식탁은 열두 명이 앉아도 될 만큼 크다. 빌리가 냄새가 몹시 강한 달걀 요리가 수북하게 담긴 커다란 접시를 가져온다.

"이게 다 뭐야?" 알릭스가 그중 조금을 덜면서 묻는다. "달걀인가?"

빌리가 식탁 한쪽 끝에 앉아 있다. 그녀를 물끄러미 응시한다. 그는 술을 마시면 진지해진다. 크리스티나가 소리 내어 웃기 시작한다. 그녀는 웃음을 멈출 수 없는 것 같다. 그녀는 웃으면서 달걀을 덜으려 애쓴다. 알릭스 역시 웃기 시작한다. 그들은 정신 나간 것처럼 웃는다. 어떻게 통제가 안 되는 눈물까지 맺히는 웃음. 서빙 스푼에서 달걀이 식탁 위로 떨어지자 크리스티나는 그것을 집어 올리려 애쓴다. 이즈음 그녀는 자기 손을 마음대로 움직이지 못하는 것 같다. 그녀는 다시 웃음이 터질까 봐 알릭스와 눈도 맞추지 못한다. 그들은 천천히 웃음을 그친다. 하지만 둘 중 하나에게서 아주 작은 웃음소리가 다시 시작된다.

"뭐가 그렇게 우스워?" 빌리가 묻는다. 그는 아까부터 미소조차 짓지 않는다.

"아무것도 아냐." 마지막 음절에서 다시 웃음이 터진다. 두 사람은 상대의 기분이 상할 정도로 심하게 웃고 있다.

"이거 안 먹을 거야?" 그가 마침내 말한다.

"뭐라고?" 크리스티나가 가까스로 되묻는다.

"달걀 요리 안 먹을 거냐고."

그녀가 고개를 천천히 저으며 말한다. 안 먹어, 아니, 먹을 거야.

"이거 무척 흥미로운걸." 그녀가 말한다.

"그래? 어째서?"

"나는 이런 달걀 요리는 지금까지 먹어본 적이 없어." 그녀가 말한다. 그녀는 웃지 않으려 애쓴다. 알릭스는 소리 내어 웃고 있다.

"이게 그래?" 빌리가 묻는다.

"당신이 만든 거지, 여보?"

"당신 정말 웃기는군." 그가 말한다.

그녀가 자리에서 일어나더니 냅킨을 찾기 위해 찬장 서랍들을 열어보기 시작한다. 빌리가 나에게 달걀 요리가 담긴 접시를 건넨다. 달걀색이 아주 진해져서 거의 갈색에 가깝다. 달걀이 액체와 고체로 분리된 것 같다.

"그렇게 나쁘지 않은 것 같은데." 그가 말한다.

그의 뒤에서 크리스티나가 갑자기 외설적인 동작을 한다. 하얀 팔 안쪽 접히는 부분에 한 손을 올려놓는다. 그 행동이 너무나도 의도적이어서 나는 아무 생각도 할 수 없다. 빌리가 자신의 접시 위로 몸을 굽힌다.

"그런 식으로만 해봐." 그가 경고한다.

"왜 그래, 여보?" 그녀가 묻는다.

"왜 그러는지 곧 알게 될 거야." 그가 대답한다.

그녀가 식탁으로 돌아와 노래를 흥얼대기 시작한다. 그런 모습에 왠지 나는 겁이 난다. 완전히 지쳤다. 어떻게 미소를 지어야 할지 모르겠다.

"당신 이거 맛도 안 볼 거야?" 그가 묻는다.

"물론 먹어야지. 나 이거 정말 좋아해." 그녀가 대답한다.

"이 요리는 잘못된 게 없어." 그가 언성을 높이지 않고 말한다. 기계적인 동작으로 그것을 입으로 가져가며 그녀를 지켜본다. 커피를 한 모금 마신다.

나는 달걀 요리를 먹어본다. 소금 맛이 난다. 크리스티나가 콧노래를 부르며 식탁 주위를 돌면서 모두에게 냅킨을 나눠 준다.

"알릭스? 달걀 요리 더 줄까?" 그녀가 친절한 어조로 묻는다.

"자리에 앉아줄래, 크리스티나? 안 먹을 거야?" 빌리가 묻는다.

"당신은 멋져. 난 당신을 사랑해." 그녀가 말한다.

"계속해."

"난 이 달걀 요리가 정말 좋다니까. 좀 더 드릴까요?" 그녀가 내게 묻는다.

모든 게 식탁 위에 남아 있다. 손도 안 댄 몇 사람분의 음식이 담긴 접시, 커피 잔, 토스트 들이. 고용인들이 일어나면 이 모든 것을 치울 것이다.

밝은 아침빛 속에서 나는 택시로 알릭스를 집까지 데려다준다. 그녀의 집은 멀지 않다. 인도를 가로지르며 우리는 차갑고 순수한 이른 아침의 냄새를 맡는다. 그녀는 무척 졸린 듯하다. 한두 마디 말과 피곤에 지친 미소로 나를 보내준다. 문이 닫힌다. 문이 안에서 잠기는 소리가 질서 잡힌 삶의 소리처럼 들려온다.

나는 걸어서 돌아온다. 거리는 완전한 적막에 싸였다. 움직이는 차 하나, 사람 하나 없다. 창백한 하늘에 새 한 마리 보이지 않는다. 마치 과거 속으로 들어가는 것 같다. 아무것도 변하지 않는다. 아무것도 소리를 내지 않는다. 그들이 이따금 가는 모퉁이 카페의 창문 안에서 고양이 한 마리가 자고 있다. 꿈처럼 부드러운, 몸집이 큰 고양이가. 나는 잠이 깨어 그 도시를 마주하고 거기에서 잠시 걸음을 멈춘다. 강을 따라 걸을까 하고 생각하지만 온몸이 마른나무 같다. 나는 그들이 살고 있는 거리로 접어든다. 푸르고 텅 빈 널찍한 거리, 내 시야가 미치는 한 텅 비어 있는 인도로.

27

아침의 서늘한 공기가 들어오도록 창문을 열어둔 채 그들은 여전히 침대에 있다. 그녀의 얼굴에는 화장기가 전혀 없고 피부는 빛나지 않는다. 아침이면 기지를 찾아볼 수 없는, 어리고 값싼 모습이다. 내가 지켜보는 동안 그들은 같은 순간에 눈을 뜬다. 배우들처럼, 눈을 뜨고 판유리 너머로 나를 발견하고는 물끄러미 응시하는 그 카페의 고양이처럼. 그녀의 입 냄새가 고약하다. 내 이미지들이 반복해서 나타나고 있다—나도 어쩔 도리가 없다. 나는 너무 피곤해서 잠들 수가 없다. 그들이 내 안에 진을 치고 있다. 그들은 오고 또 온다. 나는 그들에게서 헤어날 수가 없다. 게다가 갈 곳도 없어, 그들은 꿈속까지 나를 따라올 것이다.

"봉주르.(안녕.)" 그녀가 말한다. 그의 단단해진 성기에 입맞춤을 한다.

"얘는 결코 웃지를 않아." 그녀가 그것을 가까이 들여다보며 말한다.

"가끔 웃을 때도 있어." 딘이 나직하게 말한다. 그녀의 입안이 따뜻하다. 나는 어둠을, 공허를 찾으려 애쓰지만 그들은 지나치게 밝다. 하얀 하늘을 배경으로 그들의 몸은 활짝 열렸고 상쾌하다. 그들은 지나치게 순진하다. 내 친자식들 같다. 하나의 사랑을 그려내고 있는데 그 사랑은 존재할 이유가 거의 없고, 실제로 존재하지 않는다. 다만 그녀가 사태를 실현시킬 방법을 알고 있다는 점—근본적으로 이것이야말로 그녀가 유독 탁월한 점이다—을 제외한다면. 그녀의 입이 길고 달콤하게 접근해온다. 딘은 자신이 굴러떨어지기 시작하는 것을, 산산이 부서지기 시작하는 것을 느낀다. 나는 영화 속 여주인공과 사랑에 빠진, 행진 중인 악대의 색소폰 연주자 같다. 몽롱한 눈길로 멍하게 앞을 바라보며 중간 휴식 때에도 딱하게 앞뒤로 터벅터벅 걷고 있다. 내 생각이 요동친다. 군중 통제용 플래시가 공중에 번쩍인다. 경기장 전체가 사람들로 가득 찼다. 내가 앞으로 걷고 방향을 틀고 제자리걸음을 하는 동안 그녀는 새 컨버터블에 앉아 천천히 들판을 돈다. 나는 그녀 아버지가 하는 중개 회사의 서기다. 나는 그녀에게 꽃을 보내는 젊은 웨이터다. 나는 외국인, 누가 전화를 걸었을까 궁금해하며 전화를 받고 보니 경찰서에서 걸려온 전화다. 처음에 나는 상대의 말을 이해하지 못한다. 사람들이 여러 차례 되풀이해서 말해주어야 한다. 한순간 내 심장이 납이 되어버린다. 사고가 일어난 것이다. 자동차가…….

상스로 가는 길에 오르막이 있다. 이어 내리막으로 100여 미터 떨어진 곳에 시커먼 타이어 자국이 났다. 길이 굽는다. 깨진 유리, 오토바이, 잔해를 둘러싸고 사람들이 모여 있다. 자동차 한 대가 뒤집혀 보기 흉한 바닥이 하늘을 향하고 있다. 바퀴들은 움직임을 멈추었다. 하얀 가죽 장갑을 낀 장다름(헌병) 하나가 손을 흔들어 다른 차들을 지나가게 한다. 사람들이 잔해를 보기 위해 몸을 굽힌다. 서두름 같은 것은 없다. 모두들 신중하게 움직인다. 아이들 몇 명만이 풀밭 위를 뛰어다닐 뿐이다.

"시트로엥이군." 딘이 말한다. 그 아래 오토바이가 부서져 있다. 그들은 그곳을 천천히 지나간다. 이제 나무 근처에 널브러진 누군가의 발이 보인다. 포장도로 위에 검은 핏자국이 길게 났다.

"저 차는 늘 말썽이라니까. 왜 그런지 이해할 수가 없어." 그가 말한다.

"차가 무척 빠르잖아." 그녀가 대답한다.

"시트로엥? 그렇게 빠르지 않아."

"아니, 빨라."

"당신이 어떻게 알아? 운전도 하지 않으면서."

"언제나 우리를 추월하더라고." 그녀가 말한다.

나는 이 도로를 잘 안다. 이 도로는 레세통으로 통한다. 그들이 수영하러 가는 호수다. 안마리가 얕은 물속에 들어가 선다. 귀고리와 목걸이를 하고 있다. 주저앉아 몸을 물에 담그더니 고양이처럼 목을 빳빳하게 세우고 고개를 든 채 수영을 한다. 잠시 후 그녀가 다시 일어선다.

"당신이 좀 가르쳐줘야 해." 그녀가 딘에게 말한다.

그는 그녀에게 엎드려 뜨기 시범을 보이려 애쓴다. 입으로 숨을 내쉬어, 그가 말한다. 싫어. 그녀는 머리카락을 적시고 싶지 않은 것이다.

"적셔야 해."

"어째서?"

"이봐, 머리카락을 적시지 않고는 수영을 배울 수가 없어." 그가 말한다.

그녀가 어깨를 으쓱해 보인다. 어이없다는 듯 가볍게 헉하는 소리—그녀는 신경 쓰지 않는다. 딘은 허리 높이의 물속에 서서 기다린다. 그녀는 움직이지 않는다. 어린 도둑처럼 심통이 났다.

"귀고리를 풀어." 그가 부드럽게 말한다.

그녀가 귀고리를 푼다.

"이제 내 말대로 해봐. 겁내지 마. 얼굴을 물속에 넣어."

그녀는 움직이지 않는다.

"수영을 배우겠다는 거야, 안 배우겠다는 거야?"

"안 배울래."

그들은 자동차 뒤에서 옷을 입는다. 주위에는 아무도 없다. 물가 근처 수면이 수초 때문에 부서져 있다. 가죽 시트가 뜨겁다. 딘이 시동을 걸자 둔덕의 수풀에서 작은 새들이 날아올라 호수를 가로지른다.

그들은 몽소슈의 작은 오베르주(여관)에서 식사를 한다. 일요일. 모든 소리의 강도가 평소보다 낮아졌다. 딘은 자리에 앉아 거리를 내다본다. 말없는 식사다. 식사 후에는 할 일이 아무것도 없다. 그는 자신이 마치 아이를 돌보고 있는 것 같은 느낌이 든다. 다른 것들을 생각한다. 하루가 길게 느껴진다. 그들은 드라이브를 한다—딘은 차의 지붕을 접고 네베르를 향해 달린다. 바람이 휘감아들고 태양이 그들의 등에 내리쪼인다. 그는 졸리기 시작한다. 그들은 길을 벗어난다.

그들은 나무 아래 눕는다. 소나무들. 주위는 아주 조용하다. 마른 옥수수 잎들이 미풍에 바스락거린다. 나뭇가지의 그림자가 그들의 얼굴에 드리워진다. 딘은 두 눈을 감는다. 거의 잠들려는 순간.

"필립." 그녀가 부르는 소리가 들린다.

"응."

"나 언젠가는 숲에서 사랑을 하고 싶다고 생각했어."

"한 번도 해본 적 없어?"

"응, 없어."

"이상하군." 그가 말한다.

"당신은 해봤어?"

그가 거짓말을 한다. "그래."

"난 한 번도 없는데. 그거 좋아?"

"그래." 그가 대답한다. 그 말을 마지막으로 그는 잠에 빠진다.

잠에서 깨어나자 추위가 느껴진다. 그는 일어나 앉아 팔뚝을 문지른다. 피부가 수풀에 눌려 자국이 났다. 마른 풀 몇 가닥이 살갗에 달라붙어 있다.

그들은 특별히 갈 곳을 정하지 않고 걷는다. 안마리는 스커트 뒤를 대충 털고 시내로 내려간다. 작은 철제 다리가 있다. 그들은 그 다리 한가운데 선다. 그 아래로 물이 천천히 움직인다. 군데군데 거울처럼 맑은 물속이 바닥까지 들여다보인다. 어둑한 곳에는 물고기들이 있는데 전혀 움직이지 않는다. 물이 그들 주위를 흘러간다.

"쟤네들 봤어?" 그녀가 묻는다.

딘이 잔가지를 물에 떨어뜨린다. 잔가지들이 수면과 부드럽게 만나 두둥실 떠내려간다.

"우리가 잡을 수 있었는데." 그녀가 말한다.

나뭇가지 조각들은 가볍다. 마치 그의 손가락에서 두둥실 떠올랐다가 내려앉는 것 같다.

"당신 낚시 좋아해?" 그녀가 묻는다.

"아니."

"안 좋아해?"

"너무 잔인해." 그가 말한다.

"물고기들은 아무것도 못 느껴."

"당신이 어떻게 알아?"

"이런, 그들은 못 느낀다니까." 그녀가 말한다.

물고기들이 물살과 일직선을 이루며 미적거린다. 한두 마리는 투명한 물 밑바닥을 천천히 가로지른 다음, 핏빛처럼 붉고 더 깊은 물속으로 들어가 이윽고 모습을 감춘다.

"왜 저들을 잡는 거지? 저들은 행복하잖아." 딘이 말한다.

"브로셰(곤들매기)에게 잡아먹히기 전까진 그렇겠지." 그녀가 말한다.

"음, 내가 되고 싶은 게 바로 그거야. 브로셰. 그렇게 강에서 사는 거."

"사람들이 당신을 잡을걸."

아냐. 그가 고개를 흔든다.

"맞아, 누군가 잡을 거라고."

"난 안 잡혀, 안 잡힌다고. 난 아주 똑똑한 브로셰가 될 거야."

"좋아, 그럼 나는 당신의 브로셰가 될게."

물이 아주 천천히 움직이고 있다. 딘이 조약돌을 던진다. 표면이 흩어진다. 나는 당신의 브로셰가 될게. 그들은 정말이지 조용하고 가정적인 삶을 영위하고 있다. 그는 문득 이 사실을 깨닫는다. 그 한마디가 철사처럼 그의 살을 파고든다. 그녀가 웃는다. 다시 한 번 아름다워지기 시작한다. 변모하는 방식이 언제나 신비롭다. 저녁 무렵 식당 에투알도르에서 그는 그녀에게서 눈을 떼기가 힘들다. 그녀는 머리를 묶고 화장을 했다. 그를 위해 빵에 버터를 바른다.

"사 바?(괜찮아?)" 그녀가 묻는다.

그가 그녀의 손가락을 꼬집는다. 밤의 발정기가 두건처럼 그에게 내려앉는다. 그는 그것이 내려오고 있음을, 자신의 살을 변화시키고 있음을 느낄 수 있다.

그들은 층계를 오른다. 평소처럼 그녀가 먼저다. 그녀의 종아리가 그의 앞에서 번득인다. 방향을 돌렸다가 좁은 디딤판 위로 나타난다. 그녀가 열쇠로 방문을 연다. 딘의 성기가 움직거리기 시작한다. 그가 베개를 두 겹으로 접고 그녀가 팔꿈치로 지탱

해 몸을 일으키자, 그의 마음은 이미 풀려나와 자기 자신을 추스를 수 없다는 듯 배회한다. 그는 그녀 없는 삶을 생각하는 중이다. 그는 그 생각을 마음속에 묻어둘 수가 없다. 마음이 약해진다. 나약한 마음이 병자의 기침처럼 터져 나와 그는 겁에 질린다. 그는 갑자기 힘껏 그녀를 껴안는다. 그녀의 등이 그의 몸 아래 있다. '도(등)'라는 프랑스어 단어조차 아름다운, 그녀 자신은 결코 보지 못하는 등, 그가 그렇게 오랜 시간을 응시해온, 탁자 같은, 그 매끄럽고 지적인 등. 그는 어둠 속에서 몸을 일으켜 그 등을 보고 감탄한다. 그동안 잊고 있었다. 하루의 모든 순간이 모여드는 것 같다. 그는 그 속도를 늦추고 싶다. 이 달콤한 엔딩을 오래 지속하고 싶다.

28

프랑스 전역에 여름 폭우가 내린다. 나무 위에 쏟아져 잎과 가지들이 깡통처럼 울려댄다. 벽들은 물에 젖어 점점 색이 짙어진다. 홈통으로 물이 흘러내리고 거리에는 인적이 없다. 비는 황혼 무렵 시작되었다. 아홉 시인 지금도 여전히 퍼붓고 있다.

그들은 돌Dole에 와 있다. 평범한 카페에 앉아 한 시간 남짓 물끄러미 창밖을 내다본다. 맞은편에는 그리 크지 않은 공원이 있다. 그 공원 안에 괴상한 장치가 세워지고 있다. 높은 곳에서 내려오는 와이어 한 줄. 긴 장대가 버팀줄로 바닥에 매여 있다. 빗속에서도 여전히 조명을 시험하며 작업 중이다. 이따금 맞은편 건물들의 전면이 푸른 물폭탄 속에서 나타나지만, 위쪽 어둠 속에 맨 와이어 자체는 보이지 않는다. 지붕들 위로 소리 없는 불꽃이 꽃처럼 피어난다.

이 지방의 페트(축제)다. 많은 사람이 모였지만 비 때문에 하나둘씩 자리를 떴다. 이제 몇몇 가족만이 차양 아래 웅송그리며 모여 있다. 차 안에 앉아 있는 이들도 있다. 조명이 다시 꺼진다. 광장이 어둠에 잠긴다.

카페에는 그들 말고 누군가 있다. 테이블 하나에 남자 셋이 앉았고, 바에서는 비옷을 입고 그 아래로 하얀 발을 내보이는 어릿광대가 기다리고 있다. 그의 얼굴은 딱딱하게 굳었다. 그곳에서 오랫동안 기다리는 중이다. 잠시 후 파트롱(주인)이 그에게 뭔가 마시겠느냐고 묻는다. 메르시(고맙습니다), 그가 대답한다. 그 잔은 이제 비었다. 그는 거기 홀로 서 있다. 어깨에 외투를 걸친 삼십 대의 남자.

비밀이라도 말해주듯 나지막한 목소리로 안마리가 그를 묘사하기 시작한다. 그는 도시 출신이다. 그녀가 잘 아는 파리의 가난한 구역이다. 그에게 딸이 하나 있다고 그녀는 설명한다. 그 애의 어머니가 도망가버려서 그 소녀는 아버지를 따라다닌다. 그들은 단둘이서 프랑스 전역을 돌아다닌다, 싸구려 호텔에 묵으면서. 소녀에게 친구는 자기 아버지뿐이고, 장난감이라고는 인형 하나뿐이다. 그 애는 언제나 조용하다. 결코 입을 열지 않는다. 딘은 안마리가 잘 알려진 동화를 들려주고 있음을 깨닫지 못한다. 그는 그 남자의 지친 얼굴을 힐긋 바라본다. 아이는 위층에서 자고 있다. 그 이야기가 그에게 실감나게 다가온다. 그의 마음속에는 이미 그 이야기를 위한 자리가 마련돼 있다.

밖에서는 행사 준비가 끝난 모양이다. 사람들이 카페로 들어와 그 사실을 알린다. 웬일인지 그 어릿광대가 그 소식에 별다른 반응을 보이지도 않고, 소식을 전한 사람들도 이내 나가버린다. 누군가 다른 사람이, 모든 일을 총괄하는 기획자가, 모두가 복종하는 보이지 않는 누군가 존재하는 것 같은 느낌이 든다.

어릿광대는 또 한 잔의 음료를 받아 들었다. 딘은 어떤 장면이 펼쳐질지 두려워하며 주의 깊게 관찰한다. 재난에 대한 예감이 그를 엄습한다. 그 모든 장치, 곧 당겨진 와이어를 따라 설치된 색색의 조명등, 어둠을 찌르며 높이 솟아 있는 가느다란 장대들, 보이지 않는 연단—그들이 준비하는 것은 하나의 죽음이다. 그는 그 사실을 확신한다. 그 사실을 가슴으로 느낀다.

어릿광대는 아무 말도, 단 한 마디도 하지 않았다. 거의 몸을 움직이지도 않았다. 이런 수동성, 이런 체념의 몸짓, 집시의 어둠을 지닌 그의 얼굴 때문에 사람들은 그를 사랑한다. 비가 그치지 않는다면 공연은 취소될 것이다. 그런데 비는 억수같이 퍼붓고 있다. 빗줄기는 내리는 방향이 바뀌지 않은 채 밖에 세워둔 차의 흠뻑 젖은 천 지붕을 곧바로 두드려댄다. 지금까지 남아 있는 군중은 얼마 되지 않는다.

딘은 계산을 치르기 위해 돈을 헤아린다. 프랑화 동전들이 유난히 반짝이는 것 같다. 그는 동전들을 잔 받침 위에 놓는다. 이齒가 부딪치듯이 딸그락거리는 소리, 명료한 소리가 난다. 그 소리는 다른 사람들에게도 들렸을 것이다. 바에 혼자 앉아 몽상에 잠겼던 어릿광대의 정신을 들게 했을지도 모른다—딘은 눈길을 들어 그쪽을 힐긋 본다. 아니, 어릿광대는 그 소리를 듣지 못한 것 같다. 그는 물끄러미 거울을 들여다보고 있다. 흰 스타킹을 신고 맨살에 하얀 분칠을 한 두 다리를 발목에서 교차하고 있다. 슬리퍼는 해졌다. 하지만 그는 보이는 것 이상의 존재다. 그는 하나의 대리인, 하나의 밀사다. 그는 그런 변장을 선택했고, 그런 차림을 하고 신경이 곤두선 채 행동한다. 보통 군중보다 높은 위치에서 스포트라이트를 받으며 흰 나방처럼 움직인다. 하지만 이 모든 게 하나의 장치다. 그는 그런 장치보다 훨씬 더 중요하다. 딘은 그 사실을 알고 있다. 그는 그 사실을 인식한다—어떻게 그럴 수 있는지는 설명할 수가 없다. 심지어 그녀와도 상관이 없다. 이 모든 것이 그에게는 커다란 의미가 있었지만, 공연이 취소되었다는 발표에 딘은 놀라지 않는다. 그렇다고 달라지는 것은 없는 것이다. 공연 그 자체가 부수적이다.

"여기서 기다려. 내가 차를 가져올게." 그가 말한다.

그가 빗속으로 모습을 감춘다. 안마리는 문 바로 안쪽에 선다. 이윽고 비정형적인 우아함을 지닌 그 커다란 자동차가 노란 헤드라이트로 카페 창문을 비추고 와이퍼를 천천히 작동하며 다가와 선다. 그녀가 차로 달려간다. 그가 좌석을 가로질러 몸을 기울여 문을 잡아준다. 그의 얼굴, 그의 머리가 젖어 있다. 그녀가 서둘러 차에 탄다.

"웬 비가 이렇게 오나!" 그녀가 중얼거린다.

딘은 잠시 망설인다. 차를 출발시키는 대신 그는 빗물이 줄줄 흘러내리는 유리창 너머로 마지막으로 카페 안을 들여다본다. 바는 비었다. 어릿광대가 가버린 것이다.

그들은 낯선 마을의 거리를 가로질러 달린다. 빗줄기가 자갈을 들이붓듯 쏟아진다. 계기판의 녹색 불빛을 보며 집 없는 사람, 범죄를 저지른 사람 같은 막막한 느낌에 젖는다. 그녀가 손가락으로 젖은 그의 뺨을 부드럽게 닦아준다. 그들은 어디로 가야 할지 알 수 없다. 그들은 이곳에서 이방인이다. 마을의 문들은 그들에게 닫혀 있다. 문득 그는 왠지 자신이 발견되고, 붙잡히고, 어딘가로 옮겨질 것임을 은연중 깨닫는다. 심지어 그녀에게 말할 기회조차 없다. 그들은 헤어진다. 그들은 서로를 잃어버린다. 여러 가지가 뒤섞인 이 꿈속에서 그는 고함을 지르려 애쓴다. 어디로 가야 하는지, 무엇을 해야 하는지 그녀에게 이야기하려 애쓰지만 그 일을 해내기가 너무 복잡하다. 그의 능력 밖이다. 그녀가 가버린다.

순수한 절망이 그를 엄습한다. 그에겐 그녀와 함께 떠날 돈이 없다. 그들은 작은 마을 오퉁에 갇혔다. 하루이틀 밤 정도 벗어나는 건 문제없지만, 그렇다, 그는 알고 있다, 그들은 발견되고 만 것이다. 딘은 그 사실을 확신한다. 그리고 돌이켜 보니 그가 옳았다는 것을 나도 알겠다. 어릿광대는 프랑스 마을들 속으로, 어쩌면 모든 유럽의 밤 속으로 사라졌다. 거리에는 그들이 탄 들라주뿐이다. 어둠을 뚫고 느릿하게 나아가는 그 차를 미행할 필요도 없다—어디서나 눈에 띄니까.

딘은 의기소침해졌다. 호텔 방에서 그는 조심스럽게 옷을 벗어 내려놓는다. 마치 자신의 옷이 아닌 것처럼, 그것들을 태워야 할 것처럼. 계속해서 내린 비로 밤공기가 차서 벗은 그의 몸에 소름이 끼친다. 그는 자신이 고아처럼 팍팍하게 여겨진다. 과거가 모습을 감추었고 그는 미래가 두렵다. 그의 돈이 탁자 위에 놓여 있다. 그는 어둠 속에서 탁자로 가서 그중 지폐만 세어 본다. 지폐를 접어서 들어 올리자 그 사이에서 동전들이 떨어지고 그중 하나가 바닥으로 굴러가버린다. 그는 소리는 들었지만 동전이 어느 방향으로 갔는지 알 수 없다. 안마리가 역시 알몸인 채로 그의 뒤쪽으로 다가온다. 그는 갑자기 자동차 헤드라이트를 만난 토끼처럼 얼어붙는다. 그녀의 두 팔이 그의 몸을 살며시 더듬는다. 유두, 폭신하고 부드러운 머리카락, 그의 몸에 닿는 그녀의 몸이 거의 고통스러울 정도로 자극적이다. 그들은 서로를 애무한다, 어둠 속의 태아들처럼 창백한 모습으로.

그녀가 의자를 사용하고 싶어 한다. 딘이 의자 하나를 찾아낸다. 그녀가 그 위에 몸을 굽힌다. 그녀의 젖가슴이 손 닿는 곳에 있는 나뭇가지처럼, 한 줌의 지폐처럼 달콤하게 흔들린다. 그의 두 손이 날씬한 그녀의 허리로 미끄러지듯 내려간다. 그가 천천히 시작하자 그녀는 욕조 속으로 빠져드는 것처럼 숨을 헐떡인다. 밖에서 들리는 것은 억수같이 퍼붓는 빗소리뿐이다.

아침이 되자 비가 잦아든다. 그는 마치 열병이 지나가기라도 한 것처럼 잠에서 깬다. 유럽이 실제의 비율을 되찾았다. 불멸의 도시들이 햇빛 속에서 헤엄친다. 강물이 기운차게 흘러간다. 그의 성기가 거대하다. 눈을 뜨자마자 그녀는 손을 그의 성기로 가져간다. 그는 옷가지를 뒤져 쭈그러진 납빛 튜브를 찾아낸다. 그것을 그녀에게 내민다. 그녀가 그것을 표정 없는 얼굴로 바라본다. 그녀가 튜브 뚜껑을 열자 그는 이불을 발로 차 걷어버린다. 그녀가 안에 든 것을 그의 성기에 바르기 시작한다. 그 차가움에 그는 소스라친다. 다 바르자 그녀는 침대에 나동그라진다. 한낮의 빛 속에서 그는 선언과도 같은 그 번들거리는 성기를 천천히 삽입한다. 그녀의 이마가 시트 위에서 눌린다. 두 눈이 감겨 있다. 딘은 그런 것들을 거의 눈치채지 못한다. 마침내 삽입이 완전히 이루어졌다. 그는 움직이지 않는다.

"읽을래?" 그가 묻는다.

"코멍?(뭐라고?)"

"읽겠느냐고. 잡지 말이야."

"응." 그녀가 애매하게 대답한다.

그들은 그 자세로 침대 가장자리로 이동한다. 오래된 〈레알리테〉가 한 권 있다. 그는 방바닥으로 손을 뻗어 잡지를 끌어당긴다. 그녀는 고개를 아래로 기울이고 책장을 넘기기 시작한다. 딘은 그녀 어깨 너머를 본다. 일요일 아침이다. 열 시. 이따금 책장을 넘기는 부드러운 소리만이 정적을 깬다. 보나르의 그림에 대한 기사가 나온다. 그들은 함께 그 기사를 읽는다. 그는 그녀가 그 페이지를 다 읽을 때까지 기다린다. 부드럽게 그가 시작한다.

"그레스(윤활제)가 부족해." 그녀가 말한다.

그가 조심스럽게 몸을 뺀다—그녀의 몸이 그의 몸에 거의 붙어 있는 것 같다. 그녀는 윤활제를 조금 더 바른 다음 손가락에 남은 것을 시트에 닦는다. 그것이 안으로 들어간다—그녀는 가만히 누워 있다. (순수함, 신비함, 자연스러움 등) 열네 가지 여성적 매력을 보여주는 잡지 사진들이 그에게 강한 흥미를 불러일으킨다. 그는 길고 아찔한 펌핑을 하기 시작한다. 프랑스가 햇빛으로 목욕을 한다. 상점들은 문을 닫았다. 교회들은 사람으로 넘쳐난다. 마을마다 식당들은 닫힌 문 안에서 테이블을 늘어놓고 점심을 준비한다.

29

이 세계를 분명하게 볼수록, 그것이 존재하지 않는 것처럼 행동하지 않을 수 없다. 그녀와 함께 있을 때 나는 기묘하게도 거의 입을 다물고 있게 된다. 모든 것에 관해 이야기할 수 있을 것 같지만, 우리는 결코 이야기를 시작할 수 없다. 5월, 딘이 파리에 며칠 갔을 때 나는 그녀와 함께 저녁을 먹으러 갔다. 그 며칠은 여름 같은, 광활한 그런 날들이었다. 빛이 천천히 스러져갔다. 세상은 향기 나는 신비롭고 푸른 도시들로 가득 차 있었다. 우리는 호텔에서 저녁 식사를 했다. 그녀가 딘에 대해 이야기하는 동안 나는 바보 삼촌처럼 이따금 미소를 지어 보였다. 사실 나는 그녀의 말에 그다지 흥미가 끌리지 않았다. 그들의 만남에 대해 그녀가 하는 말은 모두 사실이 아니었다. 나는 과거의 그녀를 알고 있었다. 신도처럼 그 사실을 고백하고 무릎을 꿇을 준비가 되어 있었다. 그랬다면 끔찍한 일이 벌어졌으리라. 그녀는 그 모든 것을 부인했으리라. 아니, 도대체 무슨 일인지 이해하지 못했을 가능성이 더 크다. 그녀가 알고 싶은 것은 딘의 아버지와 누이가 자신을 어떻게 생각할까 하는 것이었다. 두 사람이 절 좋게 볼까요?

"분명히 그럴 겁니다." 내가 대답한다.

"그 사람은 자기 아버지 얘기를 거의 안 해요."

"음, 그의 아버지는 비평가예요—당신도 알겠지만요. 내가 알기로는 상당히 기품 있는 사람인 것 같아요."

"파르동?(뭐라고요)?"

"그의 아버지가 아주 품위 있고 사교적이라고요."

"그렇다 해도 그분이 절 좋게 보실 수 있어요." 그녀가 말한다.

"물론이죠." 어째서 나는 그녀에게 진실을 말하지 않는가?

우리는 살라드 드 토마트(토마토 샐러드)를 앞에 놓고 앉아 있다. 기름으로 번들거리는 얇게 썬 토마토가 풍성하게 담겼고 위에 파슬리 조각들이 뿌려져 있다. 그녀가 자신을 평범한 처녀라고 여기는지 나는 궁금하다. 딘의 누이가 그를 만나러 여기로 오고 싶어 했지만 딘이 고집을 부려서 파리에서 만나기로 했다는 것을 그녀는 알까? 그렇다, 물론 그녀는 알 것이다. 그녀가 모든 것을 안다고 나는 이따금 확신한다. 어쨌든 앞으로 벌어질 일이 그녀를 놀라게 하지는 않는다. 미래의 많은 부분이 이미 지금도 존재하니까—내가 전에 말한 것처럼.

"토마트(토마토) 더 드릴까요?" 그녀가 말한다. 나에게 샐러드를 덜어 주겠다는 것이다.

그녀가 자기 접시에 샐러드를 담는다. 입술이 번들거린다. 우리 맞은편에 영국인 커플이 앉아 있다. 그들 둘 다 아주 젊다. 남자는 파삭거리는 붉은 머리카락을 했다. 여자는 여윈 얼굴에 수줍어한다. 여자의 원피스가 벽지 같다. 그들은 메뉴가 무슨 계약서라도 되는 것처럼 영국식으로 입을 꽉 다문 채 그것을 들여다보며 앉아 있다. 나를 놀라게 하는 완벽한 억양의 영어로 안마리가 내게 속삭인다.

"디드 아이 헐트 유, 달링?(내가 당신을 아프게 했나, 자기?)"

"뭐라고요?"

딘이 그녀에게 했던 농담의 한 구절이다. 그녀의 얼굴에 짓궂은 즐거움이 가득 차오른다. 나는 그 농담이 어떤 맥락에서 나왔는지 모른다. 그녀는 광대가 공연을 하듯 확고한 어조로 이야기를 들려준다. '저 남자'가 그렇게 말하는 거라고요, 그녀가 설명한다. 저 두 사람은 함께 침대에 있어요. '저 여자'가 반문하죠. 아니, 어째서 그런 걸 묻는 거지? 그러자 그가 말하죠. 당신이 몸을 움찔하더라고. 그녀가 묻는 듯한 표정으로 미소를 짓는다.

"제 영어가 틀리지는 않았죠?" 그녀가 묻는다. 그녀는 내가 이 농담을 재미있어 하는지 알아보려는 듯 나를 바라본다. 영국인들의 성생활에 대한 그녀의 경멸 어린 농담이 나는 정말 좋다.

딘은 칼레 호텔에 있다. 그의 자동차는 모퉁이를 지나 넓은 광장에 주차되어 있다. 와이퍼 아래에는 이미 하얀 주차 위반 티켓이 끼워져 있다. 그는 자기 누이와 방을 함께 쓰고 있고 그녀에게 몹시 상냥하게 대한다. 다만 그는 절박하게 돈이 필요한데—모든 게 거기 달렸다—누이는 그의 삶, 그의 미래에 대해 이야기하고 싶어 한다는 게 문제일 뿐이다. 그녀는 그가 그런 말에 민감하다는 것을 안다.

"음, 이런 말 한다고 화내지 않았으면 해……." 그녀가 말한다.

"오, 에이미……." 그가 말을 시작한다. 그는 어떻게 해야 하는지 방법을 정확히 안다. 이 게임에서 누이는 사랑에 항복하는 여자처럼 모든 카드를 환히 보이게 들고 있다. 난 이 미래의 삶을 직면할 완벽한 준비가 되었어, 딘이 말한다. 그 이상이지. 미래가 이미 내 앞에 모습을 드러내고 있는걸. 지난 몇 달 모든 게 엄청나게 달라졌어. 이 몇 달이 나에게는 황무지 같았어. 이걸 어떻게 설명하면 좋을까? 그 말을 듣고 누이는 갑자기 그를 얼싸안고 싶다. 그녀는 안도감과 동시에 약간의 죄책감을 느낀다.

"오빠 정말이지?"

"지난 몇 달은 내 삶을 바꿔놓았어. 지금도 바꾸고 있고." 그가 대답한다. 그리고 웃는다. 그는 누이를 사랑한다. 때때로 누이는 장난감 같다.

"그런데 그동안 도대체 뭘 하고 있었던 거야?"

"아무도 만나지 않았어. 작은 마을의 삶을 사는 거지. 이를테면 이런 식이야. 이 모든 걸 멈춰, 이 모든 소란스러움에 종지부를 찍으라고. 음, 어떤 삶인지 알겠어?"

"응……." 그녀가 동의한다.

"삶은 몇 가지 기본적인 요소들로 구성되어 있어. 물론 다른 많은 것들도 뒤섞여 있지. 그래서 우리가 갈피를 잡지 못하는 거야." 그가 말한다.

그는 살아오는 동안 언제나 누이를 이끄는 쪽이었다. 그녀가 진지한 얼굴로 그의 말을 듣는다.

"내 말이 알쏭달쏭하게 들릴지도 몰라. 하지만 에이미, 우리 모두에게는 어떻게든 그 기본적인 요소들을 찾고자 하는, 발견하고자 하는 욕망이 있는 게 아닐까? 때때로 나는 그 요소들이 우리 모두에게 공통된다고 생각하지만, 어쩌면 아닐지도 몰라. 그러니까 내 말은 이런 거야. 그리스인을 보고 우리는 이렇게 말하지. 아, 저들은 몇 가지 단순한 것들을 갖고 이 문명을, 이 눈부신 세계 전체를 만들어냈어. 그렇다면 우리는 왜 할 수 없지? 나아가, 방향만 제대로 잡는다면 우리 각자가 하나의 문명이 아니라 하나의 삶을 건설하는 게 왜 불가능하지? 그러니까 행복한 삶 말이야. 내 말 믿어. 그런 요소들은 분명히 존재해. 어떤 방으로 들어가 몇몇 얼굴들을 대하면 문득 그 요소들 한가운데 있음을 깨닫게 되는 거야. 내 말 무슨 뜻인지 알겠어?"

"물론 알지. 그걸 성취할 수 있는 사람은 인생에서 모든 걸 갖게 되는 거지." 그녀가 말한다.

"그리고 그게 없다면 삶은 그저……." 그가 어깨를 으쓱해 보인다. "하나의 삶일 뿐이지."

"다른 사람들과 똑같은."

"다른 사람들과 하나도 다를 바 없는." 그가 말한다.

"그런 건 싫어."

"나도 그래."

"오빠가 나한테 사기를 치고 있어도 난 결코 알아챌 수가 없어." 그녀가 말한다.

그가 천천히 고개를 내젓는다.

"난 지금 사기 치는 게 아니야." 그가 맹세하듯 말한다. "왜냐하면 네가 나에게 정말 필요한 도움을 줬으면 하거든."

"그게 뭔데?"

그는 대답하지 않는다.

"나중에." 그가 말한다.

그녀는 외출 준비를 마치기 위해 욕실로 간다. 딘은 잡지를 읽는다. 그녀가 욕실 밖으로 나와서 머리를 빗는다.

"우리 어디 갈 거야?" 그녀가 묻는다.

"멋진 저녁 식사를 하러 갈까?"

"좋아. 하지만 너무 비싸지 않은 곳으로 가자." 그 구절이 그를 걱정시킨다. 그는 그 말을 무시하려 애쓴다.

"내가 낼게." 그가 말한다.

"오빠 돈 있어? 아빠 말씀이 오빠가 경제적으로 몹시 곤란한 지경에 처했다던데."

"내가?"

"응."

"아니. 내겐 일이 있는걸." 그가 말한다.

"오빠한테? 어떤 일인데?"

"개인 교습." 그가 말한다.

"그런 말 한 적 없잖아."

"음, 사실 큰돈을 벌진 못하거든."

"오빠에게 한 푼도 주지 않기로 아빠랑 약속했어. 어떤 일이 있어도 말이야. 오빠가 나에게 돈을 달랠 거라고 확신하시던걸."

"아버지 말씀대로라면 내가 네 형편없는 남편이라도 되는 것 같구나."

"아냐, 아빠는 오빠를 걱정하고 계셔."

"아버지 방식은 좀 특이해. 게다가 나는 돈의 가치에 대한 강의는 정말 싫어. 요점이 뭐야? 돈이 중요하다는 걸 모르는 사람은 없잖아. 나는 그 어떤 강의도 듣고 싶지 않아. 설교를 하려 드는 사람들이 싫어. 우리는 모두 자유로워. 설교를 할 게 아니라 서로 사랑하고 도와야 해."

"아냐. 내 생각에 아빠가 오빠한테 바라는 건 그저……." 그녀가 말한다.

"뭔데?"

"좀 더 정규적인 삶 같아." 그녀가 결론 내리듯 말한다.

딘이 미소를 짓는다.

"자, 이제 준비됐니?" 딘이 묻는다.

그들은 승강기로 한 층을 내려와 복도를 따라 걷는다.

"돈이라." 딘이 말을 잇는다. "돈이 너무 없으면 생각을 명료하게 하기가 아주 어려워. 그게 내가 알게 된 것 중 하나야. 물론 돈이 지나치게 많아도 힘들겠지만 말이야."

"그렇겠지."

"그러니 어느 쪽으로든 치우치지 않도록 아주 조심해야지." 딘이 비꼬듯이 말한다.

그의 여동생이 어떤 방의 문을 노크한다.

"도나? 우리 들어가도 돼?"

"물론이지."

도나는 에이미의 대학 기숙사 룸메이트다. 딘은 그녀가 아주 멋지다고 생각한다. 크고 매력적인 입술, 잿빛 눈동자. 달리기 선수처럼 늘씬한 몸매. 그녀도 그에게 관심이 있는 것 같다. 그가 예일을 다녔다는 사실을 알고 있다. 혹시 래리 트로이 아세요, 그녀가 묻는다. 그런 질문들이 이어진다. 그는 거의 애매하게 들리는 나지막한 "아니요"로 대답한다.

"어떤 강의를 들으셨어요?" 그녀가 묻는다.

"몇 가지요."

그가 그녀에게 학업을 마치지 못하고 중퇴했다고 말하자 그녀의 입에서 조그맣게 오, 하는 외마디가 나온다. 학교를 중퇴하고 혼자서 삶을 개척하는 데에는 적잖은 용기가 필요할 거예요, 그녀가 덧붙인다. 진정으로 독립적인 사람만이 그런 일을……. 딘이 고개를 끄덕인다. 이미 들어본 얘기다.

그들은 함께 거리를 걷는다. 인도가 무척 넓다. 플라스(광장) 자체가 가득 주차된 차들과 더불어 드넓어 보인다. 이런 방대함에 그들은 잠시 방향감각을 잃었다가 곧장 들라주를 향해 걸어간다. 딘이 앞 유리창에서 티켓을 집어 들어 들여다본다.

"그게 뭐야?" 누이가 묻는다.

그가 어깨를 으쓱해 보인다.

"주차 위반 티켓이야? 오빠는 과태료를 낼 필요가 없어. 관광객일 뿐인걸." 그녀가 말한다.

"이런, 이 멋진 차는 차종이 뭐예요?" 도나가 묻는다.

"마음에 들어요?"

"무척 마음에 들어요. 당신과 정말 잘 어울려요." 그녀가 말한다.

"정말 그렇게 생각해요?"

"정말이고말고요." 그녀가 대답한다.

번쩍거리는 파리의 밤이 그들을 맞는다. 어둠이 그 낡은 자동차의 우아함을 되살려준다. 그들은 대로를 지나 앵발리드 근처 식당으로 미끄러지듯 달린다. 저녁 식사 비용은 85프랑이다. 그것을 지불하고 나면 딘에게는 돈이 거의 남지 않는다. 그런데도 그는 넉넉한 팁을 남긴다. 그는 그 일을 이미 돈을 다 잃은 도박꾼처럼 기계적으로, 무심하게 해치운다. 그들은 샹젤리제 거리를 따라 산책을 하고, 커피를 마시고, 사크레쾨르 대성당에서 도시를 내려다보는 것으로 그 밤을 마무리 짓는다. 자기 방이 있는 층에 이르자 도나가 말한다.

"정말 멋진 저녁이었어요. 이번 여행 전체에서 가장 좋았어요."

"당신에게 파리를 좀 더 보여줄 수 있었으면 좋았을 텐데요."

"오, 제 생각도 그래요."

"다음을 기약하죠."

"우리가 여기 좀 더 머물 수 있으면 얼마나 좋을까요." 그녀가 말한다.

그녀가 손에서 열쇠를 장식처럼 달랑거리며 천천히 복도를 따라 멀어져간다.

다음 날 아침 모든 것이 달라진 것 같다. 그의 자신감은 얼어붙었다. 아침 식사를 하면서 딘과 에이미는 그날을 어떻게 보낼지 의논 중이다. 베르사유 궁에 가봐야 한다고들 한다. 그들 역시 그곳에 가기로 한다 해도 에이미는 딘의 차를 타고 가고 싶다. 아니, 적어도 단체로가 아니라 그들끼리만 따로 가고 싶다. 그가 원한다면 도나를 데려가도 좋다. 딘은 이제 돈 얘기를 꺼내고 싶다—그러지 않으면 그날을 버틸 수가 없다. 하지만 그의 말을 듣자마자 나온 누이의 대답에 겁에 질린다. 그의 귀에 누이가 말하는 소리가 들린다. 내가 오빠를 얼마나 사랑하는지는 오빠도 알지……. 난 뭐든지 할 거야. 하지만…….

"에이미, 농담은 이제 그만하자……."

"뭐라고?"

"나는 '지금' 절박해."

그녀가 무슨 일인지 잘 모르겠다는 표정으로 그를 바라본다.

"나 돈이 필요해." 그가 말한다.

"이런."

"돌아가는 비행기 티켓을 팔았어."

"정말 그런 일을 저질렀단 말이야?"

"그러지 않을 수가 없었어."

"아빠가 오빠한테 티켓을 다시 보내주실 거야." 그녀가 말한다.

"아버지가 날 찾아내길 원하지 않아. 내겐 350달러가 필요해."

그녀는 이렇게 말해놓고 스스로도 당황한 것 같다.

"내겐 그만한 돈이 없어." 그녀가 말한다.

"그럼 얼마나 있는데?"

"잘 모르겠어. 정말이야."

"내 말 좀 들어봐. 그러지 마. 난 심각해. 정말이야, 에이미. 내게 필요한 건…… 난 돈이 필요해. 집으로 돌아가야 한다고."

"오빠에게 정말 필요한 돈이 얼만데?"

"350달러." 그가 말한다.

"내겐 100달러밖에 없어. 나머지는 여행자수표뿐이야."

"그 이상이 필요하다니까, 에이미."

"나한텐 없다고."

"혹시 빌릴 수 없을까?" 그가 묻는다.

"솔직해 말해봐. 오빠 곤경에 처했어?"

"아냐, 아냐." 그가 한숨을 내쉰다. 그는 누이를, 이어 탁자를 응시한다. "그 돈 빌릴 수 있겠어? 도나에게 빌리면 어떨까?"

"오빠 그 돈 갚을 거지?"

"물론이지."

"그 애한테 250달러나 빌려달라고는 못해."

"그 애한테 얼마간은 있을 거야." 딘이 말한다.

"오빠 곤경에 처해 있는 건 아니지?"

"아냐, 그냥 몹시 돈이 필요해. 무슨 곤경에 처한 건 아니야. 그 돈을 구하지 못하면 곤경에 처하겠지."

"그럼 그게 사실이란 말이야?"

"아냐, 그냥 농담이야. 내 말 좀 들어봐. 도나에게 물어보면 어떨까? 그 애가 네게 돈을 빌려줄 것 같니?"

"아마 빌려줄 거야." 그녀가 말한다.

"날 위해 그렇게 좀 해줘." 딘이 그녀에게 말한다.

황혼 녘 오를리공항에서 그들은 작별 인사를 한다. 위쪽 플랫폼에서 딘은 에이미가 트랩을 올라가는 것을 지켜본다. 그녀는 계단 꼭대기에서 걸음을 멈춘다. 마지막으로 손 흔들기. 안락한 좌석이 장착된 그 길고 매끄러운 튜브형 비행기는 미국행 제트기다. 그는 한순간 막막한 외로움에 휩싸인다. 자신도 비행기에 올라 그들 옆자리에 앉고 싶다. 혼자서 차 있는 곳까지 걸어가야 한다는 생각이 정말 싫다. 그에게서 생기가 빠져나가는 것 같다.

비행기 문이 닫히고 안에서 잠긴다. 죽음 같은 정적의 시간이 지나고 엔진 음이 시작된다. 비행기 안에서 그들은 신문을 펼치고 있다. 비행기가 움직이기 시작한다. 그는 창문가에 앉은 동생의 모습을 찾아보려 애쓴다. 거리가 너무 멀다. 사람들의 얼굴이 또렷하게 보이지 않는다. 그는 비행기가 긴 활주로를 따라 달리는 것을 지켜본다. 비행기가 방향을 튼다. 날기 시작한다. 일단 공중에 뜨자 거의 불길할 정도로 조용하게 움직인다, 아무 예고 없이 동체를 기울이며 다시 고도를 높인다, 보이지 않는 하늘길을 따라서.

딘은 지폐를 헤아린다. 350달러, 프랑화가 거의 섞여 있지 않다. 그는 지폐를 조심스럽게 접어 도로 주머니에 넣는다. 누이는 50달러를 더 보내주겠다고 그에게 약속했다.

들라주는 읍내들을 지날 때만 속도를 늦출 뿐 길고 꾸준하게, 여러 마을을 빠르게 지나간다. 그는 전혀 피곤하지 않다. 이 여정은 그 어느 때보다도 짧게 여겨진다. 그는 속도를 늦추지 않은 채 모든 것을 지나간다. 휘돌고 돌진하고 오르내린다. 마침내 도착한다. 열한 시를 막 넘긴 시각, 집들에는 불이 꺼져 있다. 그는 고양이처럼 가볍게 층계를 달려 올라가 노크를 한다. 그녀가 기다리고 있다.

30

이른 아침 그 자동차가 배처럼 지붕을 열어놓은 채 길가에 서 있다. 그 마을은 항구. 바다가 유리처럼 잔잔하다. 기침 소리 하나, 삐걱거리는 소리 하나 들리지 않는다. 그들은 조용한 골목길을 천천히 빠져나온다. 햇빛이 눈부시지만 아직 뜨겁지 않다. 공기가 서늘하고 달콤하다. 그들은 말없이 차를 달린다. 아직도 졸리다. 20킬로미터를 달린 후 안마리가 입을 열고 한마디 한다.

"알로르.(이런 참.)"

"뭐 잘못됐어?"

정장 차림인데 깜박 잊고 재킷을 가져오지 않은 것이다.

"이런, 맙소사." 딘이 말한다.

재킷은 그녀의 방 안에 있다. 그가 속도를 늦춘 다음 갓길에 차를 세운다.

"아냐." 그녀가 말한다.

"돌아가서 옷 가져와야 하잖아?"

그녀가 고개를 젓는다.

"아니."

그가 천천히 다시 출발한다. 그녀는 할 수 없다는 듯 어깨를 으쓱해 보인다. 그녀는 그의 눈을 똑바로 보고 싶지 않다.

"정말이야?" 그가 묻는다.

"응. 우리는 이미 출발했잖아." 그녀가 말한다.

"굉장한 출발이야."

그녀가 소리 내어 웃기 시작한다. 마침내 딘이 미소를 짓는다. 그들의 마지막 여행. 차는 나무 터널 아래를 빠르게 지나간다. 그들 앞에 마을들이 펼쳐진다. 처음에는 생기 없고 아직 잠에서 깨지 않은 듯하지만 이윽고 고양이들과 사람들이 모습을 나타낸다. 그들이 오를레앙에 도착할 무렵에는 완전히 날이 밝

왔다. 거대하고 인상적인 도시. 그날은 더운 날씨가 될 것 같다. 딘은 광장을 가로질러 빵과 버터를 사 온다. 그들은 햇빛이 비치는 곳에 차를 세우고 빵을 먹는다. 녹색의 화물선들이 우르릉거리며 지나가고, 반바지 차림의 관광객들이 어슬렁거린다. 빵 부스러기가 그녀의 무릎 위로 떨어진다. 그녀는 그 어느 때보다도 즐거워 보인다. 진짜 가죽으로 된 그 차의 좌석에, 바다로의 여행에 그보다 더 익숙할 수 없는 것 같다. 눈부신 아침 햇살 속에서 눈을 찡그린다. 두 다리를 움직거린다—시트의 가죽이 햇볕에 달아 뜨겁다.

이제 그들은 결혼했다. 그날 밤 그녀는 그에게 말할 것이다. 좋은 때를 골랐다고, 사랑을 나누어도 안전한 때라고, 그날부터 두 사람은 인생을 함께하는 거라고. 장소는 앙제다. 그들은 저녁 식사 후 거리를 걷는다. 스페인을 연상시키는 먼지 많고 나무 냄새가 나는 그 도시가 딘에게는 이국적으로 여겨진다. 평평한 맨땅 사이에 인도가 났다. 프랑스 같지 않다. 카페들도 다른 곳과 다르고, 커플들은 그가 알아들을 수 없는 언어로 이야기한다.

그들은 그날 샤토(성)들을 둘러보았다. 2프랑을 내면 가이드를 따라 거대한 방들을 지나가며 짤막한 역사를 들을 수 있다. 무리 속에는 백발의 커플들, 샌들을 신은 관광객들, 교사들이 있다. 미국인 중년 여자와 리넨 원피스를 입은 그녀의 두 아이들. 누군가 독일어로 나지막이 속삭이고 있다. 가이드가 영어로 번역된 투어 설명서를 무슨 메뉴처럼 재빨리 그들의 손에 쥐여준다. 그들은 항의한다. 저희는 프랑스어를 하는데요, 그들이 말한다. 가이드는 그저 미소를 지어 보인다. 딘은 무리 가장자리에 서 있다. 안마리가 조금 앞서 걷는다.

"필립, 이리 와봐!" 그녀가 그에게 영어로 소리친다.

가이드가 걸음을 옮긴다. 모두 따라간다.

"파를레 프랑세!(프랑스어로 해!)" 가까이 다가간 딘이 나직이 말한다.

"왜?"

그녀는 장난기가 발동한 모양이다. 그들은 건물의 가파른 전면으로 통하는 발코니로 걸어 나간다. 앙부아즈 성, 마을이 저 아래 내려다보인다. 딘은 입을 열고 싶지 않다. 그냥 보통 미국인으로 치부되고 싶지 않다. 가이드에게서 영어로 번역된 안내서를 받고 싶지 않다. 이제 가이드는 지난 몇 세기 동안 이곳에서 벌어진 일에 대해 설명하고 있다. 안마리가 움찔하고 놀란다.

"끔찍해." 그녀가 말한다. 100여 미터 아래 도로가 보인다. 신교도들은 교수대에 매달리면서 그 모습을 눈앞에 보는 것이다. 하늘, 널찍한 강, 마을의 지붕들을. "그 당시 사람들이 더 잔인했던 것 같아."

"나라면 그걸 보면서 죽을 수 있어서 좋았을 것 같아." 딘이 말한다.

"그런 말 마. 속이 이상해지려고 해."

아까 그 중년 여자의 딸 하나가 그들이 영어로 말하는 소리를 듣고 있었던 모양이다. 그 애가 고개를 돌린다. 자기 어머니에게 무어라 속삭이는 것이 보인다. 딘은 뒤처져서 무리 뒤쪽에 있으려 애쓰지만 안마리가 그러도록 내버려두지 않는다.

"필립, 이리 와." 그녀가 영어로 말한다.

"자꾸 이러면 당신 죽여버릴 거야." 그가 나직이 말한다.

그녀는 그저 웃기만 한다.

그들은 저녁의 교통 체증에 붙잡혀 녹초가 되어 앙제에 도착한다. 쇼핑하는 사람들, 일터에서 차를 몰고 집으로 돌아가는 사람들. 나뭇잎의 시원한 냄새가 대기를, 꽃들의 흔적을 채운다. 그들은 작은 호텔을 찾아낸다. 입구가 좁은 도로에 면해 있다—짐을 내려놓은 다음 차는 어딘가 다른 곳에 세워야 한다.

딘은 가볍게 한기가 드는 것을 느끼며 침대보를 몸 위로 끌어당긴다. 낮에 햇볕을 너무 쪼인 것 같다. 그는 꼼짝도 하지 않고 누워 있다. 방 안은 썰렁하다. 그는 방 안의 모든 것이 낯설다. 색깔 하나, 선 하나까지도. 문득 그는 겁에 질린다. 머릿속으로 수중의 돈을 헤아리기 시작한다. 그는 500프랑을 따로 남겨두었다. 정비소에서 엔진을 손보고 돈을 치렀고 옷을 좀 샀다. 쓴 돈을 더해본다. 자동차 바닥 깔개 밑에 200프랑을 넣어두기로 마음먹는다. 그러면 700이 된다—그는 다시 덧셈을 한다. 아슬아슬해진다. 가스를 넣을 때마다 40에서 50프랑이 든다. 그는 주행거리를 계산해본다. 너무 멀리까지 가지 말아야 할지도 모른다.

문이 열리는 소리에 그의 두 눈이 조금 떠진다. 안마리는 목욕을 하던 중이었다. 그녀는 면 실내복을 입고 있다. 침대 옆에서서 그녀는 실내복 끈을 푼다. 앞섶이 열리고 옷이 아래로 떨어져 내린다. 깨끗하게 씻은 그녀의 알몸을 보자 그는 더더욱 겁에 질린다. 갑자기 모든 것이 얼마나 곡예 같은지, 얼마나 위험한지 극명해진다. 그가 살고 있는 삶이 그 자신의 것이 아니라 다른 사람, 어떤 희생자의 인생인 것 같다. 그것이 송두리째 붕괴될 것이다. 그는 일자리를 찾고, 집세를 내고, 매일같이 점심을 먹으러 집으로 걸어와야 할 것이다. 갑자기 스스로가 나약하게 여겨진다. 자기 자신을 믿을 수 없다. 그녀가 침대로 미끄러져 들어온다. 공포에 가까운 두려움이 그를 엄습한다. 그는 두 눈을 감고 누운 채 움직이지 않는다.

"뒤 도르?(자?)" 그녀가 부드럽게 묻는다.

그는 무어라 대답해야 좋을지 알 수 없다.

"아니." 그가 숨을 몰아쉰다. 잠시 후 그가 덧붙인다. "머리가 좀 아파."

"가여워라." 그녀가 그의 뺨을 어루만진다. 그가 억지로 건조한 미소를 짓는다.

저녁 식사 덕분에 그는 그런 대로 활기를 되찾는다. 그녀는 심지어 포도주를 두 잔 마신다. 하지만 그럴 만한 날이 아닌가. 저녁을 먹고 그들은 큰길을 따라 어둑한 나무 아래를 걷는다. 문은 물론 닫았지만 불을 환하게 켜둔 커다란 상점으로 간다. 쇼윈도 앞에서 커플들이 미적거린다. 문이 활짝 열린 채 세워진 냉장고들, 판지로 된 화살표들이 각각의 특징을 짚어주고 있다.

"미국에서는 냉장고가 여기보다 비싸?" 그녀가 묻는다.

"나는 한 번도 사본 적이 없어." 그의 두 눈이 불안정하게 움직인다. 모델 번호가 암호 같고 가격은 무시무시하다.

"안 사봤어도 알잖아."

"그만 가자." 그가 말한다.

"내 눈엔 이게 멋진걸." 그녀가 손으로 가리키며 말한다.

"그건 너무 작아."

"그렇지 않아."

"가자니까."

"저만하면 충분해." 그녀가 말한다.

"자기, 이런 얘기 제발 그만하자."

"아탕.(기다려.)"

"난 저런 거 더 이상 보고 싶지 않아. 지루해." 그가 말한다.

"달리 할 일도 없잖아. 어디 가고 싶은 데 있어? 춤추러 갈까?"

"그래." 그가 대답한다.

"이런!" 그녀가 외친다.

"정말이야. 가자."

그들은 걷기 시작한다. 결국 호텔로 돌아온다. 프런트에 아무도 없는 것 같다.

"사람을 부를까?" 그가 묻는다.

"아니, 늦었잖아." 그녀가 말한다.

그는 작은 판에서 그들 방의 열쇠를 벗겨낸다. 카펫이 깔린 층계를 걸어 올라간다. 방은 아까보다 더 평범해 보인다. 그는 이를 닦는다. 이제 잘 준비가 되었다.

"농.(아니.)" 그녀가 말한다. 결혼 생활을 그렇게 시작할 수는 없는 것이다.

"나 정말 피곤해."

"춤을 추기에는 그렇겠지." 그녀가 말한다.

그는 의욕이 없었는지도 모른다. 하지만 그녀는 그에게 어떤 게 가장 효과적인지 알고 있다. 그것은 한 그릇의 뜨거운 수프 같다. 그녀는 그의 옷을 벗기고 자기 옆에 눕힌 다음 그를 애무하기 시작한다. 그는 그녀의 두 손을 벗어날 수 없다. 마침내 그는 그녀의 명령에 복종하듯 사랑의 행위를 시작한다. 마치 지렛대처럼 성기를 이쪽저쪽으로 움직인다. 이 방식은 다소 건조하지만 그녀는 그 고통을 감수한다. 여자라면 그런 것에 대비가 되어 있어야 한다고 생각하는 것이다.

얇은 커튼을 통해 새벽빛이 들어온다. 그녀가 그의 성기를 감싸 쥔다. 그것에 달콤하게 입을 맞추며 하루를 시작한다. 이제 이건 내 거야, 그녀가 말한다.

31

결혼의 날들. 그들은 바다를 바라보며 결혼의 행복에 잠겼다. 방은 작지만 발코니가 있고 그 아래로 물이 부드럽게 부서진다. 그 호텔은 그들이 감당할 수 있는 것보다 좀 더 비싸다.

아침. 그녀의 머리카락이 베개 위에 길게 흩어져 있고, 이불이 그녀의 턱 아래로 말려들어가 있다. 밖에서는 바닷새들의 울음소리가 조용한 공기 속에 떠다닌다. 몽 마리(내 남편), 그녀가 그를 부른다. 그가 미소를 짓는다.

식당에서 그들은 두 아들이 있는 일가족 옆에 앉는다. 어머니가 아이들—확실하지는 않지만 열대여섯 살 정도 된 것 같다—에게 엄격하다. 마실 것으로 포도주를 조금 주었을 뿐이다. 부모가 이야기를 나누는 동안 그들은 줄곧 뻣뻣하게 앉아 있다. 난 아들을 갖고 싶어, 안마리가 말한다. 식당 안이 포크 소리, 빵 냄새로 가득 차 있다. 아들 하나.

딘이 그 가족을 힐긋 쳐다본다.

"그 아이 이름이 뭐가 될지 알아?" 그녀가 묻는다.

"모르겠어. 뭔데?"

그녀가 그에게 맞혀보라고 말한다.

"장피에르."

"아니."

"모리스? 로베르? 필립은 아니지?"

"아냐."

"못 맞히겠어."

"드미트리야." 그녀가 말한다.

그는 두 손을 내젓는다.

"당신 나를 우습게 보는군." 그가 말한다.

"뭐라고?"

"날 놀리고 있다고."

"그 애는 열여덟 살이 될 때까지 미국에서 공부할 거야." 그녀가 말한다. "네 아빠는 대단한 사람이지만—그녀가 아이에게 말할 것이다—때때로 좀 따분하단다."

"좀 따분하다고?"

"위.(그래.)"

"내가 말이야?"

그녀가 고개를 끄덕인다.

"그 애가 내 아들이야?"

그녀의 대답이 부드럽다.

"물론이지."

조금 전의 소년들이 그들을 지켜보고 있다. 그들의 눈길이 그들에게 한순간 불안정하게 머물렀다가는 급히 떠나간다. 영리한 안마리는 그들의 눈길을 느낀다. 언제 눈길을 들어서 그들을 쫓아버려야 하는지 정확히 알고 있다.

해변에서 보내는 결혼의 날들. 그들은 바위 위를 걸어 멀리까지 간다. 어떤 지점을 돌자 호텔들과 해변의 커브가 시야에서 사라진다. 널찍하고 평평한 바위가 나온다. 바위 주위로 바닷물이 부글거리며 단층 속으로 빨려 들어가고 흘러가고 솟구친다. 그녀는 윗옷을 벗고 눕는다. 처음에는 배를 깔고, 20분 후에는 등을 대고. 태양의 침묵이 물의 요란한 소리를 압도하는 듯하다. 딘의 피부는 금방 타는 편이다. 입술이 약간 갈라졌지만 눈의 흰자위는 깨끗하고 이도 하얗다. 얼굴은 단단한 나무처럼 윤이 난다. 팔다리는 더 강해 보인다. 팬티 밑의 피부가 새 붕대처럼 하얗다. 엉덩이가 사과의 속살 같다.

"당신은 사랑스러워." 그녀가 말한다.

이윽고 그들이 사랑을 나누고 있다, 햇볕에 약간 그을린 채 살에서 소금 맛을 풍기며. 방 안은 하교 후의 학교처럼 여전히 조용하다. 비데에 앉아 그녀가 조그맣고 귀여운 소리로 방귀를 뀐다. 그녀는 당황한다.

"파르동.(미안.)" 그녀가 말한다.

침묵. 딘의 두 눈이 감기었다. 그는 아무 말도 하지 않는다.

그녀는 그가 잠들었는지 궁금하다. 칸막이 너머로 눈길을 던진다. 딘은 전혀 움직이지 않고 누워 있지만 빙그레 웃음이 나오는 것까지는 참지 못한다. 그녀가 다시 침대로 올라와 이불을 덮는다. 몸이 좀 안 좋아, 그녀가 말한다. 생리가 시작된 것이다.

"잘됐군." 그가 말한다.

그들은 맛있어 보이는 음식을 사이에 두고 앉아 있다. 수프, 생선, 고기, 디저트, 과일, 포도주. 언제나 햇빛이 들어오는 장방형의 식당, 많은 테이블과 창문 너머 바다가 조용히 누워 있다. 밤이면 그들은 새집 속의 새들처럼 잠든다. 빗방울이 창문을 때린다. 딘은 몸을 일으켜 창문을 닫는다. 아무것도 보이지 않는다—오직 바다뿐.

카지노에서는 사람들이 춤을 추고 있고 2류 영화가 상영되고 있다. 그들에겐 도박할 돈이 없다. 돈이 있다 해도 그녀는 도박을 하기에는 너무 어리다. 그녀의 신분증에 따르면 그렇다. 그들은 텅 빈 호텔 라운지에 앉는다. 저녁의 어둠 속에서 그곳은 버려진 대형 여객선 같다. 안마리는 덱에서 작은 카드들을 모두 꺼내 온다. 그에게 게임을 가르칠 참이다. 그는 설명에 집중하려 애쓴다. 얼굴이 마른 종이처럼 팽팽하게 당겨진 것 같다. 눈길이 방심한 듯 이것에서 저것으로 옮겨 간다. 하품을 한다. 카펫이 깔린 널찍한 계단과 천천히 올라가는 사람들이 보인다. 조금 전의 그 가족이 영화라도 보고 돌아온 듯 층계를 오른다. 사내애들은 기운이 빠진 것 같다. 완전히 지친 모습이다. 빛이 흐릿하다. 잠시 후 그는 카드의 숫자를 바라보느라 눈이 아파오기 시작한다. 카드 위에 인쇄된 상징들이 보기 싫다. 검은 스페이드들이 색이 번진 것처럼 길게 늘어나 보인다. 하트들이 푸른색으로 바뀌었다. 텐트가 바람에 서글프고도 끈질기게 펄럭거리는 가운데 바다의 끝이 해변에서 둥글게 휜다. 곡선을 그리며 떨어져 내린다. 그는 귀를 기울인다. 그 소리가 점점 부풀어 오르는 것 같다. 점점 더 넓게 퍼져서 모든 것을 압도하는 것 같다.

그들은 어둑한 복도를 따라 걷는다. 발밑에서 바닥이 삐걱거린다. 닫힌 문들로부터는 음악도, 말소리도 들리지 않는다. 시트는 축축하다. 신혼의 밤들. 던은 공기 중의 소금기 때문에 자동차의 크롬 장식이 녹슬까 봐 걱정스럽다. 그 위에 뭔가를 칠해 놓았어야 했다. 이곳에는 차고가 없다—자동차는 습기에 노출된 채 호텔 뒷길에 주차되어 있다. 아침이면 태양이 그 습기를 말린다.

그들은 그곳에 엿새를 머문다. 아무와도 이야기를 나누지 않은 채, 소나무가 우거진 가파른 길을 따라 윗마을까지 걷는다. 바다를 마주 보기 위해 언덕의 사면에 자리 잡은, 어둑하고 조용한 대규모 가족형 별장들을 지나간다. 울창한 숲에 감추어진 저택들의 대지가 아름답다.

그들은 병약자들처럼 지낸다. 시간이 느리게 흐르고 아무 일도 일어나지 않는다. 하루에 세 차례 식사를 한다. 아침에 화장실에 갈 때 보면 복도에는 아침 식사 쟁반들이 즐비하다. 지저분해진 냅킨, 먹다 만 롤빵이 문밖에 놓여 있다. 투숙객들은 이미 밖으로 나가 햇빛 아래를 천천히 걷고 있다. 결혼의 해年들. 아침을 먹은 후부터 점심까지가 상당히 길고, 점심을 먹은 후에는 오후 전체가 있다……. 호텔 맞은편 해변에서 들려오는 아이들의 외침이 새소리만큼이나 날카롭다. 안마리는 발가벗은 채 방 안을 왔다 갔다 한다. 맨발인 그녀는 소리를 내지 않는다. 탐폰에 매달린 하얗고 짤막한 끈이 끝이 살짝 말린 채 다리 사이에서 대롱거린다. 젖가슴은 창백하지만 하얗지는 않다. 오직 그녀의 음부만이 무슨 의상을 입은 것처럼 멋지게 장식되어 있다.

이른 아침 그들은 기운을 내서 다시 차에 짐을 싣는다—딘은 차의 지붕을 내려 내부에 햇빛을 가득 채운다. 그들은 그곳을 떠난다.

32

그날 밤 그들은 커다란 요양소 같은 데모데(후미진)한 특이한 마을에 이른다. 바뇰. 프랑스 전역에는 늙어가는 온천들이 흩뿌려지듯 자리 잡고 있다. 그것들의 전성기는 오래전에 지났다. 축축한 호텔은 이제 사람들로 붐비지 않는다. 사람들의 목소리, 여유 있는 삶의 의식들이 자취를 감추었다. 그들은 조용한 호수를 지나 커브 길로 들어선다. 건물들이 모두 빈 것 같다. 그것은 주인이 종적을 감추었는데도 여전히 열려 있는 거대한 장원莊園 같다. 마치 주인이 거기 있는 것과 다름없이 줄곧 존재하는 것이다. 오래된 편지, 상속녀가 죽은 스위트룸처럼.

그의 차가 낡은 건물 전면을 지나 황혼 속에서 새처럼 우아하게 주위를 빙 돈다. 가요, 테라스, 카스텔, 부아졸리, 간판들이 보인다. 상점은 문을 닫았다. 가로수의 색이 검게 바뀌었다.

어둑한 거리에는 사람 하나 보이지 않고 그들의 차 소리를 제외하면 아무 소리도 들리지 않는다. 음산한 카지노는 녹색 의자들이 나동그라지고 커튼이 내려진 채 출입 금지 안내문이 붙어 있다. 저녁 숲의 침묵, 잔잔한 물의 침묵이 도처에 있다. 주위를 두 차례 돈 다음 딘이 차를 세운다.

"우울한 곳인걸." 그가 말한다. 그는 손을 뻗어 책을 집는다. "내처 알랑송으로 갈 수도 있어. 그곳 규모는 어떻게 돼?"

그녀가 책을 뒤적인다.

"벵세트 밀.(2만 7000명.)"

"호텔 사정은?"

"그리 많지 않아."

"괜찮은 데가 한 군데도 없어?"

"정신병원이 하나 있어."

"어디 좀 봐."

그는 내용을 읽으려 애쓴다. 빛이 거의 사라지고 없다.

"그럼 그냥 곧장 파리로 갈 수도 있어. 세 시간쯤 걸릴 거야."

그녀가 어깨를 으쓱해 보인다.

"콤 튀 뵈.(당신 마음대로 해.)" 그녀가 말한다.

그가 책장을 넘기기 시작한다.

"그런데 여기서 뭘 좀 먹고 가면 어떨까?" 그녀가 묻는다.

"으응?" 그는 여전히 안내서를 읽는 중이다. "좋아. 식사를 한 다음 결정하자."

긴 식사다. 그 식당에는 웨이터가 하나뿐이다. 그는 두오몽 요새베르됭 시를 막아주는 열아홉 개의 방어 요새 중 가장 크고 높다. 베르됭 전투는 제1차 세계대전 중 가장 격렬한 전투로 꼽힌다에서 살아남은 베테랑 같다. 그에게는 모든 것이 이미 오래전에 끝난 것이다. 그는 주방에 들어갔다 하면 10분이 지나서야 빵을 들고 나온다. 그 식당에는 거리로 통하는 문이 하나 있고 또 하나는 호텔 안으로 통한다. 결국 그들은 안쪽 문으로 들어갈 수밖에 없다. 내처 달리기에는 이미 너무 늦어버렸다. 로비는 어둡다. 니스를 칠한 벌집형 나무 상자에 빈자리 없이 열쇠들이 거의 다 걸려 있다. 그들은 카펫이 깔린 층계를 오른다—아무 소리도 나지 않는다. 이름뿐인 방이 나온다. 원래 크림색이었으나 황토색으로 변한 벽들, 육중한 포도주빛 커튼. 천장의 붙박이 틀 안의 전구는 투명 유리로 되어 있다. 위협적인 방이다. 공기는 퀴퀴하다.

딘은 발코니 문을 연다. 검은 호수 건너편 카지노에 이제 불이 들어와 있다. 그 카지노는 캄캄한 어둠 속에 커튼처럼 걸린 유일한 장식이다. 카지노 안으로 들어가거나 나오는 사람은 전혀 없는 것 같다. 영화와 연주회를 알리는 현수막이 텅 빈 거리를 향해 걸려 있다.

그들은 한동안 호텔 주위를 돌아다닌다. 대기에는 따분함의 냄새가 진하게 감돈다. 곰팡이 같은 그것을 감지할 수 있다. 이곳에서 앞으로 몇 시간을 보내야 한다고 생각하면 겁에 질리기에 충분하다. 그들은 영화를 보기 위해 표를 산다. 판매원은 팔리지 않은 두툼한 뭉치에서 그들에게 표를 떼어준다. 극장 안에는 이미 몇몇 사람들이 들어와 있다—그것만 해도 사건이다. 그들은 한시름 던 기분이다. 조용히 앉아서 조명이 꺼지기를 기다린다. 소곤거리는 사람조차 없다. 마침내 영화가 시작된다. 화면이 밝아진다. 음악, 사람 목소리, 이미지 들이 움직이는 빛기둥과 함께 나타난다.

호텔로 돌아오는 길에 그들은 늦게까지 문을 연 상점 한두 개를 발견하고 어느 앙티케르(골동품점)의 진열장 앞에서 걸음을 멈춘다. 그곳은 마치 박물관 같다. 손님이라고는 하나도 없다. 금박을 입힌 물건들 한가운데에서 갑자기 하얀 얼굴 하나가 나타난다. 그곳의 주인인, 문상객처럼 창백한 여자의 얼굴이.

딘은 방문을 닫고 열쇠를 돌려 잠근 다음에야 비로소 죽음의 느낌에서 벗어난다. 그럼에도 역시, 방 안의 가구와 부적당한 조명에는 왠지 인위적이고 답답한 무엇이 있다. 발코니로 통하는 문은 닫혀 있다. 방향 조절이 가능한 나무 블라인드가 완전히 내려진 것이 유리를 통해 보인다. 침대 커버들은 도로 개켜져 병원 같은 흰색을 드러내고 있다. 그녀가 그에게 영화에 대해 이야기한다. 그의 귀에는 그 말이 들리지 않는다. 그는 그저 아주 작은 것에 이르기까지 그녀의 동작 하나하나에 이끌릴 뿐이다. 그녀의 종아리에 매혹당해 거기서 눈을 떼지 못한다.

그녀는 옷을 벗은 채 두 다리를 모으고 개수대 앞에 서서 이를 닦는다. 딘은 그녀를 주의 깊게 살펴본다. 앉은 자리에서 손을 뻗어 그녀를 만진다. 그 동작에서는 그 어떤 권위도 찾아볼 수 없다. 그것은 확신을 되찾으려는 동작이다—그는 현실을 확고히 하고 있는 것이다. 그녀는 칫솔을 내려놓는다. 그녀는 자신의 이를 꼼꼼히 들여다보는 것을 좋아하지 않는다. 그녀는 수건으로 입가를 닦은 다음 크림을 바른다. 거울 속에서 그녀의 눈길이 한순간 그의 눈길과 만난다. 그녀는 그가 무슨 생각을 하고 있는지, 그가 무엇을 하려는지 가늠할 수 없다. 다만 그가 아직 말할 준비가 되지 않았다는 것만 분명히 알 뿐.

그녀는 침대에 누워 눈을 뜨고 기다린다. 딘이 옷을 벗는다. 그는 방 안을 왔다 갔다 하며 이따금 그녀 쪽으로 시선을 던진다. 마침내 그가 미소를 짓는다. 그녀는 그 미소에 응답하지 않는다. 그녀는 그에게 복종하도록 스스로를 준비시킨다. 그렇게 쉬운 일은 아니다. 그녀의 얼굴은 엄숙하다 못해 반항적으로 보이기까지 한다. 그는 발코니 문을 열지만 블라인드를 올리지는 않는다. 그는 불을 끈다. 어둠이 자신을 풀어주기라도 한 것처럼 침대에서 그녀는 즉각 그에게 다가간다. 그녀의 두 손, 그 날렵한 손들이 그의 몸 아래쪽으로 헤엄치듯 내려간다. 딘은 꼼짝도 하지 않고 누워 있다. 그의 침묵, 그의 부동이 그녀를 기쁘게 한다. 그것들이야말로 그녀의 존재를 분명하게 한다. 그것들을 정복해 소리와 움직임을 얻어내야 한다. 물론 이것은 게임일 뿐이다. 그는 잔인할 정도로 꼼짝도 하지 않고 그저 기다리는데, 그 잔인함이 그녀를 흥분시킨다. 말없는 가운데 그에게 잔인함을 거두어달라고 청해야 한다. 그의 심장박동이 빨라지기 시작한다. 그는 그녀의 손길 아래에서 자신의 성기가 3센티미터 이상 커지는 것을 느낀다. 그녀가 아주 섬세한 손길로 그의 성기에 바르는 바셀린이 차갑게 여겨진다. 딘은 경기를 앞둔 달리기 선수처럼 숨을 몰아쉰다. 그가 카지노의 웨이터들을, 극장의 관객들을, 어두운 호텔들을 생각하는 동안 그녀는 배를 깔고 눕는다. 그는 삽입한다. 다 차려진 테이블에 앉듯이 무심하게, 딱 그 정도의 마음으로. 그들은 모로 눕는다. 그는 움직이지 않으려 애쓴다. 물고기가 입을 오물거리는 것 같은 보이지 않는 작은 경련이 있을 뿐이다. 그 경련 한가운데에서 그는 잠에 빠져든다. 이어 그녀도 잠이 든다. 그들은 그렇게 함께 그 밤을 보낸다. 여행의 마지막 밤을.

33

일요일 저녁 그들은 교통 체증으로 녹초가 된 채 집으로 돌아온다. 길은 온통 차들로 붐빈다. 반 시간 동안 딘은 자동차의 흐릿한 헤드라이트 때문에 고생을 했다. 이제 좁은 길에 이르자 라이트는 밝게 앞을 비춘다. 마치 물속에서 운전하는 것 같다. 녹색의 희미한 빛이 저 위에서 빛난다. 그는 마지막 모퉁이를 돈다. 코르시카인들의 쭈그러진 대형 트럭이 흩어진 포장재와 고약한 악취 속에 세워져 있다. 헤드라이트 빛이 어두운 상점 유리창에 반사된다. 그는 라이트를, 이어 엔진을 끈다. 그들은 잠시 자리에서 움직이지 않는다. 커다란 기쁨, 끝냈다는 느낌이 그를 엄습한다. 그들은 그녀의 짐을 모두 모은다. 그가 그것을 위층까지 가져다준다. 그는 한시라도 빨리 그녀에게서 벗어나고 싶어서 안달이 난다. 아침부터 저녁까지 오직 그녀하고만 같이 있는 것에 넌더리가 난다.

푸른 즈크화를 신은 채 침대에 누워 있는 그가 보인다. 그는 두 손을 포개어 머리 아래 깔고 있다. 라디오가 켜져 있다. 돌아오니 기분이 좋아요, 그가 나에게 말한다. 정말이에요.

그의 피부가 이집트인처럼 검다. 그가 미소를 지으면 햇볕에 그을린 얼굴에서 이가 튀어나올 것 같다. 그가 이야기하는 동안 우리는 희미한 향기 속을, 음악의 꽃다발 속을 헤엄치는 것 같다.

"그러니까 어디를 다녀온 건가요?"

"안 간 곳이 없어요. 앙제, 오를레앙, 페로기렉. 정말이지 많이 돌아다녔어요." 그가 말한다.

"좋던가요?"

"아름다운 나라예요." 그가 차분하게 말한다. 그는 나에게 여행에 대해 이야기하기 시작한다. 바위투성이의 해변에 대해, 오래된 호텔에 대해. 루아르 강을, 바뇰에서 보낸 귀신 나올 것 같은 밤을 묘사한다. 절제하지 못한 채 충동적으로 이야기를 쏟아놓는다. 온갖 세부가, 모습이, 느낌이, 냄새가 떠오른다. 그는 잠깐 말을 끊고 생각을 모아서 이야기를 계속한다. 왠지 그가 자신이 프랑스에서 보낸 이 영광스러운 삶의 정수를 내 앞에서 모조리 펼쳐 보이는 것 같다. 그는 과거를 차례로 정렬한다. 몇 가지 고백해야 할 것들이 있고, 그는 내가 관심이 있음을 알고 있다. 그는 특별한 이야기는 전혀 하지 않지만, 나는 그런 사건들이 어떤 것인지 알 수 있다. 요컨대 우리가 함구하는 것들의 의미를 이해한다.

"안마리는 어때요?"

"나만큼이나 볕에 그을었어요. 그녀의 모습을 보셔야 했는데. 굉장하답니다." 그가 말한다.

"지금 당신 피부는 티크색이에요."

"여행하는 동안 날씨가 아주 좋았어요. 거의 내내 말이에요."

그가 말한다. "그리고 우리는 끼니를 빼놓지 않고 먹었어요. 그러니까 나이 든 프랑스인 커플처럼 테이블에 앉아서 그저 먹기만 한 거죠. 그리고 매일 밤 사랑을 나눴어요. 그 태양, 우리가 얼마나 멋진 태양을 만끽했는지 정말 믿지 못하실 거예요."

그는 셔츠를 걷어 올려 햇볕에 피부가 얼마나 그을었는지 보여준다. 그러고는 씩 하고 웃는다. 그는 천하무적이다. 마치 체스 게임에서 그의 말이 줄곧 내 말을 압도하는 것 같다. 하지만 시합은 오래전에 끝나버린 것을.

그는 이야기를 하면서 방을 왔다 갔다 하기 시작한다. 옷가지가 여기저기 흩어져 있다. 그는 욕실로 들어가 로션을 가지고 나와서는 얼굴에, 특히 입 주위에 천천히 바른다. 그가 다시 눕는다. 농장의 일꾼처럼 검게 그을린 그 여윈 얼굴. 거기에는 어떤 통렬함이 있다. 그 골격으로 나를 베어버릴 수도 있을 것 같다. 그는 다시 일어나 슈트 케이스 안을 뒤지기 시작한다. 옷가지 사이에 사과가 한 알 있다. 그가 나에게 사과 반쪽을 건넨다.

"고맙지만 괜찮아요. 아직 식사를 하지 않았나 보군요?"

"예, 점심만 먹었죠."

그가 베개를 두 겹으로 접어 목 아래에 넣고 반듯하게 눕는다. 그의 이가 단단하고 즙 많은 과육을 아삭거리며 씹는 소리가 들린다.

"어찌나 피곤한지 식사를 할 수도 없어요." 그가 말한다.

"이런, 난 아무것도 안 먹었는데요."

"사실 난 배가 고프지 않아요." 그가 말한다.

그는 마지막 남은 씨방 주위의 과육을 이로 잘게 조각낸다.

다 먹고 나자 그는 사과 속을 잡지 위에 내려놓고는 천장을 응시한다.

"난 떠날지도 몰라요." 그가 말한다.

엄청난 침묵. 이윽고 나는 그 침묵을 깨지 않을 수 없다.

"이런, 정말인가요?"

"그럴 것 같아요."

"어디로 가는데요?"

"미국. 집으로요." 그가 대답한다.

"알겠어요. 혼자서 말인가요?"

"오, 물론이죠. 그러니까 내 말은, 돌아간다는 겁니다." 그가 말한다.

"알겠어요."

나는 무슨 말을 해야 할지 생각해낼 수가 없다.

"음……." 내가 말을 시작한다.

"그냥 한동안 여길 떠나 집에 가 있어야 해요. 지금 내겐 돈이 하나도 없어요. 지난가을부터 줄곧 아주 힘들게 지내왔는데 더는 버틸 수가 없어요. 그저 어쩔 수 없는 때가 오는 거죠. 그래서 돌아가야 해요. 가서……." 그가 한숨을 내쉰다. "……아버지에게 얘기를 해봐야죠. 음, 사실은 다른 생각도 있어요. 나 자신을 좀 추슬러야겠어요. 심지어는 다시 학교를 다니는 것도 고려하고 있어요."

"예일로 돌아간다는 겁니까?"

"오, 거기로 복학하는 건 불가능해요. 좀 더 작은 대학으로요. 뉴욕대학 같은 곳이요."

"좀 더 작은 곳이라고요?"

"음, 그런 식으로 말할 생각은 아니었어요. 사실 특정 대학을 고려해보지도 않았고요."

"그렇군요."

그러더니 마치 논평하듯이 짤막하게 웃음소리를 낸다.

"유일한 문제는요, 음, 돈이 좀 모자란다는 겁니다."

"물론 그렇겠죠."

"비행기 표를 살 돈이 모자라요." 그가 말을 멈추었다. "그래서 말인데요, 혹시……."

"얼마나 부족한가요?" 내가 묻는다.

"당신한테 저 차를 두고 갈게요. 혹시 무슨 일이 생긴다면……."

"저 차요? 하지만 저건 당신 차가 아니잖아요."

"아뇨, 내 찹니다."

"나는 저 차가 당신 친구 건 줄 알았는데요."

"아니, 그렇지 않습니다. 그분이 제게 줬어요. 필요하다면 그분께 사실을 확인하는 편지를 보내달라고 할 수도 있어요."

나는 그게 거짓말이라는 걸 안다. 그는 그저 돈이 떨어진 도박꾼 같다. 어떻게든 돈을 구해야 하는 것이다. 나는 서둘러 그의 부탁을 거절할 말을 생각해내려 애쓰지만 찾아낼 수가 없다. 그가 한 말이 사실이 아니라는 걸 지적하면 어떨까…… 어쨌든 별 차이가 없을 것이다. 그는 뜻을 굽히지 않을 것이다. 게다가 나는 그런 결정을 내릴 수 없다. 그는 내 판단에 종속된 존재가 아니고, 내게는 그 돈이 있다.

"300달러 정도가 필요해요." 그가 말한다.

"300달러라고요."

"그 정도 액수를 내게 빌려주실 수 있습니까? 그러니까 물론 들라주를 넘기는 조건으로요."

"음…… 예, 그럴 수 있을 것 같습니다."

"오" 하고 외마디를 내지르며 그가 고개를 뒤로 젖힌다. "제말 좀 들어보세요. 당신 정말 좋은 분이에요."

그렇다, 나는 나도 모르게 그의 칭찬을 믿고 있다. 비겁하게 도망치는 그를 돕는 처지면서도 말이다. 이 행동에서는 왠지 범죄의 느낌이 풍긴다. 후에 나는 이 일을 수치스럽게 여기리라. 나는 그저 그에 대한 혐오와 나 자신에 대한 혐오를 뒤섞고 있는 것뿐.

"얼마나 오랫동안 가 있을 겁니까?"

"글쎄요, 솔직히 말해서 잘 모르겠어요. 그렇게 오랫동안은 아닐 겁니다. 아마 한 달여 정도. 확실히는 모르겠어요."

"음, 만약 당신이 정말로 다시 학교를 다닌다면……."

"당신 말이 맞아요. 그러면 훨씬 길어질 거예요. 물론 가능성일 뿐이지만요."

"……당신은 돌아오지 않겠군요."

"오, 걱정 마십시오. 그런 일이 벌어지면 돈은 보내드릴게요. 내 말은, 어렵지 않게 그 돈을 구할 수 있을 거란 말입니다. 개인 교습 같은 것을 하더라도 말입니다. 어쨌든 별 차이가 없을 겁니다."

"걱정하지는 않습니다. 그런 걸 걱정하는 건 아닙니다. 나로서는 그저 이 모든 일이 놀라운 것뿐입니다."

"당신은 내가 결혼할 줄 아셨군요." 그가 말한다.

"아닙니다."

"어쩌면 결혼을 했을지도 모르죠."

"정말입니까?"

"결혼에 대해서 생각했었답니다."

"그랬겠지요."

그가 튕겨지듯 몸을 일으킨다. 돈을 빌려주겠다는 약속을 듣자 식욕이 되살아난 모양이다. 우리는 텅 빈 거리를 따라 샹 호텔 쪽으로 걸어 내려간다. 오툉은 조용하지만 그곳의 고요는 늙은 여자의 잠과 같다. 자면서도 온갖 소리를 듣고 있는 것이다. 오툉은 나이를 먹지 않는다. 어둠 속에서도 볼 줄 안다.

마을 깊숙한 곳 다른 건물들에 묻힌—사람들이 지나쳐버리는, 고양이들만 아는 골목길들이 있다—방. 나무들, 검은 잎사귀들, 신비로운 향기, 나뭇가지들의 움직임, 그 위에 있는 방, 저녁의 서늘한 외기로 가득 찬 그 방 안에서 그녀가 자고 있다. 입을 살짝 벌리고 하얀 두 팔을 떨어뜨린 채. 아르무아르(옷장)의 니스로 마감된 오렌지색 문들은 닫혀 있고, 개수대 옆에는 수건 한 장이 널려 있다. 그녀의 칫솔—나는 손가락으로 그것을 가볍게 건드려본다—은 물기가 말랐다. 바닥에는 옷가지들이 떨어져 있다. 그녀의 신발, 너부러진 스타킹이 보인다. 마침내 나는 자고 있는 그녀에게 눈길을 던진다. 심장에서 피가 빠져나간다. 그녀가 눈을 뜨고 있는 것이다. 그녀는 나를 응시하고 있다. 그 눈의 순수한, 신선한 흰 빛, 그 푸른 흰빛—그것이 나를 포착한다.

딘과 샌드위치를 먹으러 나서면서 나는 그녀를 만날 거라고 예감한다. 그런 생각에 겁에 질린다. 그녀는 내 얼굴을 보기만 해도 우리가 무슨 짓을 했는지 눈치챌 것이 분명하다. 나는 그 모든 일을 털어놓을 채비가 되어 있다. 그 일을 회피하거나 거짓말을 할 생각이 전혀 없다. 하지만 딘은, 아, 그는 그녀에게 미소를 지으며 인사를 할 것이다. 모든 차이가 거기에 있다. 나는 그녀를 사랑할 만큼 강하지 않다. 사람은 이기적이어야 한다.

그가 샌드위치를 먹는 것을 바라보면서 나는 그런 생각으로 마음을 짓찧는다. 차츰 나는 미세하고 미묘한 증오에 빠져든다. 더는 그가 하는 말을 듣고 있지 않다. 그저 나 자신의 생각, 그리고 그의 이가 빵을 씹는 소리만을 의식할 뿐이다. 그의 태도에서는 확신이 느껴진다. 우리는 모두 그의 손에 달렸다. 우리는 그의 우정에, 그의 사랑에 종속되어 있다. 이것이 그의 세계의 원리다. 우리는 그것에 호응해 우리 안에서 그의 세계를 추구한다. 이것이 그의 힘이다. 나는 심지어 그 힘을 알아볼 수도 없다. 명멸하는 그 힘은 때로는 존재하고 때로는 부재한다—그 힘이 없다면 그는 공허하다. 거울에 비친 나 자신만큼이나 평범한, 생기 없는 몸뚱이에 지나지 않는다. 지금 그의 실존을 보장하는 것, 그가 가버리고 난 후에도 그의 실존을 가능케 하는 것은 바로 그 힘이다.

34

당신에게 돌아올 거야. 침묵. 그녀가 그를 바라본다. 이윽고 단 한 마디.

"아니."

"맞아."

"아니." 그녀가 차분한 어조로 말한다.

음, 당신이 이러면 내가 설명할 수가 없잖아, 그가 말한다. 당신이 이렇게 다 안다고 주장한다면……. 그녀는 입꼬리를 아래로 내린 시무룩한 표정으로 앉아서 그를 지켜본다. 당신에게 돌아올 거야, 그가 말한다.

"언제?"

"정확히는 모르겠어. 비행기 삯을 구해야 해."

"뭘 구해야 한다고?"

"비행기 삯. 표값 말이야."

재빠르고 비통한 어깨 으쓱해 보이기.

"내 말 좀 들어볼래?" 그가 말한다.

그녀는 대답하지 않는다.

"당장은 그런 돈이 없어." 그가 설명한다.

그녀의 표정이 조금 풀어지는 듯하다. 하지만 그의 말을 이해한다는 표시는 없다. 최소한 동의한다는 표시도 없다. 그녀가 바닥을 내려다본다.

"내 말 좀 들어봐. 맹세해." 그가 말한다. 그가 한 손을 들어 올린다.

그녀가 눈길을 든다.

"정말이야." 그가 말한다.

"당신 어머니 목숨을 걸고?"

"그래."

그녀가 턱짓을 한다.

"무슨 뜻이야?"

"소리 내서 말해." 그녀가 말한다.

"우리 어머니 목숨을 걸고 돌아온다고 맹세해."

그녀가 한숨을 내쉰다. 그는 그녀 옆 침대 위에 앉는다. 그는 뒤로 벌렁 누워서 사태가 어떻게 될지 이야기하기 시작한다. 처음에 그녀는 저항한다. 하지만 이윽고 그는 그녀가 귀를 기울이고 있음을 알 수 있다. 자신의 목소리가 잦아드는 방식을 통해, 꼼짝도 하지 않고 앉아 있는 그녀의 자세를 통해. 우리는 도시 전체를 누비고 다닐 거야. 내가 당신한테 도시 구석구석을 보여 줄게. 우리는 대로를 산책하고 상점마다 둘러볼 거야. 토요일 밤에는 늦도록 밖에 있으면서 춤을 추러 갈 거야. 당신 옷은 두 종류뿐이야. 보통 때는 바지와 풀(스웨터)을 입지. 나는 대개 코르덴을 입고. 그리고 외출할 때 입는 멋진 드레스가 한 벌 있어. 아니, 두 벌은 있어야겠다, 그가 자신의 말을 정정한다. 한 벌은 오후에 입는 거고 한 벌은 저녁을 위한 거지. 난 아주 짙은 색, 회색이나 검정색의 좋은 양복 한 벌만 있으면 되고. 침대 하나. 탁자 하나. 의자 몇 개. 우리 집 창으로는 다리가 보일 거야.

그들은 부드럽게 숨을 쉬며 가만히 누워 있다, 꽃무늬 커버를 씌운 긴 베개 위에 머리를 얹은 채. 덧문이 내려져 있다. 한낮이 내려와 있다. 접시 부딪치는 소리가 희미하게 들릴 뿐 그 외에는 언제나처럼 조용하다. 라디오 소리가 들리는 것도 같다. 이따금 들려오는 자동차 소리. 그들은 잠이 든다.

그들은 다른 세계에서 잠이 깬다. 딘의 두 눈이 몽롱하게 여기저기를 떠돌다가 이윽고 시계 위에 내려앉는다. 한 시간이 지났다. 그는 자리에서 일어나 조용히 옷을 벗기 시작한다. 우선 신발을, 이어 양말을. 맨발에 닿는 바닥의 감촉이 차갑고 기분 좋다.

그들은 옷을 벗고 거울 앞에서 포즈를 취한다. 딘의 키가 더 크다. 그의 몸은 햇볕에 그을었다. 그는 마치 그녀의 그림자처럼 조금 옆으로 가 선다. 바닥을 가로질러 가늘고 평평한 줄무늬를 그리며 빛이 들어온다. 그가 뒤에서 그녀의 다리 사이에 성기를 집어넣자 그녀가 그것을 살짝 껴안듯이 받아들인다. 그녀는 뒤로 손을 뻗어 손가락 끝으로 그의 고환을 간질인다. 그는 인명 구조원처럼 보인다. 엉덩이의 살집이 대리석 난간 같다.

그들은 천천히 사랑을 나눈다. 그는 그녀를 짙은 꽃무늬 베개 위에 앉혀놓고 통나무에 쐐기를 박듯이 성기를 넣는다. 그런 다음 그녀를 자신의 몸 위에 걸터앉게 한다. 얼굴은 보이지 않고 소리만 들리는 그녀의 말이 거리에서 들려오는 것 같다.

"마치 얘가 내 심장을 건드리는 것 같아." 그녀가 말한다.

그녀는 몸을 조금 들어 올리고 양손으로 그의 허리를 잡는다.

"그런 것 같아." 그녀가 말한다.

딘이 미소를 짓는다. 그는 강제로 그녀를 조금 끌어내린다. 그녀는 부드럽게 저항한다. 이어 그는 그녀의 몸을 돌려놓는다. 그녀의 몸에서 소리가 난다. 사랑의 비가 내리는 것 같다. 마음이 가는 곳마다 그는 그 비에 흠뻑 젖는다. 마치 각각 다른 방에 있는 것처럼, 각자 다른 행위에 몰입한 것처럼 그들은 마지막 순간까지 스스로를 붙잡고 있다가 이윽고 허물어지듯 눕는다. 그들 주위에 시트가 어지러이 흩어져 있다. 그들의 목소리는 낮고 심상하다. 창밖에서 비둘기들이 뒤뚱거리며 타일 바닥을 가로지른다.

그들은 생레제르까지 차로 달린다. 햇빛이 자동차 깊숙한 곳까지 쏟아져 그들의 무릎을 때린다. 그들 뒤로 도로가 사라진다. 마지막 커브. 그들은 긴 언덕길을 내려가기 시작한다. 짧고 서늘한 터널을 통과해 고가교 아래 푸른 공기가 들어찬 빈 공간 아래로 더 내려가 도로 표지판들을 지나친다. 자동차가 나무들을 스쳐 지나간다. 커다란 차축에서 날카로운 소리를 내며 차가 속도를 높이자 길이 그 아래로 날아가듯 모습을 감춘다.

그들이 찾아온 것을 보고 그녀의 어머니가 기뻐한다. 그들은 주방 식탁에 앉아 이야기를 나눈다. 고양이가 딘의 두 발 사이를 리드미컬하게 지나다니고 몸을 뒤집고 그의 발목에 몸을 갖다 댄다. 그들이 이야기를 하고 있는데도 집 안은 기묘하게 조용하다. 병원의 복도나 빈 병실 같다. 딘은 그녀의 어머니가 자신을 힐끔거리는 것을 느낀다. 그녀는 거의 수줍어하며 그를 바라본다. 그들의 눈길이 만나면 그녀는 미소를 지어 보인다. 그녀의 아버지는 일을 하고 있다. 그가 늘 앉는 벽 근처의 의자는 비어 있다. 얄팍하고 얼룩진 방석이 놓인 나무 의자. 안마리는 자기 어머니에게 딘이 떠난다는 이야기는 하지 않는다. 그들은 이웃에 대해, 자동차 사고에 대해, 옷에 대해 이야기한다. 그날 오후는 가십거리와 더불어 아늑하다. 딘이 그 방을 보는 것이 그것으로 마지막이라는 사실을 떠올리게 하는 건 아무것도 없다.

그들이 돌아온 것은 늦은 시각이다. 광장에는 차들이 주차되어 있다. 새들이 어두워지기 전 마지막 비행을 하고 있다. 그들은 호텔에서 저녁 식사를 한다. 식당은 사람들로 붐빈다. 그녀는 무척 상냥하다. 작은 몸짓 하나, 미소 하나에도 상냥함이 배어난다. 식사가 그 자체로 하나의 행사가 된다. 그 긴 감정의 얽힘이 코스 요리들이 도착할 때마다 끊긴다. 그들은 과거를 추억하면서 다양한 장소를, 힘들었던 일을, 즐거웠던 때를 기억해낸다. 그녀는 포도주를 두 잔째 마신다. 밖에는 푸른 저녁이 내려앉았다. 이곳에서 여러 차례 식사를 한 적이 있으므로, 하얀 테이블보가 환하게 빛나는 이 커다란 공간 속에서 식사하는 이들의 목소리를, 느린 토론을, 이따금 터져 나오는 웃음을 알고 있다. 이윽고 식사가 끝나고 문까지 걸어가 걸음을 멈추는, 그녀의 서두르지 않는 뾰족한 하이힐 소리가 들려온다. 사람들의 시선이 허리 숙여 절이라도 하는 것처럼 그녀에게 향한다. 그녀는 기다린다. 그가 계산을 마치고 합류한다. 그들은 함께 거리로 나온다. 나는 내 테이블에 홀로 남겨지고—나는 언제나 이 장면을 상상한다—그들이 모퉁이를 돌아 반구형의 공간을 가로질러 마침내 불이 밝혀진 창문들 한가운데로 사라지는 것을 지켜본다. 미지의 연인. 그들이 마을 속으로 모습을 감춘다. 나는 다시는 그들을 볼 수 없을 것이다. 나는 거기 앉아 있다. 적어도 10분은 있어야 내 후식이 나올 것이다. 웨이터가 와서 주요리 접시를 치우고 내 주문을 받을 것이다.

그들은 층계를 오른다. 문의 자물쇠가 열린다. 곧 벌어질 짜릿한 범죄의 공간을 여는 단순한 메커니즘. 그가 발가벗은 채 침대 위에 누워 있고 그녀가 눈 화장을 지운다. 물소리가 들린다. 그녀의 얼굴이 거울에 가까이 다가가 있다. 그녀는 거울 속에서 길게 늘어난 그를, 한 손을 허벅지 안쪽에 올려놓은 그의 모습을 볼 수 있다.

"당신 지금 마치 죽은 왕 같아." 그녀가 말한다.

그녀는 덧문을 활짝 연다. 교회에서 위로 쏘아 올린 빛이 어둠의 빗장을, 쇠로 된 심을 미지의 하늘로 운반하는 것 같다. 딘은 극도로 부드럽게 그녀와 사랑을 나누기 시작한다. 그녀의 두 어깨에 입을 맞추고 그녀의 숨결에 귀를 기울인다. 마치 전에는 한 번도 하지 않았던 일 같다. 그는 그녀를 기억하려 애쓴다. 그의 두 손이 조심스럽게 그녀를 애무한다. 그의 입술이 숭배의 말을 읊조린다.

얼마나 지났을까, 그들은 말없이 오랫동안 누워 있다. 아무것도 없다. 그들의 시詩가 주위에 흩어져 있다. 함께한 날들이 모두 도처에 떨어져버렸고, 그들은 카드처럼 허물어졌다. 공기에서 냉기가 느껴진다. 그는 이불을 끌어 덮는다. 그녀는 미동조차 없다. 자고 있는 것 같다. 그는 그녀의 얼굴을 더듬는다. 얼굴이 눈물로 젖어 있다.

35

그가 떠나기로 한 날 아침, 그 마지막 아침이 다른 날들만큼이나 아무렇지도 않게 밝아온다. 그들은 전날 밤을 함께 보냈다. 딘은 그녀가 옷을 입느라 방 안을 왔다 갔다 하는 것을 지켜본다. 할 말이 거의 생각나지 않는다. 모든 것이 속절없이 조용하고 비현실적이다. 상황이 부자연스러워 보인다. 필요한 행위들이지만 극히 건조하다. 그는 그녀를 일터까지 바래다준다—마을이 막 움직이기 시작한다. 건물 밖에 차를 세워놓고 그들은 몇 분간 시간을 갖는다. 그 길에는 그늘이 드리워서 상당히 시원하다. 행인 몇이 지나간다. 마침내 그들은 작별 인사를 한다. 딘은 차를 출발시킨다. 그녀는 그 자리에 서 있다. 그는 천천히 달린다. 그쪽으로 드리운 햇빛 층을 가로지르며. 그가 뒤를 돌아본다. 마지막 손 흔들기. 길이 휘어진다. 그의 모습이 사라진다.

다음 순간 그는 해협에서 빠져나오기라도 한 것처럼 속도를 높이고 앞으로 돌진한다. 대기는 청명하고 달콤하다. 오툉의 잿빛 전경이 활기를 띤다. 그는 충동적으로 차를 멈추고 오렌지 한 알을 산다.

문이 열리는 소리가 들리고 그가 들어온다.

"이거 참……." 마침내 그가 입을 연다.

그가 자리에 앉는다. 체념한 듯한 표정이다. 이윽고 그가 다시 일어선다.

"몇 시에 떠납니까?"

"두 시간 후에 떠날 겁니다. 여기에 몇 가지 물건들을 두고 가려고 합니다. 괜찮을까요?" 그가 묻는다.

"잘 모르겠네요. 내가 그것들을 어떻게 하면 좋을까요? 나는 여기 오래 있지 않을 겁니다. 기껏해야 며칠 더 머물 겁니다."

"아무것도 하실 필요 없습니다. 전 그저 그것들을 가져가고 싶지 않은 것뿐입니다. 두고 갈 물건들은 차 안에 넣어둘 겁니다." 그가 말한다.

"그게 낫겠군요."

"그렇게 하겠습니다."

그가 나에게 오렌지 몇 조각을 권한다. 우리는 앉아서 오렌지를 먹는다. 시원한 과즙이 우리의 입안을 채운다. 씨가 두툼하고 아주 하얗다. 우리는 씨를 각자 손바닥에 뱉는다.

"역에 가서 일을 좀 보면 어떨까요?" 그가 묻는다.

"좋습니다."

"전 짐 싸는 것만 끝내면 됩니다." 그가 말한다.

"도와드릴까요?"

"아닙니다. 그리 많지 않습니다."

나는 그가 마지막으로 몇 가지 짐을 싸는 것을 지켜본다. 우리는 역까지 차를 몰고 가서는 그날 처음 나오는 뜨거운 햇살을 받으며 호텔 밖에 앉는다. 관광객들이 자기네 차에서 짐을 내리고 있다.

"기분이 어때요?"

"잘 모르겠어요. 신경이 좀 곤두서는군요." 그가 대답한다.

그런 다음 그는 어깨를 으쓱해 보인다. 잠시 말이 없다가 그가 덧붙인다.

"흥분되는 것 같아요."

"그럴 거라고 짐작했어요."

"긴 시간이었어요. 내가 이곳에 처음 온 날 기억하세요?" 그가 묻는다.

그가 처음 온 날…….

"이곳에 한두 주 정도 있을 생각이었어요." 그가 웃음을 터뜨린다. "한두 주라니. 이제는 평생을 여기서 산 것 같은 느낌이에요."

그렇다. 맞는 말이다. 나도 그렇다. 몇 달에 걸친 이 긴 시간. 마치 감옥에 있었던 것 같다. 살이 빠져서 갈비뼈가 드러난다. 피부는 희멀겋다. 너무 창백해서 옷을 벗기가 부끄러울 지경이다. 그리고 소금물 속에 들어간 것 같은 쓰디쓴 느낌.

기차는 열한 시 사십 분에 떠난다. 우리는 역에서 그의 짐 가방 무게를 단다. 22킬로그램. 파운드로 환산해본다. 몇 파운드 초과다. 공항에 도착하면 가방에서 몇 가지 물건을 꺼내 주머니에 넣으면 된다.

"이 안에 간단히 꺼내 들 수 있는 묵직하지 않은 물건만 있다면요." 그가 궁리하는 듯한 표정으로 말한다.

"신발이 있지요."

"예. 그걸 꺼내서 들면 참 볼만하겠네요."

우리는 갈매기들처럼 외롭게 텅 빈 케(플랫폼)에 서 있다. 역은 황량하다. 직선으로 된 벽시계의 검은색 시침과 분침이 움직일 때마다 널뛰듯 팔짝거린다. 문득 나는 이 모든 일이 너무나도 간단하다는 것에 충격을 받는다. 그가 떠난다. 우리는 여기서 기차를 기다리고 있다. 이것으로 마지막이다.

마침내 기차가 모습을 나타낸다. 처음에는 조용하다, 심지어 아주 가까워져도. 속도를 늦추는 것 같지도 않다. 이윽고 기차의 숨결이 우리에게 훅 끼친다. 차창 덮개가 우리 눈높이 바로 위에서 벗겨지기 시작한다. 천천히 위로 올라가다가 이윽고 멈춘다. 우리는 열차 문을 향해 걸어간다. 나는 그를 따라 기차에 오른다. 빈 칸이 나오자 들어가 선반 위에 가방을 올린다. 나는 난감할 정도로 어색하다. 하지만 그리 오래 기다리지 않아도 된다. 1, 2분 후에 경고 호루라기 소리가 들린다. 나는 작별 인사를 하고 플랫폼으로 내려선다. 기차가 움직이기 시작한다. 아주 빠르게 속도를 높인다. 그가 손을 흔드는 것이 보인다. 나는 뒤로 물러선다. 나도 손을 흔든다. 그 순간 나는 그녀를, 외로운 그녀를 떠올린다. 그녀는 아침 업무를 하느라 고개를 앞으로 숙이고 있다. 표정은 평소와 비슷해 보인다. 작은 턱. 오케티 씨가 그녀에게 오늘 기분이 괜찮은지 묻는다. 위, 무슈(네, 사장님), 그녀가 대답한다. 정말 괜찮아요? 어디 아픈 것 같은데. 그녀는 미소를 지어 보이려 애쓴다. 농, 무슈.(아닙니다, 사장님.) 그녀가 어떤 기분일지 상상이 가지 않는다. 단 한 마디도 하지 않고 철저히 침묵에 잠겨 있는 것으로 미루어 짐작할 뿐이다. 그 순간 기차는 커브를 틀어 아침 대기 속에서 높은 고가교를 가로지른다.

들라주는 커브 길에 앞코를 박은 채 햇빛 아래 있다. 나는 차를 한 바퀴 둘러본다. 기름 검댕으로 얼룩진 프랑스의 먼지가 제동통에 달라붙어 있다. 램프는 곤충들의 시체가 눌어붙은 얇은 막으로 덮였다. 나는 그것을 몰고 집으로 온다. 트럭을 모는 것 같다. 카페 안의 사람들이 나를 지켜본다고 상상한다. 나는 약간 신경이 곤두선다. 당연한 말이지만 모퉁이에서 시동을 꺼뜨리고 만다. 나는 다시 시동을 켜본다. 오토바이를 탄 사람 하나가 차 옆으로 와서는 나를 물끄러미 바라본다.

오후에 파리에서 전화가 걸려온다. 딘이다. 연결 상태가 좋지 않다—그의 목소리가 아주 날카롭게 들린다.

"파리는 어때요?"

"맙소사, 너무 붐벼요. 여긴 정말 관광객들이 많군요." 그가 말한다.

"정말입니까?"

"당신이 여기 차들을 봤어야 하는데."

"비행기 예약에는 별문제 없습니까?"

"예, 다 괜찮습니다. 전 일곱 시 삼십 분에 떠납니다. 사람들이 나를 프랑스인인 줄 알더군요. 기분이 얼마나 좋은지. 내가 지금 검은 셔츠를 입고 있어서 그런 것 같아요. 음, 어쩌면 그게 입은 지 좀 된 거라서 그럴지도……."

"당신 머리형 때문일 겁니다."

"그 말씀이 맞아요. 자, 모든 것에 감사드립니다. 벌써 그곳이 그립네요. 긴 편지를 쓰겠습니다."

"좋습니다."

그날 저녁은 조용하고 맑다. 조브네 식당에서 저녁 식사 약속이 있다. 나는 일곱 시에 집을 나선다. 시간 여유가 많다. 거리가 기묘하게 조용하다. 어쩌면 내가 더 이상 소리에 귀를 기울이지 않기 때문에 그렇게 느끼는지도 모른다. 카루주 광장. 나는 건너편 구석을 향해 광장을 가로지르며 위를 올려다본다. 그녀 방의 덧문이 내려져 있다. 그녀가 방에 있는지 어떤지 알 수 없다. 내가 알기로 그녀는 이제 주말마다 어머니 집에 갈 것이다. 황혼 녘 역에서 내려 걸어가면 갈지자를 그리는 자전거들, 소곤거리는 목소리들이 그녀 옆을 지나간다. 그녀는 슈트 케이스를 다른 손으로 바꿔 든다. 그 때문에 걸음이 조금 흔들린다. 거의 절뚝거리는 것 같다. 그녀는 하이힐을 신었다. 강둑을 따라 집까지 가는 데에는 거의 반 시간이 걸린다. 수로의 물은 잔잔하다. 빛이 달라진다. 어둠 속에서 제비들이 들판을 가로질러 날아간다. 조브 부인, 팔꿈치처럼 각진 그녀의 얼굴이 식당 문간에서 나를 맞는다.

오를리공항에서 딘이 비행기에 오르기 전 태양은 이미 낮게 내려와 있다. 바람은 거의 없다. 적대감에 찬 거대한 정적. 멀리 보이는 겨울처럼 푸른, 어렴풋이 보이는 파리의 지붕들. 동쪽 하늘이 어두워진다. 비행기에 오르자 모든 게 눈부시다. 딘은 창가에 앉아 있다. 저녁 정적 속에서 비행기가 활주로를 향해 움직인다. 콘크리트 연결 부위를 지나면서 거대한 바퀴가 덜컹거린다. 안전띠 표시등에 불이 들어온다. 금연 표시등이 켜진다. 내 상상력이 갈피를 잡지 못하고 이쪽저쪽으로 빠르게 왔다 갔다 하기 시작한다. 나는 위험한 상태에서 벗어났다는 느낌이 들 때까지 그에게서 눈을 떼지 않는다. 비행기가 이륙을 위해 부드럽게 방향을 튼다. 엔진 전체가 가동되기 시작한다. 거대하고 우아한 날개들이 전율한다. 엔진이 노호한다. 그리고 이제 마지막 순간 비행기가 움직이기 시작한다, 천천히 그리고 장엄하게. 나는 그 장엄함을 견딜 수가 없다. 비행기는 한동안 더는 속도를 높이지 않을 듯이 달리다가 갑자기 위로 솟구쳐 날아오른다. 가파르게 상승한다. 그런 비행기를 부드럽고 어둑한 여름 하늘이 받아준다. 비행기의 불빛이 점점 희미해진다, 소리도. 마침내 프랑스 전체가 뒤로 물러난다. 이제는 보이지 않는 소리 없는 프랑스, 프랑스의 사계가 밤의 침묵에 깊이 잠긴다.

36

우리는 카페 포이에서 만난다. 음산하게 이어지는 칸막이 공간과 뒤쪽의 테이블들 때문에 그곳은 텅 빈 기찻길 같다. 늦은 오후의 빛이, 시골의 조용함이 그곳을 채운다. 파트롱(주인)이 친구 하나와 도미노 게임을 하고 있다.

그녀가 혼자서 빛을 등진 채 내가 앉아 있는 곳으로 걸어와 기계적으로 한쪽 손을 내민다. 한 차례 위아래로 손을 잡고 흔든다. 그 악수에 우리는 당황해한다.

"봉주르.(안녕하세요.)" 그녀가 차분하게 인사한다.

"봉주르."

그녀가 눈을 내리깐 채 자리에 앉는다. 우리 사이의 테이블에는 아무것도 없다. 출입구의 빛이 아주 하얗게 보인다. 뿌연 물 같은 흰색이다. 자동차들이 소리 없이 움직인다.

딘은 6월 20일 자동차 사고로 죽었다. 내가 아는 건 몇 가지 세부 사항뿐이다. 비가 내리고 있었다. 밤이었다. 그는 시골로 자기 여동생을 만나러 가는 길이었다. 유리 조각들이 사방에 흩어졌고, 빗줄기가 좍좍 퍼부었다. 양쪽 방향에서 줄을 지어 기다리는 차들, 서로 얽히는 헤드라이트 불빛, 거대한 장례 행렬처럼 느릿하게 움직이는 긴 줄. 나는 그 소식을 믿을 수가 없었다. 있을 수 없는 일처럼, 거짓말처럼 여겨졌다. 내가 그 일을 줄곧 예상하고는 있었더라도.

입을 열기에 앞서 나는 하염없이 그녀를 바라보고 있는 것 같다—그녀가 눈치채지 못하게 나는 그녀를 지켜볼 수 있다. 이윽고 이 모든 일이 전혀 일어나지 않은 것처럼, 내 앞의 그녀가 에투알도르의 테이블 건너에 앉아 있던 그녀가 된다. 왜냐하면 '지금'의 그녀는 그때와 똑같이 창백하고, 불안정하고, 왠지 체념한 듯한 표정을 짓고 있기 때문이다. 정말이지 우리는 처음 만난 것 같다. 나는 무슨 말을 해야 좋을지 모르겠다. 속수무책이다. 그냥 모른다. 내 맞은편에 평범한 젊은 여자가 하나 앉아 있다. 예쁜 얼굴이지만 그렇게 지적이라고는 할 수 없다. 침묵이 우리를 잠식하기 시작한다. 우리는 사람 없는 좁은 공간에 앉아 있다. 나는 창문을 마주 보고 있고 그녀는 등지고 있다. 나는 그녀의 손을 잡는다. 내게 손을 잡히자마자 그녀의 두 눈에 눈물이 차오른다. 그녀는 울기 시작한다. 나는 시선을 떨어뜨린다. 난 알고 있었어요, 그녀가 말한다. 그렇게 말하는 순간 눈물이 흘러내린다. 눈물을 닦지 않는다. 우리는 말없이 앉아 있다.

"안마리, 앞으로 어떻게 할 건가요? 여기 이 마을에 계속 머물 건가요?" 내가 묻는다.

그녀가 어깨를 으쓱해 보인다.

"잘 모르겠어요." 그녀가 나직이 대답한다.

"고향으로 돌아가는 게 나을 것 같은데요."

"싫어요." 그녀가 말한다.

"알겠어요. 확실해요?"

그녀가 고개를 끄덕인다.

"음…… 나도 곧 떠날 거예요. 난 당신이 이곳을 뜨고 싶어 할 줄 알았어요. 어딘가 다른 곳으로 가는 데 도움이 필요하다면, 음, 난 기꺼이…… 할 수 있는 모든 걸 다할 거예요. 그러니까 혹시 돈이 필요하다면……."

그녀는 내 말을 듣지 않는 것 같다. 메르시(고맙습니다), 그녀가 말한다.

힘겨운 일이다. 잠시 후 나는 다시 시도한다. 저녁 식사를 하는 게 어떠냐고 묻는다. 그녀는 그 제안을 고려해보는 것 같다. 이윽고 고개를 내젓는다. 싫어요. 나는 그녀가 그에 관해 이야기하기를 기다리지만 그런 일은 일어나지 않는다. 그녀의 두 뺨에 눈물 자국이 있다. 그녀는 그것을 닦지 않는다. 이윽고 우리는 이곳 푸아 카페에서 작별 인사를 한 다음 함께 문을 향해 걸음을 옮긴다. 밖으로 나오니 거리는 쇼핑객들로 가득하다. 자동차들이 지나가기 어려울 정도다. 나는 그녀가 길을 건너는 것을 지켜본다. 그녀는 사람들에게 떠밀리지만 몸을 접촉하지는 않고 상당히 빠른 걸음으로 걷는다.

아마도 그녀는 결국 그날 저녁 가르(역)에 모습을 나타낼 것이다. 그저 산책이라도 하듯 넓은 도로를 혼자 걸어 내려올 것이다—그녀가 능히 그럴 수 있다는 걸 나는 안다. 왜냐하면, 딘이 오라고 했다면 그녀는 아무리 먼 곳이어도 갔을 것이므로. 그녀는 주저하지 않았으리라. 그녀를 그를 만나러 갔을 것이다. 나는 그녀가 어떤 행동을 취할지 정확히 안다. 그녀가 얼마나 너그러울지, 얼마나 자연스러울지를. 그리고 그녀가 그에게 가르친 바로 그 언어로 처음 나누는 그들의 대화가 얼마나 달콤할지를.

37

많은 조각들이 내게로 온다. 발견되고 다시 나타난다. 나는 방 안을 왔다 갔다 하며 진정제처럼 나를 편안하게 해주는 것들, 나에게 꿈꿀 실마리를 주는 것들을 떠올린다. 세부들, 가슴 저미는 아름다움이 맺힌 사랑의 유물을. 어떤 서랍 뒤쪽에서 종잇조각을 하나 찾아낸다. 딘과 안마리가 낭시에서 작성한, 호텔 이름 후보들을 적은 목록에서 없어졌던 부분이다. 그것은 원래 조각과 꼭 들어맞는다. 거기 쓰인 단어들은 신기하게도 모두 이미 죽은 것들이다. '오벨리스크' '수에즈' '세상의 모든 새'. 그녀의 필체로 쓰인 단어는 단 하나뿐이다. '리츠'.

얼어붙을 듯 추운 그 아침의 햇빛이 커다란 창문을 통해, 미세한 흠이 나 있는 유리판을 통해 내 얼굴 위로 쏟아져 내린다, 일요일의 안타까운 고요로 정화된 햇빛. 동틀 녘 그 싸구려 바 안에는 푸른 연기가 떠다닌다. 퇴역 군인들이 기침을 한다. 낭시, 그녀가 태어난 곳, 그 유치하고 평범한 글씨로 쓰는 법을 배운 곳.

……내가 생각하는 것, 내가 느끼는 것 중 어느 하나도 당신 아닌 것이 없어. 당혹스러운 것은 다만 내가 충분히 알고 있지

못하다는 사실뿐. 당신이 결코 내 것이 되지 않는다 해도 상관 없어. 내가 원하는 것은 다만 내가 당신 것이 되는 것이야. 나를 거칠고 엄하게 대해도 좋아. 다만 떠나지만 말아줘, 다른 여자에게 하듯 나를 대해줘—제발. 안 그러면 난 죽을 거야. 이제 사랑 때문에 죽을 수 있다는 걸 알 것 같아.

나는 그의 아버지에게서 편지를 한 통 받는다. 파리에 있는 내게 보내온 것으로 개인적인 물품들을 전달해줄 것을 청하는 내용이다. 그 일은 내게 맡기세요, 크리스티나가 말한다. 나는 처리할 물건이 그리 많지 않을 거라고 그녀에게 말한다. 자동차에 관해서라면 좀 재미있는 일이 있다—차는 자댕 가 16번지에 사는 프리샤르라는 사람 이름으로 등록되어 있는데, 빌리와 크리스티나가 아는 사람이다. 그들이 알기로 자동차 주인은 여름을 보내러 그리스에 간 것 같다. 그 일 역시 그들이 처리할 수 있을 것이다. 아마도 별문제 없을 것이다. 자동차는 그 집 근처 나무 아래 주차되었고 열쇠로 잠겨 있다. 하지만 나이가 아주 많은 노인이 사그라들듯 눈앞에서 이미 삭기 시작했다. 타이어가 다 닳아서 매끈해 보인다. 접이식 덮개 위, 하얗게 바랜 지붕 위에 나뭇잎들이 떨어져 있다. 타이어 커버에서 크롬 도금이 벗겨진 곳이 보이기 시작한다. 푸른 줄이 위에서 아래로 길게 난 창문을 통해 보이는 가죽 시트는 말라서 갈라졌다. 이 잠잠해진 기계, 아무도 그 재깍거림에 귀 기울이지 않는 계기판의 전자시계가 거기서 천천히 마지막 기운을 소진하고 있다. 어느 날 그 시계는 더 이상 맞지 않는다. 시침과 분침이 정지한다. 끝난 것이다.

적막. 나의 삶 역시 뒤덮는 적막. 나는 내 적막을 표현하는 것이 거북하지 않다. 진정으로 적막한 것은 내게 황량하게 느껴지는 유럽의 드넓은 광장들이 아니라, 여행자에게 몹시 폐쇄적인, 무수히 많은 작은 마을들이다. 그런 마을들은 전원 자체만큼이나 정적이다. 집집마다 덧문이 모두 내려져 있다. 이따금 가느다란 빛이 새어나오는 것을 볼 수 있을 뿐이다. 들판이 점점 어두워지고, 제비들이 들판을 가로질러 날아오른다. 나는 그런 마을들을 차를 타고 빠른 속도로 지나간다. 저녁이 오기 전에, 극장의 네온사인에 불이 들어오기 전에, 혼자뿐인 외로운 식사 시간이 되기 전에 그곳을 벗어난다. 나는 결코 그런 마을들에서 밤을 보내지 않는다.

물론 어떤 의미에서 딘은 결코 죽지 않았다—그의 존재감은 교통사고 같은 것보다 훨씬 위에 있다. 우리는 영웅을 가져야 한다. 다시 말해서 영웅을 창조해야 한다. 우리의 선망, 우리의 헌신을 통해 그들은 실제가 된다. 우리 자신은 결코 소유할 수 없는 그 힘을, 그 장엄함을 영웅들에게 주는 것은 바로 우리다. 그러면 그들은 보답으로 우리에게 그 힘을 얼마간 돌려준다. 그들, 이 영웅들은 꼭 우리처럼 필멸의 존재다. 영원하지 않다. 바랜다. 사라진다. 추월당하고 잊힌다—더 이상 그들에 관한 얘기를 들을 수 없다.

안마리는 지금 트루아에서 산다. 아니, 살았다. 그녀는 결혼했다. 아이들도 있는 것 같다. 일요일이면 그들은 햇빛을 온몸에 받으며 함께 산책을 한다. 친구들을 방문해 이야기를 나누고 저녁이면 집으로 돌아온다. 우리 모두 동의하는바, 아주 바람직한 그런 삶 속에 깊이 뿌리를 내리고서.

쓸쓸한 포르노그래피,
그 너머로 독자를 이끄는 문장의 힘

작가 조이스 캐롤 오츠는 이 작품을 두고 “프랑스에 보내는 설터의 발렌타인 카드”라고 하면서 나보코프의 『롤리타』를 언급한다. 하지만 스물다섯 남자의 몸이 열여덟 여자의 몸으로 인해 몇 개월 동안 어김없이 즉각적으로 발기하는 것이 반드시 사랑은 아니다. “나는 지금 들소와 천사를, 오래도록 바래지 않는 물감의 비밀을, 예언적인 소네트를, 그리고 피난처로서의 예술을 생각한다. 너와 내가 함께 불멸을 누릴 수 있는 길은 오직 이것뿐, 나의 롤리타”라는 마지막 문장에서 보는 것처럼 나보코프의 『롤리타』가 ‘불멸’에 바쳐진 작품이라면, 이 작품에서 설터가 주목하는 것은 움직임, 변화, 그리고 ‘필멸’이다. “우리 자신은 결코 소유할 수 없는 그 힘을, 그 장엄함을 영웅들에게 주는 것은 바로 우리다. 그러면 그들은 보답으로 우리에게 그 힘을 얼마간 돌려준다. 그들, 이 영웅들은 꼭 우리처럼 필멸의 존재다. 영원하지 않다. 바랜다. 사라진다. 추월당하고 잊힌다—더 이상 그들에 관한 얘기를 들을 수 없다."(본문 중에서)

그 덧없음이 바로 우리 인생이다. "현세의 삶이란 한낱 스포츠와 여가일 뿐임을 기억하라"라고 『쿠란』은 말하고(57장 「무쇠의 장」), 『구운몽』 속에서 육관대사는 "인위적인 모든 법이 꿈과 환상, 거품과 그림자, 이슬과 번개 같다"라고 설파한다. 저자는 격자 소설이라는 장치로 주인공의 욕망에 자신을 투사하려는 독자를 자주 방해한다. 주인공과 화자가 함께 저녁 식사를 하고 주인공의 탈주를 위해 화자가 돈을 빌려준다. 기차에서 만난 여자, 빵집 카운터 뒤에 서 있는 볼 붉은 여자, 나이트클럽에서 남자들에 둘러싸여 있는 유난히 앳돼 보이는 여자, 그 모든 프랑스 여자들로 화자는 여주인공 안마리를 만든다. 그리고 뛰어난 머리와 멋진 몸과 무엇보다도 나른한 정신을 가진 미국 청년 딘은, 설터가 첫 소설 『헌터스』 이후 "반세기 동안 천착하게 되는 미국 남성성의 현현"(리 샌들러, 〈월스트리트저널〉, 2013년 3월)이다.

우스꽝스럽도록 멋진 자동차 들라주의 지붕은 내려져 있고, 딘과 안마리의 무릎은 닿아 있다. 독자의 은밀한 관음적 쾌감을 방해하는 화자의 목소리는, 그러나 육관대사의 기준과 거리가 먼 것은 물론 『롤리타』의 남주인공 험버트와도 다르다. 화자는 자신이 만들어내는 주인공의 젊음을, 재기를, 담대함 혹은 비겁함을 질투한다. 주인공의 여자를 탐낸다. 화자의 환상은 구체적이고 리얼하며, 그가 목격하는 주인공들의 베드신은 다채롭고 거침없다. 포르노그래피에 대해 깊이 있는 책을 펴낸 윌리

엄 스트러더스는 그것을 두고 본질적으로 인간성을 타락시키고 말살한다고, 다분히 기독교적 관점에서 쓰고 있다. 프랑스 영화 〈포르노그래픽 어페어〉에서 두 주인공은 성행위를 목적으로 만나지만 결국 사랑의 가능성으로 끝난다. 중요한 것은 인간을 깊숙하게 염두에 두었는가가 될 것이다. 그러므로 많은 독자들이 정성 들인 리뷰에서 그런 혐의를 비치고 있다 해도 이 작품은 포르노그래피가 아니다.

그리고 '문장'이 있다. 설사 이 작품이 '나쁜' 소설일지라도 기꺼이 그 앞에 무릎을 꿇고 경배하고 싶게 만드는 설터의 문장, "작가들의 작가"라는 신화를 낳은 그의 문장이 있다. 레이놀즈 프라이스는 "살아 있는 소설가 중에서 『스포츠와 여가』의 저자 이상으로 나의 감탄을 자아내는 작가는 없다. 이 작품은 내가 아는 어떤 미국 소설보다도 완벽하다"(〈뉴욕타임스북리뷰〉, 1985년 6월)라고 했고, 애덤 베글리는 "탁월한 작품…… 극히 진실한 소설이다. 제임스 설터의 독자는 수적인 면에서는 최다가 아닐지 모르지만 독서가 무엇인지 아는 질 좋은 이들이다"(〈뉴욕타임스매거진〉, 1990년 10월)라고 했다. 리 샌들러는 설터의 작품 세계에 대해 치우치지 않는 다음과 같은 적확한 지적을 하고 있다. "'시간이 멈춘 듯, 녹은 듯, 한가할 시간이었다. 보이지 않는 담배 연기가 공기 중에 섞이고, 빈 찻잔 옆에는 레몬 껍질이 놓여 있고, 길가의 차들은 마치 죽은 듯이 조용히 지나갔다. 삼십 대의 여자들은 얘기를 했다.'(『가벼운 나날』) 경쾌한 리듬으로 반짝거리는 이런 명문장 뒤에 숨겨진 절제미 때문에 설터의 작품은 〈마사스튜어트리빙〉에 실린 속물적인 기사가 호라

티우스의 후기 시처럼 읽힌다." 이렇게 문장의 힘은 중력에 저항한다.

원제 'A Sport and a Pastime'은 『쿠란』의 한 구절에서 따온 것으로, 저자가 취한 영어 표현을 살려 '스포츠와 여가'로 하기로 했다. 시구나 아포리즘을 연상시키는 함축적인 표현들은 되도록 맛을 살리려 애썼지만, '문맥이 단어에 우선한다'는 기준에서 이따금 직유법을 동원했다. 다분히 시적인 문장들로, 예를 들어 주인공이 모는 들라주의 차체가 거무스름한 것이 지난 여행 때문인가 앞으로의 여행 때문인가를 두고 메일을 주고받은 현지 친구들과 의견이 엇갈리기도 했다. 오류가 나온다면 전적으로 역자 몫이다.

지난 20여 년 동안 '문학 번역'이라는 머릿속 서랍을 줄곧 여닫으며 지냈다 해도, 번역을 삶을 천착하는 하나의 방식으로 여겼다 해도, 첫 번역을 끝낸 그날 아침처럼 저자와 역자가 문장에서 시작해 의미로 조우하는 일은 언제나 새롭다. 이제 반환점을 돈 오래된 눈으로 바라보니, 설터와 나보코프가, 그리고 서포 김만중이 다른 것들을 말한 게 아니라는 것을 알겠다.

2015년 6월

김남주